삼구지

삼국지 3

1판 1쇄 인쇄 2009년 1월 25일
1판 1쇄 발행 2009년 1월 30일

옮긴이 박종화 **펴낸이** 김영곤 **펴낸곳** 달궁
전략영업본부장 이양종 **영업** 최창규 이종률 서재필
출판등록 2000년 4월 10일 제16-1646호
주소 (우413-756) 경기도 파주시 교하읍 문발리 파주출판단지 518-3
대표전화 031-955-2100 **팩스** 031-955-2151
이메일 eclio@book21.co.kr **홈페이지** http://www.eclio.co.kr

값 10,000원
ISBN 978-89-5877-305-4 04820
(세트) 978-89-5877-302-3 04820

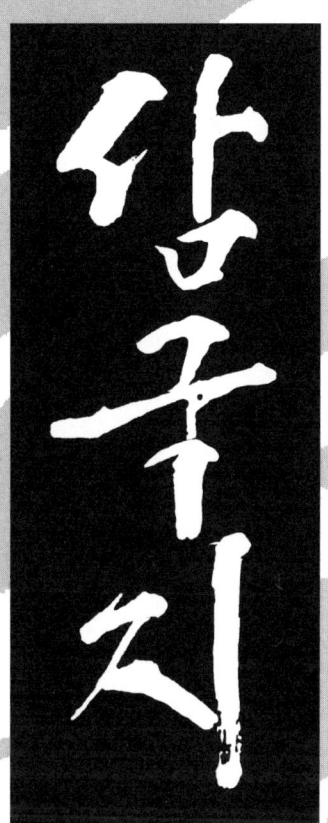

월탄 박종화

나관중 원작

삼국지

❸ 난세의 영웅, 비상한 사람이 비상한 일을 도모하다

달궁

三國志 차례 | ❸

은밀한 조서 7

등꽃이 떨어져서 15

비분강개 19

용 타령 27

범을 따라 산으로 돌아가다 37

시를 읊는 풍류 시비 48

조조를 성토하다 53

장비의 호통 59

조조와 원소의 경쟁 73

아깝다 재사 예형 79

의기 높은 의사 길평 91

상노 진경동과 애첩 운영의 사건 95

목매 죽이는 동 귀비 115

곤궁에 빠진 유비 119

충의를 지킨 관우의 3조약 130

3일 소연에 5일 대연 139

천하 명장 안량과 문추   147

천신 같은 관운장의 자세   153

떠나가는 관운장   164

혼자서 여섯 장수 목을 베다   177

주창을 만나다   201

망탕산 중의 장비 호통   213

유비 · 관우 · 장비 · 조운이 다시 모이다   221

강동 손책의 최후   231

손권이 강동의 주인이 되다   249

조조와 원소의 관도 대전   257

조조는 명사 허유를 얻고   268

저수와 전풍은 의리에 죽다   278

조조는 원소를 창정에서 대파하고   290

현덕은 형주의 유표에게 의탁하다   298

독재자 원소는 죽고   309

은밀한 조서

이 모양을 본 유현덕은 황망했다. 얼른 손을 저어 흔들고 눈짓을 하여 꾸짖었다. 관공은 말을 달려 나가려 하다가 현덕의 눈치를 보자 주춤하고 물러섰다.

현덕은 조조의 앞으로 나갔다. 몸을 굽혀 조조한테 하례했다.

"승상의 활 쏘시는 솜씨는 세상에 보기 드문 신궁神弓이올시다."

조조는 칭찬하는 말이 좋았다. 얼굴에 가득 웃음을 띠었다.

"이것은 다 천자의 홍복洪福이시오."

대답한 후에 황제께 향하여

"오늘 사냥은 유쾌합니다."

비로소 하례하는 인사를 하고, 이내 황제의 활을 제가 허리에 차 버렸다.

사냥이 끝나자, 벌판에서 사슴을 잡아 잔치한 후에 어가는 허도로 돌아가니, 만조백관도 뒤를 따라 돌아갔다.

유현덕과 관운장이 집으로 돌아온 후에 관운장은 현덕한테 물었다.

"조조는 기군망상欺君罔上[1]을 하는 역적 놈입니다. 나라를 위하여 국적을 제거시키려 했는데 형님께서는 왜 만류하셨소?"

현덕이 미소하여 대답했다.

---

1) 기군망상 : 임금을 속이고 임금이 없는 듯이 무시하는 것.

"쥐를 잡으려 하다가 독을 깨뜨리면 큰일일세. 황제 폐하와 조조는 말 머리 하나를 사이 하여 나란히 서 계실 뿐 아니라 전후좌우엔 모두 조조의 심복지인이 겹겹이 둘러싸 있는데, 아우가 만약 한때 분노를 참지 못하여 조조를 죽이려다가 일이 성공되지 않는다면 천자를 상할 뿐 아니라, 우리 가 도리어 죄를 뒤집어쓸 테니 탈이 아닌가? 이런 까닭에 만류한 것일세."

관운장은 탄식하며 대답했다.

"오늘 조조 역적을 죽이지 못했으니 반드시 뒤에 화가 있으리라."

"비밀에 부치고 함부로 말하지 말게."

현덕은 관운장을 타일렀다.

이때 헌제는 대궐로 돌아온 후에 황후 복伏 씨氏와 함께 눈물을 머금고 이야기했다.

"도대체 나는 어째 이리 팔자가 기구하고 박복하오. 내가 황제의 자리 에 즉위한 이래 간웅奸雄들은 벌 떼같이 쏟아져 나와서 먼저는 동탁의 앙 화를 받았고, 다음엔 이각과 곽사의 난리를 만났소. 참말로 보통 사람이 당하지 못할 기막힌 변란을 많이 당했소. 당신이 황후가 되어 궁중에 들 어온 후에는 조조를 얻어서 사직지신社稷之臣[2]이라고 생각했더니, 뜻밖에 이 자가 또 국권을 제 맘대로 휘둘러서 나보다도 위복威福이 크구려. 오늘 도 사냥을 하는데 나를 앞질러서 만조백관들의 초하를 받았소. 무례하기 짝이 없소. 조만간에 반드시 역적질을 하고 말 테니 큰일이오. 우리 내외 가 저 자의 손에 어찌 될지 모르겠소. 죽어도 어떻게 죽게 될지 모르니 이 것이 한스럽소."

말을 마치자 헌제는 눈물을 방울방울 떨어뜨렸다. 임금의 탄식하는 말

---

2) 사직지신 : 사직은 국토를 지켜 주는 토지의 신을 제사 지내는 곳. 사직을 지키는 신하, 충신이 라는 뜻.

을 듣는 복伏 황후皇后의 눈에서도 눈물이 방울방울 떨어졌다.

"조정에 가득한 공경대부公卿大夫들은 모두 다 나라의 국록을 먹건만 한 사람도 국난을 구하는 이가 없단 말씀입니까?"

복 황후의 말씀이 채 떨어지기 전에 홀연 한 사람이 방문을 열고 들어와 아뢰었다.

"황제 폐하와 황후 폐하께서는 과히 근심을 마십시오. 제가 한 사람 천거하여 나라를 해롭게 하는 자를 제거해 버리겠습니다."

황제가 눈을 들어 바라보니 다른 사람이 아니라 바로 복 황후의 친정아버지 복완伏完이었다.

헌제는 용포 자락으로 눈물을 씻으며 대답했다.

"황장皇丈³⁾도 조조가 전권專權을 농락하는 것을 아시오?"

"알고말고 여부가 있습니까. 허전許田에서 사슴을 쏘던 일을 누구는 아니 보았겠습니까. 그러하오나 만조정 신하가 모두 조조의 일가가 아니면 문하에 있는 심복이올시다. 이러하니 나라의 국척이 아니면 충성을 다할 사람이 없습니다. 노신老臣은 세력이 없사와 큰일을 할 수 없습니다. 그러나 거기車騎 장군將軍 국구國舅 동승董承은 군사도 많고 사람이 씩씩하오니 한번 부탁해 볼 만합니다."

황제는 기뻤다.

"동董 국구國舅⁴⁾는 과연 국난을 여러 차례 구한 사람이오. 내가 잘 알고 있소. 곧 불러들여서 큰일을 의논해 보기로 하겠소."

복완이 아뢰었다.

"폐하의 좌우에 모신 자들이 모두 다 조조의 심복들이올시다. 만일에

---

3) 황장 : 임금의 장인
4) 국구 : 임금의 장인. 동 국구는 동비董妃의 아버지.

일이 누설이 된다면 화가 적지 아니할 것이올시다. 조심하십시오."

"그럼 어찌하면 좋겠소?"

"신이 한 계책이 있습니다. 폐하께서는 옷 한 벌을 지으신 후에 옥띠(玉帶) 한 벌을 껴서 동승한테 내리십시오. 그리고 옥띠 속에 조서詔書 한 장을 쓰시어 비밀하게 넣으신 후에 넌지시 집에 가서 자세히 읽어 보라 하시면 동승은 밤과 낮으로 일을 꾸밀 것입니다. 이같이 한다면 귀신도 모를 것입니다."

황제는 그럴듯하게 생각했다.

복완이 물러간 후에 황제는 무명지 손가락을 깨물었다. 새빨간 피가 살대같이 뻗쳤다. 황제는 눈같이 흰 종이 위에 혈서를 썼다.

황제는 다시 복 황후를 시켜서 옥띠 받침을 자줏빛 비단으로 받친 후에 슬며시 밀조密詔를 집어넣고 차근차근 실로 꿰매게 했다.

재강아지 눈을 감은 듯했다.

황제는 새로 지은 금포錦袍를 입고 밀조를 넣은 옥띠를 띤 후에 내시를 불렀다.

"동 국구에게 입시入侍하라 일러라."

내시는 곧 황제의 명을 받들어 동승한테 나갔다. 이윽고 동승이 어전으로 추창해 들어왔다.

황제는 반갑게 동승을 맞아 말씀을 내렸다.

"짐朕은 간밤에 왕후와 함께 패하霸河에서 고생하던 옛일을 이야기하다가 그때, 국구께서 큰 공을 세운 것을 생각하고 불현듯 보고 싶어서 들어오라 했소."

동승이 머리를 조아 올리며 대답했다.

"황감하여이다."

황제는 동승을 데리고 전 밖으로 나와 태묘太廟[5]로 행하자 공신각功臣閣[6]에 올랐다.

황제는 분향焚香 사배四拜한 후에 벽에 걸린 화상畵像을 동승과 함께 배관拜觀했다. 정면 중앙에 한 고조의 상이 걸려 있었다.

임금은 동승을 돌아보았다.

"짐의 선조先祖 고 황제께서는 어느 곳에서 몸을 일으키시어 어떻게 창업을 하셨소?"

동승은 깜짝 놀랐다. 황제가 모르실 까닭이 없는데 하문하시는 것이 이상했다.

"폐하께서는 신을 희롱하십니까? 성조聖祖의 사적을 모르실 리가 있습니까? 고 황제께서는 애초에 사상泗上 정장亭長[7]으로 발신하시어 흰 뱀(白蛇)[8]을 죽이고 의를 일으키시어 천하를 종횡하신 지 삼 년에 진秦을 멸하시고 오 년 되던 해에 초楚를 멸하신 후에 드디어 천하를 차지하시고 만세萬世 기업基業을 닦으셨습니다."

"짐의 조상은 이렇듯 영특하셨건만 자손 된 나는 이같이 나약하니 어찌 한심하지 않소?"

혼잣말하듯 탄식하면서 좌우 옆에 있는 두 화상을 가리켰다.

"이 두 사람은 유후劉侯 장량張良[9]과 찬후酇侯 소하蕭何[10]가 아닙니까?"

---

5) 태묘 : 임금의 조상을 모신 사당. 우리나라의 종묘와 같음.
6) 공신각 : 나라를 창업 또는 중흥했을 때, 개국공신들의 화상을 그려서 황제의 화상과 함께 영원히 기념해 두는 곳. 기린각麒麟閣이라고도 한다.
7) 사상 정장 : 사상은 땅의 이름. 정장亭長은 우리 동장洞長과 같음.
8) 백사 : 한漢 고조高祖 유방劉邦은 정장亭長으로 있을 때 백사白蛇의 머리를 칼로 베고 군사를 일으켰다. 그는 적제赤帝의 아들이라 해서 화덕火德으로 임금 노릇을 한 전조前兆를 보이느라고 백색 사白色蛇, 다시 말하면 진秦의 금金을 죽였다는 뜻이다. 오행설五行說에서 기인된 것이다.
9) 10) 유후 장량, 찬후 소하 : 한漢의 유방劉邦을 도와 천자天子가 되게 한 유명한 재상과 모사.

"그렇습니다. 고 황제 폐하의 창업하실 터전을 여신 것은 실로 이 두 사람의 힘이 컸던 것입니다."

황제는 좌우를 돌아보아 살폈다. 시종들이 멀리 떨어져 있었다. 가만히 동승한테 일렀다.

"경도 한번 이 두 사람처럼 내 곁에 있어서 천추만대千秋萬代까지 서 주기를 바라오."

"황송하옵니다. 신은 마디만 한 공로도 없습니다. 어찌 감히 두 분을 당하오리까?"

"짐은 항상 경이 서도西都에서 나를 구해 준 공을 한 번도 잊은 적이 없소. 은공을 갚으려 하나 줄 것이 없구려. 내가 입은 이 금포錦袍 옥대玉帶를 경에게 하사하니 경은 이 옷과 띠를 띠고 항상 내 옆에 있는 듯이 생각하오."

"황공무지하여이다."

동승은 머리를 조아렸다. 황제는 곧 비단옷과 옥띠를 끌러 동승에게 내리시며 가만히 밀어를 보냈다.

"경은 돌아가거든 자세히 금포 옥대를 살펴보라. 그리고 나의 뜻을 저버리지 말게 하라."

동승은 황제의 뜻을 짐작했다. 어사하신 금포를 입고 옥띠를 띤 후에 황제께 하직을 고하고 합문 밖으로 나왔다.

황제와 동승이 만난 일은 벌써 조조의 귀로 들어갔다.

"폐하께서 동 국구를 부르시어 공신각에서 무슨 말씀인지 한동안 하셨습니다."

조조는 급히 대궐로 들어갔다. 동승과 마주쳤다. 동승은 피할 도리가 없었다. 길 옆에 비켜서 예를 했다.

"동 국구는 어찌해서 대궐에 들어오셨소?"

조조가 묻는 말에 동승은 태연히 대답했다.

"폐하께서 부르시므로 들어가 뵈었더니 금포錦袍와 옥대玉帶를 내리십디다."

"어찌해서 금포 옥대를 내리셨소?"

"전에 서도에서 어가를 보호해 드린 공로를 생각하시어 이 물건을 내리신다 합니다."

조조는 다시 한 걸음 바싹 다가섰다.

"어디 띠를 좀 풀어 보시오. 나도 좀 구경합시다."

동승은 마음속으로 의대衣帶 속에는 반드시 밀조密詔가 있으려니 생각했다. 만약 조조가 눈치를 채면 큰일이었다. 머뭇머뭇하고 얼른 띠를 풀어 보이지 않았다.

조조는 따라와 좌우에 서 있는 시자에게 영을 내렸다.

"동 국구의 옥띠를 끌러서 이리 가져오너라."

조조의 시자는 무례하게도 동 국구의 옥띠를 끌러다가 조조한테 바쳤다. 조조는 옥띠를 받아 손에 놓고 한동안 들여다보다가,

"과연 좋은 옥띠로군."

빙긋 웃으며 한마디 한 후에,

"저 금포도 '잠깐 벗어 주십시오.' 하고 가져오너라."

동승은 마음속으로 두려웠다. 앙탈하고 아니 벗을 길이 없었다. 금포마저 훌훌 벗어 내주었다.

시자는 조조한테 금포를 바쳤다. 조조는 친히 받아서 햇빛에 치밀하게도 비춰 보았다.

조조는 보기를 다하자, 팔을 벌려 금포를 꿰어 입고 옥띠까지 띤 후에 좌우를 돌아보며 물었다.

"어떠냐, 내 몸에 맞느냐?"

시자들은 일시에 대답했다.

"꼭 맞습니다. 참으로 아름답습니다."

이 모양을 당하는 동승은 가슴이 조마조마했다. 조조는 동승을 향하여 빙긋 웃으며 말했다.

"어떻소, 국구 대감. 폐하께서 내리신 금포 옥대를 나한테 전사轉賜해 주시면 어떠하겠습니까?"

동승은 마음을 도슬러 먹었다. 얼굴빛을 고치어 정색하고 대답했다.

"임금께서 내리신 은사품을 승상께 바친다는 것은 예가 아니올시다. 동승이 비록 여유가 없습니다마는 승상께 따로 한 벌 지어 바치겠습니다."

조조는 간특하게 실눈을 떠서 동승을 바라보며 물었다.

"국구께서 오늘 이 의대를 받으신 것은 나중에 어떠한 음모가 있는 것이 아닙니까?"

간웅 조조는 동승의 급소를 찔렀다. 동승은 태연히 얼굴빛을 변하지 않고 대답했다.

"동승이 어찌 감히 그런 짓을 하겠소. 만약에 미덥지 못하시거든 나를 잡아 가두시오."

조조는 빙긋 웃고 대답했다.

"황상께서 내리신 어사물을 내 어찌 뺏겠소. 장난으로 한 짓이오."

등꽃이 떨어져서

조조는 말을 마치자 금포 옥대를 벗어서 동승한테로 돌려주었다.

동승은 어사御賜 의대衣帶를 받아 입은 후에 태연히 집으로 돌아왔다.

어느덧 한밤중이 되었다. 동승은 서재에 홀로 앉아 임금이 내리신 금포 옥대를 이리 뒤적 저리 뒤적, 자세히 살펴보았다. 아무리 보아도 눈에 띄는 물건이 없었다. 동승은 혼잣말했다.

"천자께서 나에게 금포와 옥대를 주시면서 자세히 살펴보라 말씀까지 분명히 내리셨으니 반드시 무엇이 있든지 곡절이 있을 텐데, 아무리 보아도 보이는 물건이 없으니 웬일일까?"

동승은 이같이 혼잣말한 후에 다시 옥띠를 검사해 보았다. 영롱하게 광채가 나는 눈빛 같은 백옥판에는 작은 용이 꽃을 희롱하는 모습을 새겼는데 후면에는 자줏빛 비단으로 뒤를 받쳐서 단정하게 배접을 했다.

바느질도 단정하려니와 한 곳 빈틈이 없었다. 동승은 책상 위에 올려놓고 다시 더 한 번 이리 뒤적 저리 뒤적 살펴보았다.

역시 헛수고였다.

한동안 뒤적거리던 동승은 몸이 노곤하면서 권태증이 생겼다. 잠깐 책상에 머리를 숙이고 궁리하고 있을 때, 슬며시 졸음이 왔다.

깜박 졸고 있을 때 헝겊 타는 냄새가 코를 찔렀다. 동승은 깜짝 놀라 눈을 떠 보니 상 위에 놓여 있는 촉대燭臺의 등꽃(燈花)이 옥띠 위로 떨어져서 옥띠 후면에 배접한 자주 비단 탄 자리에 흰 깁[11]이 드러났다.

빨간 핏방울이 하얀 비단 사이로 은은히 비쳤다. 동승은 무릎을 쳤다. 급히 칼을 꺼내어 도려 보니 천자의 어필御筆로 쓰신 밀조가 나타났다.

동승은 공손히 무릎을 꿇고 받들어 읽어 보았다.

짐朕은 들으니 인륜人倫의 큰 것은 부자父子가 제일이요, 존비尊卑의 의리는 군신으로 중함을 삼는다 한다. 요사이 조조는 권세를 희롱하여 군부君父를 기압欺壓하고 당오黨伍를 연결시켜서 조정의 기강을 파괴시켰다. 칙령勅令과 상벌은 짐朕의 주장을 떠나서 제멋대로 처리해 버린다. 밤과 낮으로 근심하고 궁리하나 아무런 소용이 없다. 장차 나라는 망하고야 말 것이다. 경은 일국의 대신大臣이요, 짐의 지척至戚이다. 고 황제의 창업하신 간난한 일을 생각해서 충忠과 의義가 양전兩全한 열사烈士를 모아 간악한 조적曹賊의 무리를 자멸하여 다시 사직社稷을 평안케 해 준다면, 조종조祖宗朝에 다행한 일이 될 것이다. 손가락을 깨물어 피로 조서詔書를 써서 그대에게 부치노라. 두 번 네 번 신중하게 생각해서 짐의 뜻을 저버리지 말게 하라. 건안建安 4년四年 춘春3월三月에 조서를 내리노라.

동승은 읽기를 다하자 눈물이 하염없이 쏟아져 흘렀다. 밤에 자려 하나 잠이 오지 않았다. 새벽녘에 침실로 잠깐 들어갔다가 다시 서재로 왔다.

다시 서재로 나온 동승은 책상 위에 놓아둔 조서를 두 번 세 번 받들어 읽었으나 아무러한 좋은 계책이 나지 아니했다. 조서를 다시 책상에 놓고 조조를 무찌를 궁리를 하면서 책상 뒤에 눈을 감고 누워 있었다.

---

11) 흰 깁 : 흰 비단, 환야紈也.

어젯밤을 꼬박 샌 때문에 온몸이 노곤했다. 잠이 소르르 들었다.

이때 시랑 벼슬한 왕자복王子服이 동승의 서재로 들어섰다. 원래 왕자복은 동승과 교분이 두터운 사람이므로 문 지키는 사람은 주인한테 알리지 않고 들어가는 것을 내버려 두었다.

왕자복이 동승의 서재로 들어가니 동승은 상 뒤에 졸고 있는데, 눈같이 흰 종이가 상 위에 펼쳐 있었다. 눈결에 잠깐 보니 짐朕이란 글자가 희미하게 보였다. 왕자복은 이상하다고 생각했다. 가까이 가서 읽어 보니 황제께서 친히 혈서로 쓰신 밀조였다. 슬며시 소매 속에 집어넣고 동승을 깨웠다.

"국구國舅는 무슨 잠이 이같이 깊으시오."

동승은 놀라 깨어 보니 옆에는 왕자복이 서 있었다. 급히 상 위를 바라보니 임금이 내리신 조서가 보이지 않았다. 동승은 깜짝 놀랐다. 정신이 아찔했다. 손과 발이 부들부들 떨렸다. 이 모양을 본 왕자복은 동승을 한번 얼러 댔다.

"네가 조 승상을 죽이려 하는구나. 나는 가서 이르겠다."

동승의 얼굴은 새파랗게 질렸다. 눈물이 뚝뚝 떨어졌다.

"만약 형이 이 같은 짓을 한다면 한실漢室은 다 결딴이 나 버리게 되오."

왕자복은 비로소 껄껄 웃었다.

"내가 대대로 한나라의 국록을 먹는 신하로서 어찌 충심이 없겠소. 원컨대 형의 한 팔 힘을 도와서 함께 국적을 멸하도록 합시다."

동승은 그제야 얼굴에 화색이 돌기 시작했다.

"형이 만약 그런 마음을 가졌다면 나라의 크나큰 행복입니다."

"우리 밀실로 들어가서 맹세하는 글을 쓰고 제각기 삼족을 버릴 것을 맹세하면서 임금께 보답하기로 합시다."

동승은 크게 기뻤다. 백견白絹 한 폭을 꺼내 놓고 자기 성명을 쓰니 왕자복도 붓을 들어 맹세하는 글 아래 이름을 썼다. 쓰기를 마치자 자복이 말했다.

"장군將軍 오자란吳子蘭이 나하고 지극히 가까우니 이 사람하고 한번 의논해 보기로 하겠소."

"그도 좋겠지요만 조정 대신 중에 장수長水 교위校尉 충즙种輯과 의랑義郎 오석吳碩은 나의 심복이 되니 반드시 나와 일을 같이할 것입니다."

이와 같이 두 사람이 의논하고 있을 때 상노가 들어와 아뢰었다.

"충 교위와 오 의랑 두 분께서 오셨습니다."

"곧 들어오시라 해라. 하늘이 나를 도와주시는구나. 형은 잠깐 저 방으로 피하시오."

동승은 자복을 옆방으로 피하게 한 후에 두 사람을 서재로 청해 들였다.

비분강개

충즙种輯, 오석吳碩 두 사람을 서재로 청해 들인 동승은 손수 차를 따라 두 사람에게 권했다. 충즙은 차를 마시며 동승을 바라보고 말했다.

"허전許田에서 사냥하던 일을 자네는 어떻게 생각하나?"

"기막힌 일일세. 그렇지만 어찌할 수가 없네그려."

오석이 옆에 있다가 팔을 걷어붙이며 말했다.

"나는 꼭 이 역적 조조 놈을 맹세코 죽이려 하네. 그러나 나를 도와주는 사람이 없어서 한이 되네."

"내가 자네를 도와주겠네. 나라를 위하여 해로운 국적을 제거시킨다면 나는 죽어도 한이 없네."

충즙이 대답했다.

이때 병풍 뒤에서 돌연 한 사람이 나타났다. 왕자복王子服이었다.

"이놈들, 너희 놈들이 조 승상을 죽이려 하느냐? 나는 밀고를 할 테다. 그리고 이 집 주인 동 국구는 증인이 될 것이다."

이 모양을 보자 충즙은 노기를 띠어 왕자복을 꾸짖었다.

"충신은 죽음을 두려워하지 않는다. 우리는 죽어서 이 나라의 귀신이 되려 한다. 너는 국적 놈한테 아부해서 잘 살아라."

이때 동승은 비로소 껄껄 웃으며 노기를 띤 충즙의 소매를 잡았다.

"그렇지 않아도 우리들은 이 일을 가지고 의논하던 중일세. 왕 시랑의 말은 자네들의 마음을 떠보려고 일부러 한 말일세."

이때 왕자복은 소매 속에 넣었던 황제의 밀조를 꺼내서 두 사람에게 보였다. 충즙과 오석은 조서를 받들어 읽자 눈물이 줄줄 흘렀다.

동승은 두 사람에게 맹세하는 글을 보이고 이름을 쓰게 했다.

"여러분은 잠깐 기다리고 계시오. 동지 오자란吳子蘭을 데리고 오리다."

왕자복은 말을 마치고 나간 지 얼마 아니 되어 오자란을 데리고 들어왔다. 오자란도 맹세하는 글에 이름을 썼다.

동승은 여러 사람을 뒷사랑으로 청하여 술을 마시며 앞으로 역적을 처치할 일을 의논하고 있을 때 문 지키는 아전이 들어와 아뢰었다.

"서량西涼 태수太守 마등馬騰 장군將軍께서 행차를 하셨습니다."

"서량 태수 마등이? 웬일일까? 내가 몸이 아파서 손을 못 본다고 말해서 돌려보내라."

동승은 분부를 내렸다. 문 지키는 아전은 밖으로 나와서 마등한테 아뢰었다.

"대감께서는 병환이 나시어 누워 계십니다. 손님을 대하지 못하신다합니다."

마등은 크게 노했다. 눈을 부릅떴다.

"그게 무슨 소리냐? 내가 어제 저물녘에 너희 댁 대감께서 동화문東華門밖에서 금포錦袍 옥대玉帶로 나오시는 모양을 똑똑히 보았는데, 무슨 까닭에 병을 칭탁하고 나를 막느냐? 내가 일없이 온 것이 아니다."

마등은 노발대발, 호령이 추상같았다. 문지기는 다시 안으로 뛰어 들어갔다.

"마등 장군께서 역정이 대단히 나셨습니다. 일이 있어서 왔는데 아니만나신다고. 그리고 어젯밤에 대감께서 대궐에서 나오시는 모습을 뵈었다 합니다."

동승은 마지못해서 일어났다.

"내 잠깐 다녀올 테니 여러분은 잠깐만 기다리시오."

동승은 바깥사랑으로 나가서 마등을 대청으로 청해 들였다. 마등은 아직도 역정이 풀리지 아니했다.

"마등이 천자께 뵙고 돌아가는 길에 대감을 잠깐 만나고 가라 하기에 일부러 찾았더니 병을 칭탁하고 만나지 아니하시니 섭섭하외다."

"천한 몸이 별안간 폭병暴病을 얻어서 진시 맞아들이지 못했으니 죄스럽기 짝이 없소이다."

동승은 얼굴을 붉히고 허리를 굽혀 대답했다.

"폭병을 얻으셨어? 얼굴에는 화기가 가득하고 병색이 없는데 폭병이라니 무슨 말씀이오?"

동승은 대답할 말이 없었다. 잠자코 있을 때, 마등은 소매를 떨쳐 일어났다.

"모두 다 나라를 구할 사람이 못되는군!"

마등이 혼잣말하고 댓돌에 내려 신을 신었다.

'나라를 구할 사람이 못되는군!'

하는 한마디 말은 동승의 가슴을 콱 찔렀다. 동승은 신을 신는 마등의 소맷자락을 탁 잡았다.

"나라를 구하지 못할 사람이라니, 그게 무슨 말씀이오?"

마등은 동승의 얼굴을 똑바로 바라보았다.

"조조가 허전許田에서 사냥할 때 한 방자한 행동이 오늘날까지 내 가슴에는 엉키고 뭉쳐서 체증이 생겼는데 당신은 나라의 지친한 국척이면서 주색酒色에만 빠져 가지고 역적 칠 생각은 아니하니 어찌 나라를 구할 수가 있겠소. 당신을 보고 한 말이오."

동승은 마등이 진정으로 하는 소린지 조조의 편이 되어 가지고 자기의 마음을 떠보려고 하는 소린지 분간을 하기 어려웠다.

"조 승상은 국가의 대신으로 조정이 크게 신뢰하는 분인데 공은 어찌해서 이 같은 말씀을 마구 하시오."

마등은 불같이 노했다.

"대감은 그래 조가 도둑놈을 좋은 사람이라고 생각하오?"

마등은 눈을 부릅떠 동승을 똑바로 바라보았다.

"이목이 번다합니다. 목소리를 좀 낮추시오."

동승이 말했다.

"너 같은 탐생파사貪生怕死[12]하는 작자와 무슨 일을 의논하겠느냐?"

마등은 더욱 큰소리로 호령을 하면서 소매를 뿌리쳐 나갔다. 동승은 그제야 마등이 진정 충의지사忠義之士인 것을 알았다. 마등의 손을 탁 잡았다.

"잠깐만 참으시고 노염을 푸시오. 대감께 꼭 보여 드릴 물건이 하나 있소. 잠깐만, 그저 잠깐만."

동승은 빌다시피 마등을 서재로 인도했다.

마등은 마지못해 동승을 따라섰다. 서재로 마등을 인도한 동승은 황제의 피로 쓴 밀조를 마등한테 꺼내 보였다.

"기실은 나도 조조를 죽이려고 생각하오. 국가의 화근덩어리외다. 나는 폐하의 밀조를 받들었소. 자아, 대감, 보시오."

마등은 동승이 받들어 주는 황제의 밀조를 읽었다. 머리털이 치솟았다.

---

12) 탐생파사 : 죽음을 두려워하여 죽을 때 죽지 못하고 추하게라도 살려고 하는 사람.

이로 입술을 깨물었다. 입 안에 피가 가득 괴었다. 마등은 읽기를 다하자 동승을 바라보았다.

"나는 이런 줄은 몰랐구려. 대감이 만약 행동을 취하신다면 나는 곧 서량 군사를 거느리고 들어와서 외응外應[13]을 하리다."

"고맙소이다. 지금 옆방에는 우리들 동지들이 모여 있소. 대감도 함께 들어갑시다."

동승은 말을 마치자마자 마등을 데리고 옆방으로 들어갔다. 왕자복王子服, 충즙种輯, 오석吳碩, 오자란吳子蘭 들이 모여 있었다. 동승은 서량 태수 마등을 일일이 여러 사람에게 소개했다.

마등은 맹세하는 의장義狀[14]에 자기 이름을 쓰고 술에 피를 타서 마시며 맹세했다.

"우리는 죽어도 맹세를 저버려서는 아니 되오!"

마등은 다시 여러 사람에게 말했다.

"우리들, 지금 맹세한 사람은 나까지 여섯 사람이외다. 열 사람만 모이면 큰일을 성사할 수 있소."

"사람이 너무 많으면 도리어 지장이 생기기 쉽소. 충의지사란 그렇게 많은 것이 아닙니다."

동승이 대답했다.

문갑 위에는 마침 원항노서부鵷行鷺序簿[15]가 놓여 있었다.

마등은 원항노서부를 뒤적거리다가 유劉 씨氏 종족宗族 편으로 눈을 옮

---

13) 외응 : 내응內應의 반대. 밖에서 군사를 거느리고 쳐들어와서 응해 주는 것.
14) 의장 : 의로운 글장. 맹세하는 서약서.
15) 원항노서부 : 조정에 벼슬하는 사람들의 명부名簿. 유우석劉禹錫이 배상裵相한테 보낸 시詩에 '佇聞戎鳥息, 入賀領鵷行' 원항鵷行은 조관朝官의 반열班列을 말한 것.

겼다. 마등은 별안간 손뼉을 쳤다.

"왜 이런 사람하고 한번 의논을 아니해 보시오."

"어떤 사람이오?"

여러 사람이 일제히 물었다. 마등은 천천히 침착하게 대답했다.

"예주목豫州牧 유현덕劉玄德이란 사람이 있소. 참말 좋은 사람이지요. 왜 이런 사람을 찾아서 한번 의논해 보지 아니했소?"

동승이 대답했다.

"이 사람이 비록 나라의 종실로 황숙皇叔이라 하지만 지금 조조한테 붙어서 벼슬을 하고 지내오. 이런 사람이 어찌 즐거이 목숨을 내놓고 큰일을 하겠소."

마등이 말했다.

"내가 전일 사냥할 때 보니 조조가 만조백관의 만세 소리를 받고 있을 때, 유현덕의 아우 관운장이 현덕의 뒤에 있다가 청룡도를 들고 조조를 찌르려 했소이다. 이때 현덕은 눈짓을 해서 관운장을 만류한 일이 있었소. 이것은 앞뒤에 늘어서 있는 만조백관들이 모두 다 조조의 심복이니 힘이 모자라서 만류한 것이라 생각하오. 한번 의논해 보시오. 반드시 승낙을 하리다."

서량西凉 태수太守 마등馬騰이 유현덕을 천거하는 말을 듣자 의랑議郞 오석吳碩이 대답했다.

"일이란 너무 급하게 서둘러도 못 쓰니 조용히 상의한 후에 처리합시다."

모두들 옳다고 생각했다. 이날 여러 사람은 일단 헤어지기로 했다.

다음 날 캄캄한 밤중이 되었다. 동승은 밀조密詔를 품에 품고 공관公館으로 현덕을 찾아갔다. 문 지키는 아전이 현덕에게 고하니 현덕은 친히 동승을 맞아 조용한 방으로 청해 들였다. 현덕의 뒤에는 관운장과 장비가 모시어 서 있었다.

"국구國舅께서 밤 깊게 오시니 반드시 무슨 곡절이 있습니다. 무슨 일이 오니까?"

현덕이 공손히 물었다.

"대낮에 말을 타고 오면 조조가 의심할까 보아서 일부러 캄캄한 밤중에 뵈러 온 것입니다."

현덕은 술을 내오라 하여 동승을 관대했다. 동승이 말을 꺼냈다.

"전일 사냥터에서 계씨 관운장은 조조를 죽이려 했는데 장군은 눈짓을 해서 그만두게 하셨으니 어찌 된 일입니까?"

현덕이 깜짝 놀랐다.

"대감께서 어떻게 아셨습니까?"

"다른 사람은 다 못 보아도 나만은 보았소이다."

현덕은 숨길 수가 없었다.

"아우가 조조의 너무 방약무인한 참람한 행동을 보고 노기를 이기지 못하여 조조를 죽이려 했던 것입니다."

동승은 손으로 얼굴을 가려 통곡했다.

"조정의 벼슬하는 사람이 모두 다 관운장만 같다면 무슨 불평이 있겠소!"

현덕은 조조가 동승을 보내서 일부러 자기의 속마음을 떠보는 줄 알았다.

"그게 무슨 말씀입니까? 조 승상은 정치를 잘해서 천하를 잘 다스리십니다. 무슨 걱정과 불행이 있을 리가 있습니까?"

동승은 얼굴빛을 고치고 자리를 박차 일어나면서 말했다.

"공은 나라의 종실로, 황숙皇叔 칭호를 받는 분이기에 간담을 터놓고 말하러 왔더니 일부러 속여서 말을 하시니 나는 가는 수밖에 없습니다."

현덕은 동승의 손을 잡았다.

"국구의 진정 마음을 몰라서 잠깐 거짓 대답을 한 것입니다. 용서하십시오."

동승은 비로소 소매 속에서 황제의 밀조를 꺼내어 현덕에게 보였다. 현덕은 조서를 받들어 읽자, 눈물이 비 오듯 쏟아졌다.

동승은 다시 의장義狀을 꺼내어 현덕에게 보였다.

현덕이 보니 맹세한 사람은 여섯이 있는데 첫째는 거기車騎 장군將軍 동승董承이요,

둘째는 공부工部 시랑侍郎 왕자복王子服이요,

셋째는 장수長水 교위校尉 충즙种輯이요,

넷째는 의랑議郎 오석吳碩이요,

다섯째는 소신昭信 장군將軍 오자란吳子蘭이요,

여섯째는 서량西凉 태수太守 마등馬騰이었다.

용타령

현덕은 보기를 다하자,

"대감께서 조서를 받들어 국적을 토벌하신다면 제 어찌 견마犬馬의 힘을 다하지 않겠습니까."

동승은,

"고맙소."

한마디 한 후에 의장에 서명하기를 청했다.

현덕은 붓을 들어 일곱째로 좌장군左將軍 유비劉備라 쓰고 수결手決[16]을 두었다. 동승은 유현덕이 일곱 번째로 수결을 둔 맹세하는 글월을 거두며 말했다.

"세 사람쯤 더 가입시켜서 열 사람의 의사義士로 국적을 도모하기로 합시다."

현덕이 천천히 입을 열어 말했다.

"서서히 생각해서 시행해야 합니다. 가볍게 처리할 일이 아닙니다. 누설이 되어서는 아니 됩니다."

이같이 의논한 후에 모두들 오경五更 때나 되어 헤어졌다.

현덕은 집으로 돌아온 후에 친히 후원에 밭을 갈아 씨를 뿌리고 물을 주

---

16) 수결 : 이름 밑에 자기의 표신標信을 그리는 것. 지금의 '사인' 과 같음.

어 날마다 세월을 흘려보냈다. 조조가 의심할까 보아 일부러 도회韜晦[17]하자는 수작이었다. 이 모양을 본 관우와 장비는 못마땅하게 생각했다. 현덕을 대하여 간하였다.

"형님께서는 천하 대사에 마음을 두지 아니하시고 배추 심는 작은 일로 소견을 하시니 무슨 까닭입니까?"

현덕은 껄껄 웃었다.

"자네들의 알 바 아닐세."

한마디로 대답하고 입을 다물었다. 두 사람은 더 보채지 아니했다.

하루는 관우와 장비가 출타하여 없고 현덕 혼자 후원에서 배추밭에 물을 주고 있을 때, 조조의 부하 허저와 장요가 수십 명 군사를 거느리고 후원으로 들어왔다.

"승상께서 부르시니 함께 가십시다."

현덕은 마음속으로 놀랐다.

"무슨 긴급한 일이 있습니까?"

"모르겠소이다. 그저 청해 오라고 하시니 우리들은 왔을 뿐입니다."

허저가 대답했다. 현덕은 허저와 장요와 함께 승상부로 들어가 조조를 만났다. 조조는 현덕을 보자 깔깔 웃으며 말했다.

"현덕은 요사이 집에서 큰일을 계획하고 있다는구려."

현덕은 큰일을 한다는 말에 발이 저렸다. 조조가 눈치를 챘나 생각했다. 얼굴이 흙빛같이 변했다.

조조는 현덕의 손을 잡고 후원으로 들어가며 말했다.

---

17) 도회 : 감추어 어둡게 하는 것. 드러내지 않음. 도韜는 칼을 감추는 칼집, 회晦는 그믐밤. 어둡다는 뜻.

"현덕은 요사이 밭을 가꾼다면서요. 농사짓는 일도 그다지 쉬운 일이 아닐 텐데."

현덕은 비로소 마음이 놓였다.

"일이 없으니 그저 소견消遣으로 하는 것뿐입니다."

조조는 현덕의 손을 잡고 후원으로 들어가니, 매화나무에 가지마다 푸른 매실梅實이 다닥다닥 붙어 있었다. 조조는 홀연 옛 생각이 일어났다.

"여보, 현덕. 매화나무와 매실을 바라보니 옛 생각이 나는구려. 지난해에 장수張繡를 치러 갈 때, 행군하는 도중에 식수가 그만 떨어졌구려. 장수와 군사들은 목이 타서 죽을 지경인데, 이것 큰일 났구려. 가만히 생각하니 한 계교가 나더라니. 나는 말을 타고 앞으로 달리다가 채찍을 번쩍 들어 먼 곳을 가리키면서 큰소리로 호통을 쳤소. 저기 보이는 저곳에 매림梅林이 있다. 빨리 가서 매실을 따먹자! 이렇게 소리쳤더니 수천 명 군사들은 일제히 군침이 입에서 돌았소. 이래서 나는 군사들을 해갈시킨 일이 있었소. 이제 이 매화나무를 대하니 술 한 잔 생각이 간절히 나는구려. 그래서 사군使君[18]을 청한 것이니 우리 함께 정자에 올라 한 잔씩 마십시다. 마침 술도 따뜻하게 데워졌을 것이오."

조조의 말을 듣는 현덕은 비로소 마음이 활짝 놓였다. 정신이 가라앉았다. 조조를 따라 초정에 올라 푸른 매실을 소반 위에 담아 놓고 술을 데워 마시기 시작했다.

두 사람은 술이 반 넘어 거나했을 때 홀연 먹장 같은 검은 구름이 하늘 한편에 뭉게뭉게 일어나면서 바람은 정자에 가득하고 소나기가 금방 쏟아질 듯했다. 옆에 모시어 술을 데우던 시동이 하늘 한편을 손으로 가리

---

18) 사군 : 유현덕은 예주목豫州牧이니 존칭해서 사군이라 부른다. 우리의 사도와 같음.

키며 아뢰었다.

"아유 저편 하늘을 바라보십시오. 용이 하늘로 막 올라가나 봅니다. 굼틀굼틀, 검은 구름장이 막 들먹들먹합니다."

조조와 현덕은 술잔을 놓고 난간에 의지하여 하늘을 바라보았다. 과연 검은 구름장 속에는 청룡, 황룡이 굼틀거리며 여의주를 희롱하는 듯했다. 조조가 문득 말을 꺼냈다.

"사군은 용의 변화를 아십니까?"

"자세히 알지 못합니다."

현덕은 손을 비비며 겸손하게 대답했다. 조조는 신흥이 도도했다. 소매를 걷어붙이고 말을 꺼냈다.

"용이란, 능대능소能大能小하여 크게 되려면 크게 되고 작게 되려면 작게 됩니다. 눈에 띄어 하늘로 오르기도 하고 몸을 숨겨서 보이지 않는 수도 있습니다. 크면 구름을 일으켜 안개를 토하고, 작으면 비늘을 숨기고 형상을 감추기도 합니다. 용이 한번 하늘로 오르게 되면 우주宇宙 사이로 종횡해 닐고, 숨을 때는 바다의 파도 속으로 잠겨 버리고 맙니다. 지금은 한창 봄이 무르녹는 계절입니다. 용이 봄철을 만나 변화할 땝니다. 마치 사람이 뜻을 얻어서 사해로 세로 가로 달리는 것과 방불합니다. 이러하니 용이란 물건은 세상의 영웅호걸에 견줄 만한 영특한 짐승이지요. 현덕께서는 오랫동안 사방을 편답하셨으니 반드시 당세의 영웅호걸들을 많이 아실 것입니다. 누구누구가 영웅인가 한번 말씀해 보십시오."

조조는 빙긋 웃고 현덕을 바라보았다.

현덕은 자리를 피하여 대답했다.

"저 같은 속된 눈이 어찌 천하의 영웅호걸을 알아보겠습니까."

"겸사의 말씀을 너무 마시오."

조조가 타일렀다.

"유비는 그저 승상의 덕택으로 두호해 주시는 은혜를 입어 다행히 조정에 벼슬하는 영광을 얻었을 뿐, 어찌 천하 영웅을 알겠습니까. 참으로 과연 모릅니다."

"얼굴은 몰라도 소문으로라도 이름을 들었겠구려."

조조는 깐깐히 물었다. 현덕은 마지못해 대답했다.

"회남淮南에 있는 원술袁術은 군사도 많고 양식도 족하니 가위 영웅이라 하겠습니다."

현덕의 말을 듣자, 조조는 깔깔 웃었다.

"원술이는 총중고골冢中枯骨이지. 무덤 속에 마른 뼈다귀란 말이야, 하하하. 내 곧 조만간에 사로잡을 위인이지."

현덕이 또 대답했다.

"하북河北의 원소袁紹는 사세四世 삼공三公이올시다. 그의 문하에는 고리故吏들이 많습니다. 지금 범처럼 기주 땅을 차지하고 있어 부하에 일 잘하는 사람들이 극히 많습니다. 가위 영웅이라 하겠습니다."

조조는 또 한 번 깔깔 웃었다.

"원소는 겉으로 위풍은 당당하나 담이 작고 꾀를 좋아하여 결단성이 없는 사람이지요. 큰일을 하려고 하면서도 몸을 사리고 조그마한 이끗만 보면 목숨을 바치려고 드니 이거 되겠소? 영웅이 아닙니다."

현덕이 대답했다.

"한 사람이 있습니다. 이름은 팔준八俊 속에 들고, 위엄은 구주九州를 진동시키고 있습니다. 유표 유경승은 가위 영웅이라 하겠습니다."

조조는 고개를 가로 절레절레 흔들었다.

"유표는 허명무실虛名無實이야."

현덕이 또 말했다.

"한 사람이 있습니다. 혈기가 방장한 강동江東 영수領袖 손견孫堅의 아들 손백부孫伯符 손책孫策이 있습니다."

조조는 또 고개를 가로흔들었다.

"제 아비의 이름을 빌었을 뿐 참 영웅이 못됩니다."

"그렇다면 익주益州의 유계옥劉季玉은 영웅이 되겠습니까?"

"유장劉璋이 말씀입니까? 그 사람은 비록 종실이라 하나 집 지키는 개밖에 아니 됩니다. 이런 사람을 어찌 영웅이라 하겠습니까."

"그렇다면 장수張繡, 장노張魯, 한수韓遂 따위들은 어떻습니까?"

조조는 손바닥을 어루만지며 크게 웃었다.

"하하하. 부러 그러시오. 이 사람들은 모두 다 보잘것없는 사람들입니다. 입에 올릴 거리도 못됩니다."

현덕은 빙긋이 웃었다.

"그렇다면 유비는 진정 모르겠습니다. 누가 영웅이 되겠습니까? 승상께서 한번 말씀해 보십시오."

조조는 빙긋 웃으며 유현덕을 한동안 바라보았다.

조조는 한동안 현덕을 바라보다가 천천히 말했다.

"대저 영웅이란 큰 뜻을 가슴 안에 품고 뱃속에는 무한한 좋은 꾀를 간직해서 넓고 넓은 우주의 진리를 싸서 감추고 천지天地의 오묘한 이치를 삼키고 뱉는 사람이라야 능히 참 영웅이라 할 것이오."

"당세에 누가 능히 당할 만하겠소?"

현덕이 물었다. 조조는 빙긋 웃으며 인지人指를 들어 먼저 유현덕을 가리키고 다음 자기 몸을 가리켰다.

"당금 천하의 영웅이 될 만한 사람은 사군使君과 조조가 있을 뿐이오."

현덕은 조조의 말을 듣자 깜짝 놀랐다. 손에 들었던 수저를 땅에 떨어뜨렸다.

이때 하늘에서는 천둥 벽력이 우르릉 일어나면서 우레 소리가 강산을 뒤흔들었다. 현덕은 조용히 고개를 숙여서 땅에 떨어진 수저를 집으며,

"아이구 천둥도 무서워라. 단번에 강산이 뒤엎어지는 듯하는구나!"

혼잣말로 중얼거렸다. 조조는 현덕의 무서워하는 모양을 보자 깔깔 웃었다.

"사내대장부가 그까짓 뇌성벽력을 두려워한단 말이오?"

조롱하듯 말했다.

"빠른 우레와 매운바람은 성인도 변조變兆라 하셨습니다. 어찌 두렵지 않겠습니까."

현덕은 바보인 체 대답했다. 조조는 이 뒤로부터 유현덕을 의심하지 아니했다.

하늘에서는 비가 쏟아져 내렸다. 홀연 두 사람이 정자 앞으로 뛰어 들어왔다. 정자 아래서 시자들이 막으려 했으나 막을 수가 없었다.

조조가 보니 관우와 장비였다. 원래 두 사람은 성 밖에서 활 쏘는 연습을 하다가 집에 돌아와 보니 현덕이 허저와 장요한테 끌려서 조조한테로 갔다는 것이었다. 두 사람은 황망히 승상부로 가서 물어보니 현덕은 조조와 함께 후원에 있다는 것이었다. 관우와 장비는 혹시나 현덕한테 실수가 있을까 하여 급히 들어가 보니 조조와 현덕은 술을 마시고 앉아 있었다. 관우와 장비는 정자에 올라 칼을 들고 섰다.

조조가 물었다.

"두 사람은 어찌해 왔는가?"

관우가 대답했다.

"승상께서 가형과 함께 약주를 잡수신다 하므로 특별히 흥을 돕기 위하여 검무劍舞를 추러 왔소이다."

"여기는 홍문회鴻門會[19]가 아닐세. 항장項莊과 항백項伯이 와도 소용이 없네."

조조는 말을 마치자 껄껄 웃었다. 현덕도 소리 없이 빙그레 웃었다. 조조는 동자에게 명을 내렸다.

"저 두 번쾌樊噲한테 술을 올려라."

동자는 큰 잔에 술을 가득 부어 관공과 장비한테 올렸다. 관공과 장비는 사례하면서 술을 마시었다.

조금 있다가 술상은 거두어지고 유현덕은 관우, 장비와 함께 조조를 작별하고 돌아왔다.

"도대체 조조가 왜 형님을 청했습디까? 장비와 나는 형님한테 무슨 좋지 못한 일이 생기나 하고 깜짝 놀랐습니다."

현덕은 조조를 만나 용 타령을 하다가 당대 영웅호걸을 이야기하던 일이며, 수저를 떨어뜨려서 자기의 몸을 도회하던 일을 일장 설파했다.

"내가 애당초 후원에서 밭을 갈아서 채소를 가꾸는 일은 정치에 큰 뜻이 없다는 것을 조조한테 보이기 위함일세. 그런데 뜻밖에 조조는 나를 청해서 용 타령을 하면서 천하 영웅을 이야기하다가 진짜 영웅은 나하고 자기밖에 없다고 하데그려. 내 마음을 떠보자는 수작이지. 이것 큰일 아

---

19) 홍문회 : 초한楚漢 전쟁 때 고사故事. 항우項羽는 패공沛公인 한漢 고조高祖를 죽이려 하여 홍문鴻門에 연회宴會를 차리고 패공을 청했다. 항백項伯, 항장項莊은 항우項羽의 숙부叔父들이었다. 항백은 검무劍舞를 추어 패공을 죽이려 했다. 항장은 항우의 숙부였으나 패공을 죽여서는 아니 되겠다 생각하고 마주 검무를 추어서 항백의 칼을 막았다. 이 찰나에 패공의 장수 번쾌가 뛰어 들어와서 패공을 구했다. 항우는 장사라고 번쾌를 칭찬하면서 한 말 술을 주었다.

닌가. 때마침 천둥 벽력이 일어나기에 나는 깜짝 놀라는 체하고 수저를 일부러 땅에 떨어뜨렸지. 조조는 천둥소리가 그렇게 무서우냐고 하면서 나를 조롱하데그려. 그저 무섭다고 못난 체를 했더니 조조는 그제야 마음이 놓이는 모양이데. 조조는 살쾡이일세. 살쾡이 앞에서 잘난 체를 하면 할퀴는 법일세. 하하하."

현덕은 드높게 웃었다.

"참 잘하셨소. 높은 견식은 감탄할 수밖에 없소."

"그렇지, 잘하셨지. 조조 놈이 우리 형님한테 넘어갔지."

관우와 장비는 제각기 한마디씩 하고 웃음 가락이 높았다.

다음 날이 되었다. 조조는 또다시 유현덕을 승상부로 청하여 술을 내어 관대했다. 조조와 현덕이 한참 술을 마시고 있을 때 지난번에 원소의 동정을 살피러 갔던 만총이 돌아왔다. 조조는 만총을 불러 물었다.

"그래, 원소의 동정이 어떻던가?"

"원소는 공손찬公孫瓚 군사를 무찔러서 큰 승리를 얻었고, 공손찬은 가엾게도 패전을 해서 목을 매어 죽었습니다."

유현덕과 공손찬은 죽마고우였다. 현덕은 깜짝 놀랐다.

"공손찬이 목을 매어 자살을 했다! 거 웬일이오! 자세히 좀 이야기를 해주구료."

"공손찬은 원소의 군사가 쳐들어가니 역경루易京樓를 지어 사수했으나 당해 낼 수가 없었습니다. 허도로 구원병을 청하러 사람을 보냈는데 공교롭게 원소의 군사한테 잡히고 말았습니다. 다시 장연張燕에게 사람을 보내서 청병을 했는데 또다시 원소의 군사한테 잡히고 말았습니다. 공손찬은 하는 수 없이 단독의 힘으로 성안에서 결전을 하다가 원소가 장연의 군사로 가장해서 사면에 복병이 일어났습니다. 공손찬의 군사는 대패하

고 원소의 군사는 성안으로 물밀듯 몰려 들어갔습니다. 공손찬은 달아나
려 하나 달아날 길이 없었습니다. 먼저 자기의 처자를 죽인 후에 집에 불
을 지르고 목을 매어 자살해 버렸습니다."

유현덕은 죽마고우였던 옛 친구의 불행하게 마친 최후 소식을 듣자, 눈
물이 글썽거려 눈시울로 넘쳐흘렀다.

"착한 사람이고 나라의 충신인데 가엾게 죽었구려!"

아프게 탄식했다.

범을 따라 산으로 돌아가다

"그래, 그 뒤에 원소는 어찌 되었나?"

조조가 물었다.

"지금 원소의 성세聲勢는 굉장합니다. 여기다가 원소의 아우 원술은 하남에 있으면서 교만하고 방사하여 인심을 크게 잃었습니다. 원술은 보통인물이 아닙니다. 자기가 참칭僭稱하던 황제의 제위帝位를 제 형 원소한테 바치겠다고 하면서 하남을 버리고 하북으로 가려고 합니다. 원소는 원술한테 옥새를 달라고 하고 원술은 옥새를 바치러 간다고 합니다. 이 두 형제가 협력을 한다면 하남 하북은 조련히 수복하기 어려울 것입니다. 승상께서는 급히 계획을 차리셔야 할 것입니다."

만총이 대답했다.

옆에서 말을 듣고 있는 유현덕은, 공손찬이 옛날 자기를 조정에 천거해 준 일을 생각해서 감창한 마음을 금할 수 없었고, 공손찬을 따라갔던 조자룡 조운趙雲의 안부가 궁금하기 그지없었다.

현덕은 가만히 혼자 생각했다.

'내가 이 기회에 조조한테서 몸을 빼쳐서 나가는 것이 상책이다.'

현덕은 자리에서 일어나 조조를 향하여 말했다.

"원술이 만약 원소한테로 간다면 반드시 서주로 지나갈 것입니다. 저한테 군사를 빌려 주신다면, 중로에 가서 길을 끊고 원술이를 잡아 바치겠습니다."

조조는 마음에 들었다. 웃으며 대답했다.

"내일 황제께 아뢰고 당일로 기병起兵하게 하시오."

선뜻 승낙을 했다.

이튿날, 현덕은 조조와 함께 대궐에 나가 황제께 뵙고 원술 치러 가는 일을 아뢰었다.

조조는 현덕에게 5만 군사를 총독하게 한 후에 자기의 심복 주영朱靈과 노소路昭 두 사람을 붙여 주었다.

현덕은 다시 대궐에 나가 황제께 하직 인사를 고하니, 황제는 옥안에 눈물을 머금어 울면서 현덕을 전송해 보냈다.

현덕은 우사寓舍로 돌아와 밤을 도와 군기를 점검한 후에, 대장군 총독의 인뒤웅이를 허리에 차고 금포錦袍 옥대玉帶로 마상에 높이 앉아 5만 대병을 거느려 나갔다.

문무백관이 십 리 장정까지 나와서 유현덕을 전송했다.

이 틈에 국구國舅 동승董承도 끼여 나왔다.

현덕은 잠깐 조용한 틈을 타서 동승에게 말했다.

"국구께서는 잠깐 참고 계십시오. 유비는 이번 길에 반드시 갚을 일이 있습니다."

"사또만 믿습니다. 폐하의 뜻을 저버리지 마시오."

두 사람은 은근히 손을 잡아 작별했다.

현덕은 발길을 돌려 만조백관과 일일이 인사를 나눈 후에 마상에 높이 앉아 대군을 지휘하여 나갔다.

옆에는 관공과 장비가 청룡도와 장팔사모 큰 창을 잡고 유현덕을 호위하여 따랐다.

기치창검은 10리에 뻗쳐 하늘을 가리고, 뛰닫는 군마의 말 울음소리는 장부의 가슴을 설레게 했다.

현덕은 거느린 5만 군대가 질서를 차려 북을 치며 행군을 할 때, 현덕의 뒤에 따르던 관공과 장비가 현덕한테 조용히 물었다.

"형님, 이번 출정하시는 행동은 전에 비하여 지나치게 신속합니다. 무슨 까닭이오니까?"

현덕은 빙긋 웃고 대답했다.

"나는 그동안 농에 든 새요(籠中鳥), 그물에 걸린 고기(網中魚)의 몸이었네. 이번 길은 마치 큰 고기가 대해로 돌아가고, 새가 푸른 하늘(靑霄)로 자유롭게 나는 격일세. 어찌 신속한 행동을 취하지 않겠나?"

관공과 장비는 현덕의 뜻을 비로소 알았다. 주영과 노소를 재촉하여 행군을 빨리 해 나갔다.

이때 조조의 모사 곽가와 정욱은 전곡錢穀을 조사하러 일선으로 나갔다가 조조가 현덕에게 5만 군사를 주어 출병한 소식을 듣고 깜짝 놀라서 조조를 찾았다.

"승상께서는 무슨 연고로 유비에게 많은 군사를 주어 보내십니까?"

"원술의 가는 길을 끊으려는 계획일세."

조조가 대답했다.

정욱이 눈을 크게 뜨고 조조를 바라보며 말했다.

"지난날 유비가 예주목豫州牧이 되었을 때 저희들은 그를 죽이자고 했습니다. 그때 승상께서는 듣지 아니하셨습니다. 오늘은 그에게 큰 군사를 주어 보내시니 이것은 마치 용이 바다로 들어가는 격이요, 범을 놓아 산으로 돌려보내는 일입니다. 뒤에 다스리려 하나 도리가 없을 것입니다."

곽가가 말했다.

"승상께서는 유비를 죽이기까지 아니하시더라도 놓아 보내서는 아니 되십니다. 옛말에 한때 적을 놓아 보내는 것은 만대의 후환거리라 했습니다. 승상께서는 천만 번 살피시옵소서."

조조는 두 사람의 말을 듣자 황연히 깨달았다.

급히 허저를 불렀다.

"자네는 빨리 유비한테 쫓아가서 군사를 돌려 회군하라 이르게."

허저는 5백 군마를 거느리고 유비의 뒤를 쫓았다.

현덕이 한참 말을 달려 행군을 할 때, 후면에 티끌이 자욱하게 일어났다.

현덕은 관공과 장비와 의논하였다.

"저기 일어나는 저 티끌은 반드시 조조의 추병追兵일 게다. 행군을 중지하고 기다려 보는 것이 좋겠다."

일동은 진을 치고 관공과 장비는 무기를 들어 양편에 벌여 서서 대기하고 있었다.

허저는 군대의 위용이 엄숙하고 정제한 것을 보자 말에 내려 영문에 통자通刺[20]를 하고 현덕을 뵈었다.

현덕은 시침을 떼고 물었다.

"장군은 어찌해서 오셨소?"

"승상의 명을 받들어 왔소이다. 별로 의논할 일이 있으니 군사를 돌려서 오시라 합디다."

현덕은 정색하고 대답했다.

"장수는 밖에 있으매 군명君命을 받지 않는다 하였소. 나는 친히 황제께 뵈옵고 승상의 말씀까지 친히 듣고 나왔는데, 별안간 군사를 거두라 하시

---

20) 통자 : 명함을 내는 것과 같음.

는 말씀은 믿을 수가 없소. 속히 돌아가 내 말씀을 승상께 품하시오."

현덕은 씩씩하게 거절했다.

허저는 가만히 생각해 보았다. 조 승상은 유현덕과 여태껏 교분이 두텁게 지내는 터요, 이번에 회군하라는 명령도 자기보고 시살해서 강제로 회군을 하라 한 것이 아니라 말로 일러서 군사를 돌리라 한 것이었다.

현덕을 강제로 끌고 갈 수는 없었다.

"그럼, 그대로 승상께 보고하리다."

허저는 현덕을 작별하고 군사를 이끌어 돌아와 조조한테 현덕의 대답을 전했다.

조조는 어찌하여야 좋을지 아직 결정을 짓지 못했다.

정욱과 곽가가 미소를 띠며 말했다.

"그것 보십시오. 유비가 즐겨서 회군을 아니하니 그 마음이 변한 것을 짐작할 수 있지 않습니까?"

"그곳에 주영朱靈, 노소路昭 두 장수가 있는데, 현덕이 어떻게 변심을 먹고 행동하겠소? 이왕 보낸 것이니 내버려 두기로 합시다."

조조는 이같이 결단하고 다시는 현덕을 쫓지 아니했다. 이때 허도에 있던 서량西涼 태수太守 마등馬騰은 현덕이 허도를 떠나는 것을 보고, 고향의 변방 소식도 급하니 동승董承과 맹세했던 밀조密詔 받은 일이 하루 이틀에 성사되기 어려운 것을 알았다. 군사를 거느려 서량으로 돌아갔다.

현덕의 군사가 서주에 이르니 자사刺史 차주車冑가 나와서 현덕을 맞이하여 잔치를 베풀었다.

손건과 미축도 모두 와서 현덕을 뵈었다.

현덕은 집으로 가서 늙고 젊은 가속들을 오래간만에 만나 본 후에, 한편으로 사람을 보내서 원술의 동정을 살피게 했다.

사람이 돌아와 보고를 드렸다.

"원술은 그동안 너무나 사치가 과해서 그의 부하였던 뇌박雷薄, 진난陳蘭은 모두 다 숭산嵩山으로 가 버렸고 원술의 형세가 심히 약해져 그의 형 원소한테 글월을 보내서 참제僭帝의 칭호를 양보하니, 원소는 사람을 보내서 원술을 불렀고 원술은 궁금宮禁의 어용지물御用之物과 인마를 수습해 가지고 방금 서주로 향해 온다 합니다."

현덕은 원술이 서주로 향했다는 말을 듣자 곧 관우와 장비, 주영, 노소로 하여금 5만 군사를 거느려 맞아 싸우라는 영을 내렸다.

네 장수가 일제히 군사를 거느려 성 밖에 나갔을 때, 원술의 선봉 기령紀靈이 먼저 당도했다.

장비는 기령을 바라보자 말할 겨를도 없이 장팔사모창을 비껴들고 기령한테로 덤벼들었다.

장비와 기령은 싸운 지 불과 십여 합에 장비는 대갈일성에 기령을 찔러 마하馬下에 떨어뜨렸다.

기령의 군사는 대패해 달아났다.

선봉 기령이 마하에 떨어지는 것을 바라본 원술은 스스로 군사를 거느려 진 머리에 나섰다.

현덕은 군사를 세 길로 나누어 대항하니 주영, 노소는 좌편에 있고 관우, 장비는 우편에 있고 현덕은 중군이 되어 진문 앞에 대장기를 세우고 마상에 높이 앉아 원술을 꾸짖었다.

"원술아, 말 듣거라. 너는 반역 부도한 자다. 나는 지금 천자의 밝으신 조서를 받들어 너를 토멸하는 것이다. 빨리 손을 묶어 항복한다면 네 죄를 사해 주리라."

원술도 지지 않고 현덕을 꾸짖었다.

"유비야, 너는 자리를 짜고 짚신을 삼던 작은 무리다. 네 어찌 감히 나를 가볍게 보느냐?"

원술은 말을 마치자 칼을 둘러 쫓아 들었다.

현덕은 잠깐 몸을 물러서 좌우 양편 군사한테 싸울 기회를 주었다.

주영, 노소, 관우, 장비의 군사가 일제히 달려들었다. 원술의 군사는 죽어 넘어지는 자가 부지기수였다. 시체는 들에 널리고 피는 흘러 내를 이루었다.

원술의 군사는 대패했다.

때마침 숭산嵩山에서는 달아났던 원술의 부하 뇌박雷薄, 진난陳蘭이 군사를 거느리고 내려와서 양식과 패물을 노략질해 가 버렸다.

원술은 수춘壽春으로 돌아가려 했으나 좀도적의 습격을 받아서 돌아갈 수도 없었다.

하는 수 없이 강정江亭에 멈추어 있는데, 군사라는 것은 늙고 약한 사람 천여 명뿐이었다.

더구나 한참 더운 여름철이었다. 양식은 떨어졌는데 보리쌀 30휘밖에 아니 남았다.

홈빡 군사한테 나누어 주니 가속들은 굶어 죽는 사람이 많았다.

원술은 꺼칠꺼칠한 보리밥이 목으로 넘어가지 아니했다.

목은 마르고 배는 고프고 배겨 날 수가 없었다.

푸줏간 하인에게 분부를 내렸다.

"얘, 내가 목이 몹시 마르구나. 꿀물 한 그릇만 갖다 주렴."

애걸해 청했다. 푸줏간 백정은 픽 웃었다.

"폐하도 망령이구려. 푸줏간에 밀수蜜水가 있을 까닭이 있소? 혈수血水밖에 없소이다."

피 한 사발을 가져다 주었다.

원술은 기가 막혔다. 부화가 터졌다. 상 위에 앉아 있다가 큰소리 한마디를 지르고 땅으로 굴러 떨어지자 한 말이나 되는 피를 토하고 죽어 버렸다.

때는 건안建安 4년 6월의 일이었다.

원술이 죽어 버리니 조카 원윤袁胤은 술의 영구靈柩와 그의 처자를 데리고 여강廬江으로 돌아갔다. 서구徐璆란 자는 파락호를 동원하여 원술의 식구를 다 죽인 후에 옥새를 뺏어 가지고 허도로 가서 조조한테 바치니 조조는 기쁨을 이기지 못했다.

곧 서구에게 고릉高陵 태수太守의 큼직한 벼슬을 주었다.

이로부터 전국 옥새는 조조한테로 돌아가 버렸다.

현덕은 원술이 죽은 후에 표를 조정에 올려 조조한테 바치고, 한편으로 주영朱靈과 노소路昭를 허도로 보낸 후에 군마를 서주에 주둔시키고 친히 성에 나가 흩어진 백성들을 효유하니, 백성들은 현덕의 덕을 칭송하면서 다시 생업에 종사하기 시작했다.

한편 주영과 노소는 허도로 돌아가 조조를 뵙고 현덕은 군사를 거느려 서주에 있고 자기들만 돌아온 사실을 고하니 조조는 크게 노했다.

"바보 새끼들이로구나. 현덕과 함께 돌아오지 못하고 빈손을 들고 너희들만 돌아왔단 말이냐? 저놈들의 목을 베어 버려라."

옆에 있던 순욱이 급히 간하였다.

"현덕에게 총독의 권한을 맡기셨으니 저 사람들이 무슨 힘이 있습니까? 현덕이 하라는 대로 했지 별수가 있습니까? 그것은 무정지책이올시다."

조조는 순욱의 말을 듣고 주영과 노소를 죽이라는 영을 풀어 버렸다.

순욱이 조조한테 다시 아뢰었다.

"현덕을 잡으려면 별수가 없습니다. 서주 자사 차주車冑한테 비밀한 편지를 보내시어 현덕을 도모하게 하십시오."

조조는 곧 사람을 차주한테 보냈다.

차주는 조조의 비밀한 편지를 받자 진등을 청하여 상의하였다.

"조 승상이 밀서를 보내서 유비를 잡으라 했는데 어찌하면 좋겠소?"

"그것은 쉬운 일입니다. 유비는 지금 백성들을 초안招安하러 성 밖으로 나갔습니다. 며칠 뒤에나 돌아올 것이니, 장군은 부하 군대를 거느리고 옹성甕城가에 매복해 있다가 유비가 들어오거든 한칼로 찍어 넘어뜨리십시오. 저는 성 위에 있다가 유비의 뒤따르는 군사를 쏘아붙인다면 일이 끝날 것입니다."

원래 진등은 여포 때부터 그의 아버지 진규와 함께 유현덕의 편이었다. 일부러 계획적으로 이런 대답을 한 것이었다.

"그것 좋은 계교요. 그렇게 하기로 합시다."

차주는 진등의 말에 넘어가 버렸다.

진등은 집에 돌아와 이 사실을 아버지 진규한테 고하니, 아버지는 아들에게 명을 내렸다.

"그렇다면 이 사실을 빨리 유비한테 알려라."

진등은 곧 말을 달려 성 밖으로 나가다가 관우와 장비를 만났다. 진등은 곧 두 사람을 조용한 곳으로 데리고 가서 귓속말로 뚱겨 주고 돌아왔다.

원래 현덕은 관우, 장비와 함께 성 밖에 나가서 백성들을 초안시킨 후에 관우, 장비는 먼저 보내고 현덕은 뒤에 처진 것이었다.

차주가 조조의 밀서를 받고 현덕을 해치러 한다는 말을 듣자 장비는 크게 노했다.

"내가 쫓아가서 이놈의 자식들을 시살해 버리겠소."

인해 장팔사모창을 비껴들었다.

관공이 손을 가로저었다.

"저것들이 옹성 안에 군사를 매복시켜서 기다린다 하니 혹시 실수가 있으면 탈일세. 나한테 계교가 하나 있네. 밤에 조조의 군사로 거짓 분장을 하고 차주를 성 밖으로 불러내서 죽이는 것이 좋겠네."

장비는 관공의 말을 듣자 손뼉을 쳤다.

"참 그것 좋은 말씀이오."

장비한테는 마침 조조의 군사들이 입는 기호旗號와 갑옷이 있었다. 여포를 칠 때 쓰던 물건이었다.

이날 밤 삼경이었다. 장비는 군사들에게 조조의 군사가 입는 옷을 입히고 성문 앞에 가서 외쳤다.

"문을 열어 주시오. 성문을 열어 주시오."

문 지키던 수문장은 성 아래를 굽어보며 물었다.

"누구냐, 너희들은?"

"조 승상께서 보내신 장문원張文遠의 인마人馬올시다. 빨리 문을 열어 주시오."

장문원은 조조의 장수 장요張遼의 자였다. 수문장은 급히 이 사실을 차주한테 고했다. 차주는 진등을 청하여 의논하였다.

"장요가 왔다 하는데 만약 얼른 문을 열어 주지 아니하면 책망을 들을 것이고, 혹시 거짓 협사가 있는 일이라면 큰일 아닌가?"

진등은 짐짓 대답을 아니했다.

차주는 친히 성에 올라 큰소리로 외쳤다.

"캄캄한 밤에 분간을 할 수 없으니 내일 새벽에 만나기로 합시다."

차주의 말이 떨어지자 성 아래서 대답했다.

"유비가 알면 큰일이니 빨리 문을 열어 주시오."

차주는 그래도 의심이 풀리지 않았다.

성 밖에서는 어서 문을 열라고 재촉이 성화같았다.

차주는 갑옷 입고 말에 올라 1천 군마를 거느리고 조교弔橋를 내린 후에 성 밖으로 나가 큰소리로 외쳤다.

"장문원은 어디 있소?"

이때 횃불이 일제히 둘러지면서 관운장의 얼굴이 환하게 비쳤다.

관운장은 82근 청룡도를 비껴들고 봉의 눈을 부릅떠 큰소리로 차주를 꾸짖으며 달려들었다.

"필부 놈이 어찌 감히 협사挾詐를 해서 우리 형님을 해하려 하느냐?"

차주는 대경실색을 했다. 급히 말을 돌려 조교를 향하고 달아났다.

이때 진등은 성 위에서 난전亂箭을 쏘기 시작했다.

차주는 성안으로 들어갈 수가 없었다. 성을 둘러싸고 말을 채질해 달아났다.

관운장은 삼각수를 휘날리며 말을 달려 차주를 쫓는데 차주는 어마뜨거라 하고 계속해서 성을 싸안고 말을 달렸다.

"이놈, 네 어디로 닫느냐?"

관공의 대갈일성이 떨어지며 청룡도가 번뜩 창공으로 솟구치자 차주의 목은 말 아래 떨어져 버렸다.

관운장은 차주의 머리를 청룡도에 꿰어 들고 성상을 바라보며 호령했다.

"반적 차주를 관우가 참했다. 항복하는 자는 죽이지 아니하리라."

차주의 군사들은 관운장의 위풍에 눌려 창을 거꾸로 잡고 줄을 지어 항복했다.

시를 읊는 풍류 시비

관운장은 군사와 백성들을 안돈한 후에 차주의 머리를 말 머리에 걸고 유현덕을 맞이하러 나갔다.

현덕한테 지난 경위를 자세히 말하니 현덕은 크게 놀랐다.

"조조가 가만히 있을 리 없다. 치러 오면 어찌한단 말이냐?"

"형님, 걱정 마십시오. 아우와 장비가 당하오리다."

관운장은 쾌활하게 대답했다.

그러나 현덕은 번민하기를 마지아니했다.

서주로 들어가니 늙고 젊은 백성들은 길에 엎드려 나배羅拜를 하며 환영했다.

"사또, 오십시오."

"사또께서 오시니, 이런 기쁠 데가 없습니다."

현덕은 관부官府로 들어가 장비를 찾으니 장비는 벌써 차주의 전 가족을 죽이고 돌아왔다.

현덕은 장비를 꾸짖었다.

"네, 너무 박하구나! 그리고 조조의 심복을 몰살해 놨으니 조조가 가만히 있을 리 만무하다. 못난 짓을 했다."

장비는 뒤통수를 긁고 섰다. 옆에서 진등이 현덕한테 말했다.

"저한테 한 꾀가 있습니다. 조조를 오지 못하도록 하겠습니다."

"어떻게 못 오게 한단 말이오?"

"조조가 두려워하는 사람은 원소올시다. 그는 기주冀州, 청주靑州, 유주幽州의 모든 고을에 범같이 걸터앉아서 군사가 백만에, 이름 높은 문관 무관이 별같이 많습니다. 어째 그에게 사람을 보내시어 구원을 청하지 아니하십니까?"

"원소는 본래 나하고 왕래가 없을 뿐 아니라, 지난번에 나는 그의 아우 원술을 패망시켰는데 그가 나를 도와줄 리가 있소?"

현덕은 고개를 가로흔들어 대답했다.

"한 사람이 있는데 원소와는 삼대 세교에 통내외를 하는 처지입니다. 이 사람의 편지 한 장만 얻는다면 원소는 반드시 와서 도와 드릴 것입니다."

"누구요, 그 사람이?"

"사또께서 항상 칭찬하시고 예로 대접하시는 사람입니다. 잊으셨습니까?"

현덕은 번쩍 생각이 났다.

"정성강鄭成康 선생 말인가?"

"네, 그러합니다."

진등이 빙긋 웃고 대답했다.

원래 정성강이란 사람은 관명을 현玄이라 불렀다.

학문을 좋아하고 재주가 많았다. 일찍이 마융馬融이란 사람을 찾아 업을 받았다.

마융은 매양 강학講學할 때 반드시 붉은 장(絳帳)을 늘이고 앞에는 생도를 모아 놓고 뒤에는 기생들을 앉히고 좌우 옆에는 시녀들을 벌여 세운 후에 공부를 하게 했다.

학문도 학문이지만 마음을 단련하게 하는 공부였다.

정현은 3년간을 청강하는데 한 번도 기생이나 시녀에게 곁눈질을 하지 아니하고 공부를 했다.

마융은 정현을 기특하게 생각해서 극히 사랑했다. 공부를 마치고 돌아가게 되니 마융은 정현의 손을 잡고 탄식하며 말했다.

"나의 학문의 진수眞髓를 안 사람은 오직 정현 너뿐이다."

이리하여 정현鄭玄은 당대에 첫손을 꼽는 석학碩學이 되었다.

정현의 집에는 시비侍婢들이 있었다. 주인이 글을 잘하니 시비들도 들은 풍월로 글을 잘했다.

하루는 시비 하나가 정현한테 죄를 얻었다.

정현은 시비한테 벌을 주어 오랫동안 뜰아래 꿇려 두었다.

다른 시비 하나가 지나가다가 희롱을 하면서 시를 외웠다.

호위호胡爲乎 이중泥中고?

(어쩌다 진흙 속에 들어 있는 몸이 됐느냐?)

『시전』「모시毛詩」의 한 구절이었다.

벌을 받고 있는 시비가 응구첩대應口輒對를 했다.

박언왕소薄言往愬타가 봉피지노逢彼之怒호라.

(하소연하러 갔다가 임의 노염을 샀다네.)

자기도 한 구절 『시전』을 옮겼다.

이만큼 그의 집안은 시비들까지 멋진 풍류를 가졌다.

환제 때 현의 벼슬은 상서[21]까지 되었다가 십상시 난리 때 벼슬을 버리고 시골로 돌아가 서주 땅에 살았다.

현덕은 탁군涿郡서 살 때 스승으로 섬긴 일이 있었다. 뒤에 서주목徐州牧이 되니 시시로 정현의 집을 찾아가서 가르침을 청하면서 공경하여 대접했다.

이러한 정현이었다. 현덕은 크게 기뻤다. 곧 진등과 함께 정현을 찾으니 정현은 반갑게 현덕을 맞이했다.

현덕은 절하여 인사를 닦은 후에 원소에게 편지 써 줄 것을 청하니, 정현은 개연히 허락하고 원소한테 현덕을 구해 주라는 간곡한 편지를 써 주었다.

현덕은 정현을 하직한 후에 곧 돌아와 손건을 시켜서 주야로 말을 달려 원소한테 전했다.

원소는 정현의 편지를 받아 보자 혼잣말했다.

"유현덕은 내 아우를 결딴나게 한 사람이다. 도와줄 까닭이 없다. 그러나 정 상서의 명령을 어길 수는 없으니, 부득불 가서 구원해 주어야 하겠다."

말을 마치자 문무백관을 모아 놓고 군사를 일으켜 조조 칠 것을 의논하였다.

모사 전풍田豐이 간하였다.

"군병을 해마다 일으켜서 백성들은 피폐하고 창고엔 곡식이 없으니, 이때 큰 군사를 또 일으킬 수는 없습니다. 먼저 사람을 허도로 보내어 공손찬을 이긴 것을 아뢰는 것이 좋겠습니다. 만약 통하지 않거든 조조가

---

21) 상서 : 이부吏部 상서尚書, 병부兵部 상서尚書 따위. 이조李朝에서는 이조판서, 병조판서라 했다.
   지금의 장관과 같음.

우리 국도를 막는다고 선언한 후에 곧 군사를 여양黎陽 땅에 주둔시키고, 다시 하내河內의 전선戰船을 정돈하면서 군기를 수리하고 정병을 나누어 변비邊備에 상주시킨다면, 삼 년이 채 못 가서 큰일을 완성할 수 있을 것입니다."

모사 심배審配가 말했다.

"그렇지 아니하오. 명공의 신무神武하신 기상으로 하삭河朔의 강성한 군사를 거느리고 조조를 무찌르기란 여반장如反掌입니다. 하필 세월을 천연해 보낼 일이 아닙니다."

조조를 성토하다

모사 심배의 말이 채 끝나기 전에 모사 저수沮授가 말했다.

"적을 제어하여 이기는 방법은 군세가 강성한 데만 있는 것이 아닙니다. 조조의 군사는 법령이 행하고, 무기가 정예精銳하여 훈련이 되어 있습니다. 공손찬公孫瓚 모양 앉아서 욕을 당할 사람이 아닙니다. 이제 까닭 없이 명분 없는 군사를 일으키는 것은 명공을 위하여 취할 일이 아닙니다."

저수의 말이 떨어지기 전에 모사 곽도郭圖가 한마디 했다.

"틀린 말씀이오. 조조는 권세가 과하여 임금을 협박하는 역적인데, 역적을 토벌하는 일이 어찌 무명지병無名之兵이란 말씀이오? 때는 꼭 되었습니다. 명공께서는 빨리 대업을 정하셔야 합니다. 정 상서의 말씀대로 유비와 함께 대의를 짚으시어 역적 조조를 치시는 일은 위로 하늘 뜻을 받들고, 아래로 민정民情에 합하는 일입니다."

모사 네 사람은 제각기 자기 뜻을 주장했다.

원소는 주저하고 결단하지 못하고 있을 때, 홀연 허유와 순감이 밖으로부터 들어왔다.

원소는 반가웠다.

"두 사람은 식견이 높은 사람들이다. 어떻게 주장하나 물어볼 만하다."

좌중을 돌아보며 한마디 했다.

허유와 순감이 절하고 나니 원소는 두 사람을 향하여 물었다.

"정현 정 상서한테서 편지가 왔는데 나보고 유비를 도와서 조조를 치라 했으니 기병起兵을 하는 것이 좋겠소, 아니하는 것이 좋겠소?"

두 사람은 일제히 소리에 응하여 대답했다

"명공께서는 많은 군사로 작은 무리를 이기시고 강한 군사로 약한 자를 이기셨습니다. 조조는 한漢의 역적이올시다. 역적을 토벌하여 한실漢室을 두호하셔야 합니다. 기병하는 일이 옳습니다."

원소는 얼굴에 가득 웃음이 떠올랐다.

"두 사람의 소견이 내 마음과 정히 맞소."

원소는 쾌활하게 말한 후에 군사를 일으킬 준비를 차렸다.

먼저 유비의 사자 손건이 돌아가는 편에 정현한테 답서를 보내서 현덕에게 접응接應할 준비를 차리라 약속하고 일면으로 심배審配, 봉기逢紀로 통군統軍을 삼고 전풍田豊, 순감, 허유로 모사를 삼고 안량, 문추로 장군을 삼아 마병馬兵 15만과 보병 15만을 거느려 여양黎陽으로 나가게 하니, 총합이 30만 대병이었다.

군대가 부서를 차려 나갈 때 모사 곽도가 아뢰었다.

"명공께서 크게 군사를 일으켜 조조를 치시는데 반드시 조조의 죄악을 낱낱이 들어서 고을마다 격문을 뿌려 천하에 성토하셔야만 명정언순名正言順한 대의명분이 설 것입니다."

원소는 옳다고 생각했다. 곧 서기 진림陳琳에게 영을 내렸다.

"조조를 성토하는 격문을 짓게 하라."

조조를 성토하는 격문을 초하라고 명을 받은 진림의 자는 공장公璋이라 불렸다. 본시부터 문명文名이 높은 사람으로 환제 때 주부主簿 벼슬을 하였으나 당시에 집권했던 하진何進이 진림의 간하는 말을 듣지 아니하고 다시 동탁의 난이 일어나니 기주에 피난을 해서 살고 있는데 원소의 부름을 받아 서기가 되었던 것이다.

진림은 곧 붓을 들어 조조를 공격하는 성토문을 초하기 시작했다.

들건데 밝은 임금은 위태로운 것을 살펴서 변變을 다스리고, 충신은 어려운 때를 염려하여 권權을 세우는 것이다. 이러므로 비상한 사람이 있은 연후에 비상한 일이 있고, 비상한 일이 있은 연후에 비상한 공이 있는 것이다. 그러므로 비상하다는 일은 보통 사람이 맡아 할 일이 아니다. 진秦나라의 임금이 악하매 소인 조고趙高는 전권을 잡아 사람을 협박하니 바른말 하는 사람이 없어서 마침내 나라가 망해 버렸고, 여후呂后의 암탉이 울어 천하가 어지러우니 주발周勃과 유장劉章은 군사를 일으켜 역적을 토벌하여 왕도王道를 부흥시켰다. 이것은 비상한 수단으로 대신이 입권한 표시다. 조조의 할아비 중상시 조등曹騰은 죄악이 십상시十常侍와 같은 자로서 세상을 어지럽게 하고 백성을 학대하였고, 조조의 아비 조숭曹嵩은 본시 하후夏侯씨氏였으나, 내시 조등의 수양아들이 되어 뇌물로 태위太尉 자리를 사고 권문에 아첨하는 조정의 절도竊盜가 되었고, 조조는 내시의 추한 씨로서 덕망이 없이 까불어 대며, 교활하고 간사해서 난을 일으키고 화를 빚어내기 좋아하는 간물이다. 조조는 방자하게 권력을 희롱하여 천하에 이름 높은 바른말 하는 선비를 초개같이 죽이고, 임금을 협박하여 허도許都로 도읍을 옮겼다. 스스로 승상이 된 후에 다시 천하의 병권을 잡아 임금을 임금으로 대접하지 아니하고 마음대로 권세를 농락하여 저에게 불좇지 않는 사람은 모두 다 역적으로 몰아치니 가증 가악하다. 조조는 다시 황제를 보호한다는 명목으로 부하 정병을 배치하여 궁궐을 파수했으니, 밖으로는 보호라 하지만 실상은 황제 폐하를 구금한 것이나 매일반이다. 슬프다, 이때 충신열사가 어찌 한 번 일어날 때가 아니냐. 막부幕府 원소袁紹는 한실漢室의 위령威靈을 받들어 우주를 절충折衝하니 장극長戟은 백만이요, 효기驍騎는 천군千郡이다. 즉일로 유주, 청주, 병주, 기주에 진군을 한다. 이 글이 형주荊州에 당도하거든 곧 군사를 정돈하여 건충 장군 장수張繡와 함께 성세를 같이하여 협력하라. 주군州郡 에서도 각기 의병을 초모하여 위엄을 떨쳐 사직을 바로잡아 구한다면 이에 비상한 공이 나타나리라. 조조의 머리를 얻는 자에게는 5천五千 호후戶侯를 봉하고 상금 5천만금을 내리리라. 부곡部曲, 편비偏裨, 장교將校, 제리諸吏 등 항복하는 자는 불문에 부친다. 널리 은혜와 신의를 베풀어 부상符賞을 반양시키고 천하에 포고하여 성조聖朝에 구박하는 어려움이 있음을 일제한다. 여율령如律令 시행하라.

진림은 조조를 성토하는 격문을 원소한테 지어 바치니 원소는 읽어 보고 크게 기뻐했다.

곧 등사하여 각처의 주군州郡과 관關, 진津, 애구隘口에 방榜을 붙이고 뿌렸다. 격문은 허도에까지 전파되었다.

이때 조조는 두풍頭風을 앓아 병상에 누워 있었다.

시자들은 놀랐다. 격문을 가져다가 조조한테 바쳤다.

조조는 격문을 읽어 보자 모골毛骨이 송연했다. 온몸에 식은땀이 쫙 흘렀다. 땀이 흠뻑 나는 바람에 어언간 두풍증은 없어지고 운권천청雲捲天晴이 된 듯 머리가 거뜬했다.

자리에 벌떡 일어나 옆에 있는 조홍을 보고 말했다.

"이 격문은 누가 지었다 하더냐?"

"소문으로 들으니 진림이 지었다 합니다."

조조는 깔깔 웃었다.

"글 잘하는 놈은 무략武略으로 쓰러뜨려야 한다. 하하하. 진림이 글은 잘 지었다마는 원소란 무략이 없는 자니 걱정할 것이 없다."

조조는 말을 마치자 모든 모사들을 모아 놓고 원소를 맞이해 칠 것을 의논하였다.

공융이 소문을 듣고 조조를 찾아보고 말했다.

"원소는 군세가 매우 크니 싸우지 말고 화친을 하는 것이 좋습니다."

순욱이 옆에 있다가 공융의 말을 타박했다.

"원소란 무용지물인데 하필이면 화친을 한단 말씀이오? 싸우는 것이 좋습니다."

공융이 고개를 가로흔들었다.

"원소는 땅이 넓고 백성들이 강성합니다. 이러한 중에 그의 부하에는 허유許攸, 곽도郭圖, 심배審配, 봉기逢紀는 모두 지혜 있는 선비들이고 전풍田豊, 저수沮授는 충신이요, 안량顔良, 문추文醜는 용맹이 삼군 중에 뛰어나고 그 나머지 고람高覽, 장합張郃, 순우경淳于瓊은 세상에서 손을 꼽는 명장들입니다. 어찌해서 원소를 무용지물이라 하오?"

공융의 말을 듣자 순욱은 빙긋 웃으며 대답했다.

"원소가 군사는 많으나 기강이 서지 아니하였소. 전풍이란 사람은 성질이 강철 같아서 윗사람한테 항거하고 허유는 탐심이 많아서 슬기롭지 못하고 심배는 고집이 세나 꾀가 적고 봉기는 과단성은 있으나 능란하지 못하오. 이 두어 사람들은 형세가 용납되지 아니하니 반드시 내변이 생기리라. 그리고 안량, 문추는 필부의 용맹밖에 없는 사람이니 한번 싸워서 사로잡을 인물입니다. 그 나머지 녹록한 무리들은 비록 백만 명이 있다하나 족히 말할 만한 사람이 못되오."

공융은 잠자코 앉았고 조조는 간간 대소를 했다.

"그래, 순문약荀文若의 요량이 옳아."

문약은 순욱의 자였다.

조조는 곧 전군 유대劉岱와 후군 왕충王忠을 불러 5만 군사를 주어 승상 기호旗號를 날리면서 서주로 향하여 유비를 치게 하고 자기는 군사를 거느려 여양黎陽으로 나갔다.

장비의 호통

　원래 유대劉岱는 연주兗州 자사刺史인데 조조가 연주 땅을 차지하니 유대는 조조에게 항복하여 편장偏將이 되었으므로 조조는 왕충과 함께 군사를 거느려 유비를 치라 한 것이었다.

　조조가 유대, 왕충으로 유비를 치러 보내고 자기는 스스로 원소를 대항하여 20만 대군을 거느리고 여양으로 나갔다.

　정욱이 조조한테 사뢰었다.

　"유대와 왕충은 암만해도 자기 사명을 다하지 못할 것 같습니다."

　"나도 유대와 왕충이 유비의 적수가 아닌 줄 알지만 우선 허장성세虛張聲勢를 하자는 것이오."

　조조는 말을 마치자 전령수를 보내어 유대와 왕충에게 분부를 내렸다.

　"너희들은 가볍게 행동을 취해서는 아니 된다. 내가 원소를 깨친 후에 곧 군사를 돌려 유비를 공격할 테니 너희 두 사람은 굳게 진을 치고 성세만 올리고 있게 하라."

　유대와 왕충은 조조의 전령을 받들어 앞으로 행군을 했다.

　한편 조조의 대군은 여양에 당도하자 원소의 진과 80리를 격하여 대치하고 있었다.

　조조의 군사나 원소의 군사나 모두 다 강적이었다. 서로들 경계하면서 진터를 높이 쌓고, 개천을 깊이 파서 가볍게 싸움을 하지 아니하고 8월서부터 10월까지 석 달 동안을 상치만 하고 있었다.

원래 원소는 의심이 많은 사람이었다. 진림의 격서로 본다면 금방 곧 허도를 두려뺄 것 같았으나 원소는 더 나갈 생각을 아니하는 데다가, 허유는 심배가 군사 거느린 것을 시기하고 있고, 저수는 원소가 자기 꾀를 들어 주지 않은 것이 불만이었다. 서로 화협해서 적극적인 행동을 취하지 아니하니 서둘렀던 원소의 토벌 계획은 김빠진 술이 되어 버렸다.

조조는 허도를 비워 놓고 오랫동안 밖에 나와 있을 수 없었다.

여포의 수하였던 항장 장패藏覇를 불러 청주와 서주를 지키게 하고, 우금, 이전으로 하상河上에 둔병屯兵을 하게 하고, 조인에게는 전군을 총독하여 개봉부開封府 관도官渡 나루에 진을 치고 있게 한 후에, 조조는 일지 군마를 대동하고 허도로 돌아갔다.

한편, 유대와 왕충은 5만 군사를 인솔하고 서주성 밖 백 리허에 진을 친 후에 허장성세로 조조의 기를 가득 꽂은 후에 경솔하게 군사를 내지 않고 조조의 소식이 오기만 기다리고 있었다.

유현덕도 유대와 왕충이 서주 백 리 밖까지 왔으나 더 진군을 하지 아니하니 조조의 허실을 판단하기 어려웠다. 역시 여양에 있는 조조의 동정만 수탐하고 있었다.

하루는 별안간 유대의 진에 조조의 사신이 나타났다.

"승상께서 빨리 유비를 치라고 공격 명령을 내리셨습니다."

두 사람은 사신의 명을 받자 어찌하여야 좋을지 몰랐다.

처음엔 자기 올 때까지 기다리라 했는데 돌연 공격 명령을 내리니 곤란했다.

원래 정욱이 말한 대로 유대와 왕충은 장수다운 인물이 못되는 사람들이었다. 조조의 공격 명령을 받자 두 사람은 버썩 겁이 났다. 서로 이마를 맞대고 의논하였다.

"승상이 어서 서주성을 공격하라고 하시니 왕 장군은 군사를 거느리고 나가서 공격을 하시오."

유대가 먼저 왕충에게 권했다.

왕충은 겁이 더럭 났다.

"승상께서는 장군한테 영을 내리셨으니 장군이 먼저 나가시오."

눈을 크게 뜨고 대답했다.

유대도 겁이 났다.

"나는 주장主將이 아닌가? 주장이 어찌 나갈 수가 있소?"

유대는 주장을 방패로 하여 먼저 나가지 않겠다고 앙탈을 했다.

"그렇다면 우리 한꺼번에 군사를 거느리고 나갑시다."

왕충은 빌붙으며 의견을 꺼냈다.

유대는 잠깐 생각하다가,

"좋은 수가 있소. 우리는 제비를 뽑아서 선先자를 뽑은 사람이 먼저 나가기로 합시다."

"좋소, 그럼 제비를 뽑기로 합시다."

왕충은 동의를 했다. 두 사람은 제비를 만들었다. 왕충이 먼저 제비를 뽑았다. 먼저 '선' 자가 툭 튀어나왔다.

왕충은 머리를 긁었다. 그러나 하는 수 없었다. 5만 군사의 절반인 2만 5천 군마를 거느리고 서주성을 공격하러 나갔다.

왕충의 군사가 서주성을 향하여 온다는 소식을 듣자 유현덕은 진등을 청하여 의논하였다.

"원소가 여양에 진을 치고 있지만 모사들이 불화해서 조조를 공격할 의사가 없는 모양이구려. 그런데 조조는 지금 어디 있는지 알 수가 없소.

탐마探馬의 보고를 종합해 들어 보면 여양에는 조조의 기가 없다 하는데, 여기 서주성 밖에는 조조의 기가 있으니 조조가 여기까지 왔을 리는 만무하고⋯⋯. 도대체 어찌 된 일이겠소."

"조조는 속임수가 많은 사람입니다. 여양에 조조의 기가 없고 이곳에 조조의 기를 세운 것은 여양을 더 중시한 까닭이올시다. 이곳에 아무리 조조의 기가 있다 하나 이것은 '실즉허實則虛'의 병법을 쓴 것입니다. 조조는 이곳에 없습니다."

진등이 잘라서 대답했다.

현덕이 옆에 있는 두 아우를 바라보며 말했다.

"아우들 중에 누구든 한번 허실虛實을 알아보고 왔으면 좋겠네."

유현덕의 말이 채 떨어지기 전에 장비가 앞으로 뛰어나오면서 말했다.

"소제小弟가 갔다 오겠습니다."

현덕은 뜨악하게 생각했다.

"너는 너무 조급하고 거칠어서 탈이다. 아니 된다."

"그까짓 것 무엇이 어렵습니까? 조조 놈이 있다면 한 주먹으로 볼따구니를 쥐어지르고 잡아 오겠습니다."

"그 행동과 말이 거칠단 말이야."

현덕은 혀끝을 찼다.

관운장이 앞으로 나섰다.

"제가 동정을 살피고 오겠습니다."

"자네가 간다면야 내가 마음을 놓겠네."

현덕은 입이 빙긋 벌어졌다.

관운장은 유현덕의 허락을 얻자 3천 군마를 거느리고 서주 성문을 나오니 때마침 첫겨울이었다.

음산한 구름장은 하늘에 넓게 깔렸고 흰 눈은 펄펄 날려 은세계를 이루었다. 군사와 말은 모두 다 흰 눈을 무릅써 진을 치고 관운장은 청룡도를 비껴들고 눈을 박차며 말을 달렸다.

왕충의 진 앞에 당도하자 관운장은 청을 가다듬어 꾸짖었다.

"왕충아, 나오너라. 이야기를 해 보자!"

왕충이 말을 달려 진문 앞으로 나오며 응수했다.

"조 승상이 여기 와 계시다. 관운장은 빨리 항복하라."

"조 승상보고 나와서 이야기하라고 일러라. 내가 할 말이 있다."

관운장이 천둥같이 얼러 댔다.

"관운장아, 말을 듣거라. 승상께서 어찌 가볍게 나와서 너를 보시겠느냐?"

왕충은 지지 않고 대거리를 했다.

관운장은 크게 노했다. 말을 달려 앞으로 나갔다.

왕충도 창을 잡고 말을 달려 나왔다.

말과 말은 서로 어우러졌다.

관운장은 짐짓 말 머리를 돌려 패한 체 달아났다.

왕충은 운장이 진정 쫓기는 줄 알고 신명이 나서 뒤를 쫓았다.

산모퉁이를 돌아갔을 때 관운장은 돌연 말을 돌렸다. 대갈일성에 청룡도를 둘러메고 왕충을 내리찍으려 했다.

왕충의 말은 깜짝 놀라 어흥 소리를 치면서 벼락불같이 몸을 피해 달아났다.

관운장은 청룡도를 번뜻 왼손에 넘긴 후에 오른손을 번쩍 늘여 왕충의 갑옷 고름을 잡아 지르르 끌렀다. 왕충은 허수아비같이 관운장의 팔 아래 온몸이 매달렸다.

눈 깜짝할 사이 왕충은 관운장의 옆구리에 껴 안겼다. 꼼짝달싹을 못했다. 운장의 말은 흰 눈을 박차며 본진으로 돌아왔다.

　이 모양을 본 왕충의 군사 2만 5천은 혼비백산이 되어 어마뜨거라 하고 뿔뿔이 헤어져 달아났다.

　서주성 안으로 돌아온 관운장은 왕충을 끼고 부중으로 들어가 현덕께 뵈었다.

　"적장 왕충을 사로잡아 왔습니다."

　관운장은 왕충을 계하에 꿇렸다.

　현덕이 물었다.

　"너는 무엇을 하는 누군데 감히 조 승상의 기를 세우고 서주를 침범하러 왔느냐?"

　"소인이 어찌 거짓말을 하겠습니까? 조 승상이 기를 주면서 허장성세로 기를 세우라고 지시한 것입니다. 조 승상은 이곳에 아니 계십니다."

　현덕은 더 묻지 않고 운장에게 영을 내렸다.

　"이 사람에게 의복을 주고 술과 밥을 대접한 후에 잠깐 감시를 했다가 유대劉岱를 잡은 후에 함께 처리하리라."

　관운장이 옆에서 아뢰었다.

　"분부대로 거행하겠습니다. 아우는 형님께서 화해하실 뜻이 계신 것을 아는 까닭에 일부러 산 채로 사로잡아 왔습니다."

　관운장의 말을 듣자 유현덕은 얼굴에 환한 빛을 띠어 대답했다.

　"잘했어. 내가 익덕翼德을 아니 보낸 것은 그의 성미가 너무나 조급해서 왕충을 죽일까 보아서 아니 보낸 것일세. 이런 사람들을 죽여서 무슨 유익한 일이 있겠나. 두었다가 화해할 때 쓰는 것이 좋겠네."

　장비가 옆에 있다가 얼굴이 벌게지면서 벌떡 일어나 말했다.

　"둘째 형님은 왕충을 사로잡아 왔으니 나는 유대를 잡아 오겠소."

장비의 말이 떨어지자 현덕이 대답했다.

"유대는 만만치 않은 사람이다. 전에 연주 자사로 있으면서 동탁을 뇌호관牢虎關에서 칠 때 일진一鎭을 통솔했던 제후의 한 사람이고 오늘은 전군前軍 대장大將이 되었으니 만만치 않다. 경적輕敵을 해서는 아니 된다."

장비는 현덕의 말을 듣자 고개를 가로흔들었다.

"제까짓 놈이 연주 자사에 전군 대장이면 무엇 하오? 이야기할 거리가 못되오. 둘째 형님처럼 나도 산 채로 잡아 오리다."

장비는 뚜벅뚜벅 걸어 나갔다.

"잘못해서 유대의 목숨을 뺏는다면 탈이다. 내 크나큰 일을 그르치지 말아 다오."

현덕은 조심스런 얼굴로 장비를 타일렀다.

"염려 마십시오. 만약에 죽여 가지고 오거든 내 목숨과 바꾸시구려."

장비는 듣지 아니하고 나갔다.

현덕은 하는 수 없었다.

3천 병마를 장비한테 내주었다.

한편으로 유대는 왕충이 사로잡혀 간 후에 진문을 굳이 닫고 나오지 아니했다.

장비는 날마다 군사를 거느리고 유대의 진 앞으로 가서 싸움을 돋우면서 떠들고 욕지거리를 했다.

"이놈 유대야, 어서 나오너라. 연인燕人 장익덕張翼德이 너를 기다리고 있다. 연주 자사에 전군 대장까지 지낸 놈이 이렇게도 겁이 많으냐?"

유대는 진 밖에서 싸움을 돋우는 사람이 장비인 줄 알자 더욱 문을 굳게 닫고 나오지 아니했다.

장비는 여러 날 동안 싸움을 돋우었으나 영영 유대가 나오지 않는 것을 보자 마음속으로 한 가지 계교를 생각해 냈다.

장비는 즉시 군중에 전령을 내렸다.

"오늘 밤 이경 때는 유대 놈의 영문을 치러 갈 테다. 장교와 군졸들은 일제히 준비를 차리라."

훈령을 내린 후에 장비는 대낮부터 장중帳中에 들어앉아 혼자서 술을 마시고 있었다.

주보酒保에서 술이 자꾸 들어갔다. 장비가 대낮부터 술을 마신다는 소문은 온 영문 안에 쫙 퍼졌다.

"오늘 밤에 적진으로 야습을 간다 하면서 혼자서 술을 고래같이 자시니 큰 탈이로군."

"술도 음식 아닌가. 무슨 맛에 저렇게 혼자서 들이켠단 말인가? 야습은 다 틀렸네. 딱한 노릇일세."

장교와 군사들은 제각기 한마디 하고 수군거렸다.

온종일 술타령을 하고 있던 장비는 장청將廳에서 뛰어나왔다.

속으로는 취하지 아니했으나 겉으로는 대취한 체 비틀거렸다. 말소리까지 똑똑하지 못했다. 혀가 꼬부라졌다.

때마침 군사 한 명이 지나가다가 비틀거리며 장청에서 나오는 장비와 마주쳤다. 군사는 깍듯이 절을 했다.

장비는 별안간 취한 눈을 부릅떴다.

"이놈, 대장을 보고 절을 아니하니 괘씸하기 짝이 없다. 네, 저놈을 잡아서 군법으로 다스려라!"

장비는 고래고래 호통을 쳤다.

비장들은 뛰어나왔다. 모두들 눈이 휘둥그레졌다.

"대장께 인사를 드렸습니다."

군사는 하도 어이가 없어서 변명을 했다.

"저놈을 묶어서 치지 못하느냐?"

아무리 취했다 하나 장비의 영을 거스를 수는 없었다.

비장은 사령에게 영을 내려 군사를 결박 지어 묶었다.

"저놈을 백 도만 곤장을 때려라!"

비장들은 억울한 줄 알았지만 장비의 군령을 어길 도리는 없었다.

집장 사령에게 영을 내려 볼기 1백 도를 때리는 체했다.

장비는 취한 눈을 몽롱하게 떠서 고래고래 소리쳤다.

"오늘 밤에 출병을 할 때 저놈의 목을 베어 군기軍旗에 제祭 지내고 나가리라."

군사의 원망은 극도에 올랐다.

장비는 영을 내린 후에 비틀거리며 장청으로 들어갔다.

밤이 어둑어둑했다. 장비는 가만히 심복을 불렀다.

"아까 군법 시행하던 졸아치를 비밀히 도망시켜 버려라."

심복 장교는 졸아치의 결박을 풀어 주었다.

"멀리 달아나 버리고 다시는 장군의 눈에 띄지 말게 해라."

졸개는 속으로 살았구나 하고 기뻐했다.

적군인 유대의 영문으로 쏜살같이 달아났다.

"나는 장비의 군사인데 도망병이오. 급히 아뢸 일이 있소. 긴급한 비밀 정보요."

도망병의 비밀 정보란 말에 유대의 귀는 번쩍 뜨였다.

"곧 불러들여라."

도망병은 유대한테 고했다.

"오늘 밤 이경 때 장비는 역습을 하러 옵니다."

유대는 도망병의 볼기와 등의 상처가 있는 것을 보고 거짓말이 아니라고 생각했다.

'장비란 자가 참다못해서 야습할 계획을 차렸구나. 계교로 이 자를 잡으리라.'

마음속으로 정한 후에 도망병에게 밥과 옷을 주어 거두어 두게 하고 진중에 영을 내렸다.

"오늘 밤에 장비의 야습이 있다. 진을 텅 비어 두고 밖에 복병을 매복시켜 놓아라."

유대는 아장들에게 분부를 내렸다.

이날 밤 이경 때쯤 되어 장비는 군사를 세 길로 나누어, 두 길 군사는 유대의 영문 뒤로 가서 횃불이 들리는 것을 군호로 하여 좌우편에서 협격하게 하고, 가운데 군사는 30명으로 편성하여 유대의 본진을 화공으로 치게 하고, 장비 자신은 정병을 거느리고 유대의 도망가는 뒷길을 끊게 했다.

중로군 30명이 유대의 영문으로 뛰어들어 불을 질렀을 때, 유대의 복병들은 고함을 치면서 30여 명 군사를 에워쌌다.

그러나 유대의 군사는 야습하러 들어온 30여 명을 잡으려다 도리어 포위를 당했다.

장비의 양로兩路 군마와 직속 부대는 고함을 치면서 어둠 속에서 쏟아져 나와서 유대의 전군을 철통같이 에워쌌다.

유대의 군사는 습격해 들어온 30여 명만을 장비의 군사로 알았는데 밖에서 물밀듯 포위해 들어오니 군사의 많고 적은 것을 알 도리조차 없었다. 어둠 속에서 골패짝 쓰러지듯 쓰러지면서 서로를 짓밟아 달아났다.

유대의 군사는 마침내 대패해 버렸다.

유대는 일지 군마의 패잔병을 거느리고 길을 앗아 달아날 때, 별안간 일원 대장이 앞을 가로막고 호통을 쳤다.

"이놈, 유대야, 네 어디로 달아나려 하느냐?"

유대가 놀라 바라보니 길을 막고 호령하는 장수는 딴사람이 아니라 바로 장비였다.

유대는 혼이 나가고 얼이 빠졌다. 말 머리를 급히 돌리려 하나 손발이 떨려서 고삐를 채칠 수 없었다. 그러나 범 같은 장수 장비는 쫓아 들었다. 유대는 하는 수 없이 장비를 향하여 칼을 번쩍 들었다. 찰나였다. 장비는 원숭이 같은 길 팔을 늘여 번개같이 유대의 목을 껴안아 낚아챘다. 삽시간의 일이었다. 유대는 장비의 품속으로 바짝 껴안아졌다.

장비는 유대를 산 채로 잡아 가지고 결박 지어 묶은 후에 말을 달려 성 안으로 들어갔다.

벌써 이 소식은 유현덕한테로 들어갔다.

현덕은 얼굴에 가득 웃음을 머금고 관운장을 바라보며 말했다.

"익덕이 전에는 너무나 사람이 황해서 항상 나의 염려거리였더니 인제는 제법 꾀를 내어 유대를 사로잡았으니 내 걱정이 없네."

말을 마치자 운장과 함께 성문까지 나가서 장비를 맞이했다.

장비는 현덕 앞에 유대를 내동댕이치고는 큰소리쳤다.

"형님, 자 보시오. 유대란 자를 산 채로 잡아 왔소. 형님은 밤낮 나더러 황하다고 하시더니 이제는 어떠하오."

현덕이 빙긋 웃고 대답했다.

"내가 밤낮 너를 나무랐기에 그렇지, 꾸짖지 아니했던들 네 어찌 꾀를 내서 적장을 잡았겠느냐?"

"옳소이다, 형님 말씀이. 하하하하."

장비는 쾌활하게 웃었다.

현덕은 말에 내려 유대의 결박을 손수 풀며 말했다.

"내 아우 장비가 너무나 존체를 모독했으니 송구하기 짝이 없소. 허물을 용서해 주시오."

유대를 위로한 후에 함께 서주 부중으로 들어가 먼젓번에 관운장이 사로잡아 돌아온 왕충과 함께 술을 내어 관대했다.

술이 몇 순배 돌았을 때 현덕은 천천히 말을 꺼냈다.

"조 승상은 공연히 나를 오해하고 계십니다. 두 분께서는 허도로 돌아가시거든 조 승상의 오해를 풀어 주시오."

"글쎄, 웬일이오니까? 두 분 사이가 전에는 매우 좋았는데 나도 군사를 거느려 나가라니까 왔소이다마는."

유대가 대답했다.

현덕이 유대와 왕충을 향하여 다시 설명했다.

"전번에 서주를 임시로 지키던 차주란 자가 나를 해하려 하니 이편에서 까닭 없이 죽을 도리야 있습니까? 부득이해서 차주를 죽인 것인데, 조 승상은 이 일로 나를 의심하고 두 분을 보내서 나를 치라 하신 모양입니다. 그러나 이것은 조 승상의 오해십니다. 유비는 본시부터 승상의 큰 은혜를 입은 까닭에 항상 보은할 길을 생각하는 중인데 내가 어떻게 반하겠습니까? 두 분 장군께서 허도로 돌아가시거든 유비 이 사람을 위하여 잘 해명해 주십시오. 이렇게 해 주신다면 천만다행이겠습니다."

"사또께서 우리 두 사람을 죽이지 아니하신 은혜는 백골난망이올시다. 승상한테 방편을 따라서 잘 말씀 드리겠습니다."

유대가 감복해서 말했다.

"두 집 처자들의 목숨을 걸고서라도 사또의 큰 은혜를 보답하겠습니다."

왕충이 말했다.

다음 날 현덕은 유대와 왕충에게 거느렸던 군사를 도로 주어 허도로 돌아가게 하고 친히 성 밖까지 나가 전송해 보냈다.

유대와 왕충은 마음 놓고 기뻐서 돌아갈 때 10여 리를 채 못 가서 별안간 북소리가 요란하게 일어나면서 일원 대장이 길을 막고 꾸짖었다.

"이놈들, 꿈쩍 마라. 내가 여기 있다. 도대체 우리 형님도 정신없는 분이지, 애써 잡은 적장을 돌려보내다니 말이 되느냐."

모두들 바라보니 장비였다.

유대와 왕충은 깜짝 놀랐다. 마상에서 부들부들 떨고만 있었다.

장비는 고리눈을 부릅뜨고 창을 비껴들고 살같이 달려들었다.

유대, 왕충은 심중으로 꼭 죽었다 생각했을 때 별안간 등 뒤에서 말굽 달리는 소리가 요란히 나면서 한 장수가 큰소리로 외쳤다.

"익덕아, 무례한 짓을 해서는 아니 된다."

두 사람이 고개를 돌려 바라보니 바로 관운장이었다.

유대와 왕충은 비로소 한숨을 내쉬고, 장비는 창을 주춤 내렸다.

관운장은 계속해서 장비를 꾸짖었다.

"형님께서 놓아 보내신 사람들이다. 아우는 왜 형님의 명령을 어기느냐?"

장비가 퉁명스럽게 대답했다.

"이번에 이놈들을 놓아 보내면 다음번에 또 올 텐데 공연히들 선심을 쓰는구려."

"그때 또 오거든 죽여도 늦지 않다."

관운장은 더 한 번, 장비를 타일렀다.

유대와 왕충은 손을 모아 장비한테 애걸했다.

"조조가 우리들 삼족三族을 죽인대도 다시는 오지 아니하리다. 장군께서는 너그럽게 용서해 주시오."

장비는 다시 호령했다.

"듣거라. 조조가 친히 온다 해도 내 솜씨에 기어코 죽여서 갑옷 한 조각 남겨 놓지 아니하리라. 이번엔 잠시 너희들 두 덩이 목을 붙여 두는 것이니 빨리 돌아가거라!"

유대, 왕충은 백배치사하며 머리를 싸안고 달아났다.

조조와 원소의 경쟁

왕충, 유대가 돌아간 후에 관운장과 장비가 현덕의 처소로 들어가니 현덕이 말을 꺼냈다.

"조조는 반드시 다시 오고야 말 것이다."

현덕의 말을 듣자 손건이 아뢰었다.

"서주는 지형이 사면으로 적을 받을 땅입니다. 오래 거접할 곳이 못됩니다. 군사를 나누어 소패小沛와 하비성下邳城에 주둔시켜서 서로 돕고 의지하는 형세를 이룩하여 조조를 대항해야 할 것입니다."

현덕은 손건의 말이 옳다고 생각했다.

관운장으로 현덕의 아내인 감甘 부인夫人과 미麋 부인夫人을 모시어 하비를 지키게 하고 손건孫乾, 간옹簡雍, 미축麋竺, 미방麋芳으로 서주를 지키게 하고 현덕은 장비와 함께 소패小沛에 둔병屯兵하고 있었다. 감 부인은 유현덕이 처음 소패에 있을 때 소패에서 장가든 여자요, 미 부인은 미축의 매씨였다.

한편 유대劉岱와 왕충은 허도로 돌아가 조조를 만나 보고 유비가 반한 것이 아니라, 실상인즉 차주가 유비를 죽이려 하니 유비는 자위책으로 차주를 죽인 것을 설명하고 유비는 조조를 배반하지 아니했다고 두둔했다.

조조는 두 사람의 말을 듣자 크게 노했다.

"나라를 욕되게 한 자를 살려 둘 수는 없다. 몰아내어 함께 목을 베어라."

조조의 호령은 추상같았다. 유대, 왕충의 목숨은 경각간에 달려 있게 되었다.

옆에 있던 공융이 급히 간하였다.

"유대와 왕충은 본시 유비의 적수가 아니었습니다. 승상께서 보내 놓고 이제 목을 베신다면 장수들의 마음에 미치는 영향이 클 것입니다. 깊이 살피시어 처리하시기 바랍니다."

조조는 두 사람의 죽음을 면하게 하고 벼슬을 떼어 내쫓은 다음 친히 군사를 일으켜 현덕을 치려 했다.

공융이 급히 간하였다.

"방금 융동성한隆冬盛寒인 이 시절에 군사를 움직인다는 일은 잘못입니다. 봄을 기다려 출병을 해도 늦지 않습니다. 먼저 장수張繡와 유표劉表를 초안招安하신 후에 천천히 서주를 도모하시는 것이 좋겠습니다."

조조는 공융의 말을 그럴듯하게 생각했다.

먼저 유엽劉曄을 양양襄陽으로 보내서 장수를 달래게 했다.

유엽이 양양 땅에 당도하자 장수의 모사 가후를 먼저 찾았다.

"조 승상은 당금의 대 재상으로 지략을 겸비한 분이니 선생은 장 장군한테 말씀하여 옛 혐의를 잊어버리고 조 승상과 함께 일을 해 보도록 하시오."

가후는 유엽을 자기 집에 묵게 한 후에 다음 날 아침 장수를 찾았다.

장수는 가후를 반갑게 맞이했다.

"가 선생이 웬일이시오."

"좋은 일이 있어 왔습니다."

"무슨 좋은 일이?"

"조조가 장군과 함께 일을 하자고 청합니다."

"조조는 본시 나하고 혐의가 있는 자가 아니오. 내 숙모를 욕뵌 놈인데."

"차일시피일시此一時彼一時 가 아닙니까?"

"어떻게 하면 좋겠소?"

"조조가 청하는 것을 받으시는 것이 옳겠습니다."

장수와 가후가 한참 의논하는 중에 시자가 들어와 장수한테 아뢰었다.

"원소한테서 돌연 사자가 왔습니다."

"원소한테서? 웬일일까. 들어오라 하게."

원소의 사자는 즉시 들어와 장수한테 절하고 서신을 올렸다.

장수가 받아 보니, 자기하고 한편이 되어서 천하를 도모하자는 편지였다.

장수는 읽기를 다하자 가후한테 원소의 서신을 넘겨주었다.

가후는 장수가 넘겨주는 원소의 편지를 받아 읽은 후에 사자에게 물었다.

"요사이 원 장군은 군사를 일으켜 조조를 친다 하더니 승부가 어찌 되었소?"

장수를 대신해서 물었다.

"날이 찬 심동이라 잠시 싸움을 중지했습니다. 곧 개춘만 되면 다시 조조를 공격할 것입니다. 그래서 저희 주인은 장 장군과 유표와 함께 힘을 합하여 조조를 대항하려 하시는 것입니다. 두 분께서는 국사國士의 고풍高風이 계시므로 특별히 청하시는 것입니다."

사자의 말을 듣자 가후는 껄껄 웃었다.

"당신은 원소한테 가서 이르시오. 형제도 용납하지 못하는 주제에 어찌 천하의 국사國事를 맞이할 수 있겠느냐구."

가후는 말을 마치자 사자의 면전에서 편지를 꾸깃꾸깃 비벼서 쭉쭉 찢어 버리며 호령을 내렸다.

"이분을 내쫓아라."

사자는 사신의 등을 밀어 나갔다.

옆에서 보던 장수의 얼굴빛이 노랗게 변해지며 가후한테 물었다.

"지금 원소는 강하고 조조는 약한데 편지를 찢어 버리고 사자를 쫓았으니 만약 원소가 군사를 거느려 치러 온다면 장차 어찌하잔 말이오?"

"조조를 따라가면 고만 아닙니까?"

가후가 대답했다.

"나는 조조하고 원수진 일이 있는데 용납이 될지 모르겠소."

"조조를 따라가는 것이 세 가지 이로운 일이 있습니다. 조조는 천자를 받들어 모시고 조서를 내려서 천하를 정벌하니 대의와 명분이 서 있는 것이 첫째로 이로운 점이고, 원소는 강성한 사람이라 우리의 적은 군사를 대단하게 생각하지 않을 것이나 조조는 우리를 얻으면 진심으로 기뻐할 테니 둘째로 이한 것이요, 조조는 패도覇道를 하려는 사람이라 사사로운 원망을 개의하지 아니할 테니 셋째로 이로운 점입니다. 장군은 의심하지 마십시오."

가후가 이해를 따져 말하니, 장수張繡는 유엽劉曄을 청하여 서로 보았다.

유엽은 조조를 입에 침이 마르도록 칭찬한 후에

"우리 조 승상께서 만약 장군을 원망하는 마음을 품었다면 어찌 이 사람을 보내서 좋게 지내자고 하시겠습니까?"

유엽의 말을 듣자 장수는 솔깃하게 생각했다.

곧 가후와 함께 유엽을 따라 허도로 가서 항복하는 절차를 취했다.

장수는 승상부에 나가 뜰아래 꿇어 절하니, 조조는 황망히 뜰에 내려 장수의 손을 잡고 말했다.

"이 사람이 과거에 적은 과실을 저지른 일이 있소이다. 그러나 마음에 품어 두어서는 아니 되오."

조조는 전에 그의 아주미(叔母)를 범했던 일을 사과했다. 얼굴 가죽이 무한 두꺼웠다. 철면피란 조조 같은 사람을 두고 이른 말이었다.

장수가 빙긋 웃고 대답했다.

"다 잊었기에 승상께 항복하러 온 것이 아닙니까?"

조조는 곧 장수에게 양무楊武 장군將軍의 칭호를 주고, 장수의 모사였던 가후에게는 집금오執金吾의 중한 벼슬을 주었다. 조조는 또 한 사람의 모사 가후를 얻은 것이었다.

조조는 장수를 청하여 유표를 부르는 글을 지으라 하니 가후가 옆에 있다가 말했다.

"유표는 이름 있는 명사와 사귀기를 좋아하는 사람입니다. 반드시 한 사람의 문명文名 높은 사람을 보내서 달래면 항복할 것입니다."

조조는 가후의 말을 그럴듯하게 생각했다. 옆에 있는 모사 순유한테 물었다.

"누구를 보내면 좋겠나?"

"공융을 보내면 성공을 하리라 생각합니다."

"그것 참 좋은 의사로군. 그럼, 공융한테 일러두게."

조조는 쾌하게 허락했다.

순유는 밖으로 나가서 공융을 보고 말했다.

"승상께서 유표를 초안하시는데 글 잘하는 사람을 뽑으라기에 자네를 천거했네."

공융이 고개를 가로흔들었다.

"나보다 더 나은 사람이 있네. 내 친구에 예형禰衡이란 사람이 있는데 자를 정평正平이라고 하네. 나보다 재주가 열 배나 더한 사람일세. 유표한테만 보낼 것이 아니라, 황제의 곁에 두어 부리신다며 좋을 걸세. 황제께 내가 천거하겠네."

공융은 곧 상소를 올려 황제께 예형을 천거했다.

황제는 공융의 상소를 보자 곧 조조한테 넘겨주었다.

조조는 사람을 시켜서 예형을 승상부로 불렀다.

원래 공융이 천자께 천거한 예형은 평원 사람으로, 나이 겨우 스물넷인 약관으로 일람첩기—覽輒記하고 총명 영리했다.

예형은 부름을 받고 승상부로 나가 조조를 만났다.

아깝다 재사 예형

　조조는 예형을 만나 보니 너무나 나이 어렸다. 앉으란 말을 아니하고 서 있게 했다.

　예형은 하늘을 우러러 탄식하여 말했다.

　"천하가 넓다 하나 사람이 없구나!"

　조조는 어린것이 방자하다고 생각했다.

　"내 수하에 있는 수십 명이 모두 다 당대의 영웅호걸들인데, 네 어째 사람이 없다 하느냐?"

　엄숙한 태도로 말했다.

　"누구들입니까?"

　예형이 당돌하게 물었다.

　"순욱荀彧, 순유荀攸와 곽가郭嘉, 정욱程昱은 지혜가 많고 앞의 일을 잘 살피니 비록 소하蕭河, 진평陳平이라도 미치지 못할 것이요, 장요張遼, 허저許褚와 이전李典, 악진樂進은 용맹을 당할 사람이 없으니 잠팽岑彭[22], 마무馬武[23]라도 따라가지 못할 것이고 여건呂虔, 만총滿寵은 종사從事요, 우금于禁, 서황徐晃은 선봉대장이요, 하후돈夏侯惇은 천하의 기재奇才요, 조자효曹子孝는 세간의 복장福將이다. 어찌 사람이 없다 하느냐?"

---

22) 잠팽 : 한漢 광무제光武帝 때 명장名將.
23) 마무 : 한漢 광무제光武帝 때 명장名將.

예형은 조조의 말을 듣자 깔깔 웃었다.

"승상의 말씀이 틀리십니다. 이 사람들의 역량은 내가 다 알고 있습니다. 순욱은 병가病家와 상가喪家에 문병이나 조상弔喪이나 보낼 사람이고 순유는 산소와 묘 자리에 묘지기나 시킬 사람이고 정욱은 관문關門이나 열고 닫는 수문장이나 시킬 사람이고 곽가는 글귀나 지을 사람이고 장요는 북이나 꽹과리나 치게 할 인물이요, 허저는 들판에서 소나 말이나 먹일 사람이요, 악진은 조서詔書나 읽을 인물이요, 이전은 편지나 격문을 전달할 사람이고 여건은 대장간에서 칼이나 만들 사람이요, 만종은 술찌끼 재강이나 먹을 사람이고 우금은 널쪽을 짊어지고 판자나 막을 사람이고 서황은 돼지나 개나 잡을 인물이요, 좀 낫다는 것이 하후돈과 조자효인데 하후돈은 완체完體 장군將軍이요, 조자효는 요전要錢 태수太守라 할 것입니다. 나머지는 모두 다 등걸에 옷을 입힌 밥주머니요, 술통이 아니면 고기부대(肉袋)입니다."

조조는 왈칵 성이 났다.

"너는, 그럼 무슨 재주가 있느냐?"

예형이 빳빳이 서서 대답했다.

"천문 지리를 무불통지無不通知하고 삼교三敎 구류九流[24]에 막힐 데가 없습니다. 위로는 가히 인군을 받들어 요순堯舜이 되게 할 수 있고, 아래로는 덕이 공자와 안자顔子를 짝할 수 있습니다. 속된 무리들과 어찌 함께 의논하겠습니까?"

이때 장요가 곁에 있다가 칼을 번쩍 들어 예형을 찍으려 했다.

---

24) 삼교 구류 : 삼교三敎는 유儒, 불佛, 선仙. 구류九流는 유가儒家, 도가道家, 음양가陰陽家, 법가法家, 명가名家, 묵가墨家, 종횡가縱橫家, 잡가雜家, 농가農家.

조조는 얼른 눈짓해서 만류하고 예형에게 일렀다.

"마침 고리鼓吏가 한 자리 궐에 났으니 조하朝賀와 연향宴享 때 북 치는 직책을 맡으라."

조조는 예형을 욕뵈기 위해서 일부러 북재비가 되라 한 것이었다.

그러나 뜻밖이었다. 예형은

"네."

하고 선뜻 대답하며 물러갔다.

장요가 조조한테 아뢰었다.

"이 자의 말투가 심히 불손합니다. 왜 죽이지 아니하십니까?"

조조는 빙긋 웃고 대답했다.

"이 자가 본시 헛된 이름이 높아서 원근에서 다 아는 사람인데 내가 저를 죽인다면 세상 사람들은 나보고 선비를 용납할 줄 모르는 사람이라 할 것일세. 일부러 저 자를 욕뵈게 하기 위하여 북재비를 만든 것일세."

장요도 빙긋 웃고 물러갔다.

조조는 청마루에 크게 잔치를 배설한 후에 손을 청하고 북재비를 시켜서 북을 치라 했다.

예형이 영을 받고 들어가려 하니 구리舊吏들이 일러 주었다.

"북을 칠 때는 반드시 새 옷을 입고 들어가는 법일세."

예형은 콧방귀로 대답하고, 헌 옷을 입은 채 들어갔다.

예형이 북채를 잡고 북을 치는데, 어양漁陽 세 곡조를 두드리니 북소리는 보통 사람이 치는 북소리가 아니었다. 두리둥둥, 두리둥 울리는 북소리는 절묘한 격조를 이루면서 처량하고도 구슬픈 금석金石의 소리가 났다.

좌상에 앉았던 모든 손들은 북소리에 감동이 되어 눈물을 흘리는 사람까지 있었다.

좌우에 있던 구리들이 예형을 꾸짖었다.

"왜 새 옷으로 바꾸어 입지 아니하고 북을 치느냐?"

예형은 옷을 활활 벗었다. 발가벗은 알몸이 되어 벌떡 일어섰다. 불알까지 보였다.

모든 사람들은 얼굴을 가렸다. 예형은 그제야 속옷을 천천히 입으며 아랫도리를 가렸다. 그러나 얼굴빛 하나 변하지 않았다.

조조가 보다 못해 꾸짖었다.

"점잖은 묘당에서 어찌 이리 무례하냐?"

예형이 깔깔 웃으며 대답했다.

"기군망상欺君罔上하는 도둑놈들보다 낫지 아니하오? 나는 우리 부모가 주신 청백한 몸을 노출시킨 것뿐인데 무엇이 무례하오?"

조조는 발끈했다.

"너는 청백하고 누구는 혼탁하냐?"

예형은 주저하지 아니하고 대답했다.

"당신은 어진 사람과 어리석은 사람을 알지 못하니 이것은 눈이 탁한 것이고 글을 읽지 아니하니 입이 탁하게 되었고 충성된 말을 듣지 아니하니 귀가 탁한 것이고 고금 일에 통하지 못하니 이것은 몸이 탁한 것이고 제후를 용납하지 못하니 이것은 배가 탁한 것이요, 항상 역적질할 마음을 먹었으니 이것은 마음이 탁한 것이요, 나 같은 천하天下 명사名士를 북재비 아전으로 썼으니 이것은 양화陽貨가 공자를 가볍게 보고 장창藏倉이 맹자孟子를 헐뜯은 것이나 매일반입니다. 정말 패업霸業을 해 보려면 이같이 사람을 가볍게 대접해서는 아니 되오."

예형의 말은 대를 쪼개 내듯 쨍쨍 울리며 뼈개졌다.

빳빳하고 꼬장꼬장했다.

공융이 자리에 있다가 조조가 죽일까 두려웠다.

"사람 같지 않은 것이니 개의치 마십시오."

그러나 뜻밖이었다. 조조는 손으로 예형을 가리키며 말했다.

"너를 형주 유표한테로 보낼 테니 그를 달래서 항복하게 한다면 너에게 공경公卿 벼슬을 주리라."

예형은 고개를 가로흔들었다.

"나는 당신의 심부름꾼은 아니 되겠소. 무슨 까닭에 내가 유표를 달래러 간단 말이오? 나는 싫소."

예형은 고개를 가로흔들고 말을 듣지 아니했다.

조조는 강제로 말 세 필을 내어 예형을 마상에 끌어올리고 좌우 옆에서 말을 달려 끌고 가게 했다.

그리고 다시 영을 내렸다.

"천하의 재사다. 문무백관들은 다 함께 동문 밖까지 나가서 술을 대접해서 전송하라."

모사謀士 이하 문무백관들은 아니 나갈 수 없었다.

모두들 동문 밖으로 나갔다.

문 밖에는 군막을 치고 자리 보진을 해 놓았다. 순욱이 문무백관을 돌아보며 말했다.

"도대체 예형은 재승덕박才勝德薄한 자야. 제까짓 놈이 몇 푼어치 재주가 좀 있기로서니 승상께 대해서 그런 말버릇이 세상 천하에 어디 있단 말인가? 경박한 자거든. 우리 그 자가 오거든 모두 앉아서 일어나지 않기로 합시다."

"좋은 말씀이오."

문무백관들은 모두 다 찬동을 했다.

얼마 있다가 예형이 말에 내려 장막 안으로 들어왔다.

문무백관은 모두 다 일어나 맞지 아니하고 못 본 체 앉아 있었다. 이 모양을 보자 예형은 돌연 목소리를 크게 내어 방성대곡을 했다.

"어이, 어이, 어이, 어이……."

눈물, 콧물이 비 오듯 쏟아져 줄줄 흐르며 울음소리가 처량하였다.

순욱은 괘씸하게 생각했다.

"왜 우는 거야?"

큰소리로 꾸짖었다.

"모두들 죽은 송장같이 가만히 앉아 있는 것을 보니, 마치 내가 죽은 놈들의 관 앞으로 지나가는 것 같소. 그러하니 어찌 조상을 아니하겠소."

말은 꼭 된 소리였다.

순욱이 발끈했다.

"이놈, 우리들이 모두 죽은 송장이라면 너는 머리가 없는 미친 귀신이다!"

여태까지 통곡을 하던 예형은 별안간 껄껄 웃었다.

"허허허. 내가 머리 없는 미친 귀신이야? 하하하. 나는 당당한 한漢 천자天子를 머리로 모신 한나라의 신하다. 어찌 무두귀無頭鬼냐? 네놈들이야말로 역적 조조 놈을 꼭지로 하고 있으니 한漢의 신하가 아니요, 머리 없는 귀신 놈들이다."

모두 다 분개했다. 와짝 일어나 칼들을 뽑아 들었다.

"이놈의 새끼를 죽여야 한다!"

순욱이 급히 일어나 여러 사람을 만류했다.

"그까짓 쥐새끼 같은 것을 죽인들 무엇에 쓰겠소. 칼만 더럽힐 테니 고만둡시다. 참으시오."

그러나 예형은 지지 않았다.

"무어야, 내가 쥐새끼 같다? 그래 쥐새끼라 하자. 쥐새끼는 그래도 사람의 인성人性이 있다. 그러나 너희 놈들은 똥통 속에서 움찔거리는 구더기 새끼다."

모든 사람들은 한을 품고 흩어졌다.

예형은 결국 형주로 가서 유표를 만났다.

그러나 유표를 만나도 겉으로는 그의 덕을 칭송하는 체했으나 실상인즉 조롱하는 소리뿐이었다.

유표가 좋아할 리 없었다.

유표는 예형을 강하江夏에 있는 황조黃祖한테로 보냈다.

유표의 부하는 의아하게 생각했다.

"예형이란 자는 주공主公을 조롱하고 놀렸는데 왜 죽이지 아니하고 황조한테로 보내십니까?"

유표는 빙긋이 웃으며 대답했다.

"예형이 조조를 여러 번 욕했는데도 불구하고 슬쩍 나한테로 보낸 것은 내 손을 빌려서 죽이라고 한 것일세. 말하자면 조조 자신은 너그러운 사람이 되고 나는 박한 사람이 되라는 것일세. 내가 왜 조조의 꾀에 넘어가겠나? 내가 슬쩍 팔밀이를 해서 황조한테 보낸 것을 조조가 알면 조조는 깜짝 놀랄 것일세. 유표가 어떤 사람이라는 것을 다시 한 번 알겠지. 하하하."

"아 참, 그렇습니다. 주공께서는 참말 영웅이십니다."

모두들 유표가 잘했다고 칭찬했다.

이때 형주로 원소의 사신이 또 찾아왔다. 연합군을 일으켜 조조를 치자는 것이었다.

유표는 모든 모사들을 불러 의논하였다.

"조맹덕은 예형을 보내서 나를 달래고 원본초는 또다시 사신을 보냈으니 어찌하면 좋겠나?"

종사從事로 있는 중랑장 한숭韓嵩이 나와 말했다.

"지금 양웅兩雄이 서로 상치하고 있는데 마치 황새와 조개가 서로 물고 뜯고 하는 격이올시다. 이때 주공께서 한번 군사를 일으켜 치십시오. 그렇다면 두 사람을 다 함께 잡을 수 있습니다."

"내가 조조의 군세와 원소의 군사를 당할 수 있나!"

유표는 가만히 한숨을 쉬며 탄식했다.

"그렇다면 그 중에 난 사람을 가려서 합세하십시오. 지금 조조는 군사를 능하게 잘 쓸 줄 아는 데다가 그의 부하에는 똑똑하고 영특한 인물들이 많습니다. 가만히 형세를 관망하니 조조는 먼저 원소를 취한 후에 군사를 강동으로 옮겨서 이곳 형주를 칠 것입니다. 그때 가서는 장군께서 능히 막으실 도리가 없을 것입니다. 형주를 가지고 조조한테로 가신다면 조조는 반드시 장군을 중하게 대접할 것입니다."

유표는 한숭의 말을 듣자 지의遲疑하고 결정을 내리지 못했다.

"자네가 우선 허도로 올라가서 조조의 동정을 본 후에 다시 상의하기로 하세."

한숭이 대답했다.

"군신의 의리는 각각 정한 바가 있습니다. 지금 저는 장군을 섬기고 있으니 끓는 물속이나 붙는 불 속에라도 하시라는 대로 뛰어들겠습니다마는, 만약 허도로 올라가서 한 자리라도 벼슬을 받는 날은 저는 천자의 신하지 다시는 장군의 부하가 되지 못합니다."

유표는 한숭韓嵩의 말을 들었으나 그래도 얼른 결정을 내리지 못했다.

"좌우간 자네가 허도로 가서 모든 형세를 살펴보게. 나도 따로 주의主意

가 있어서 그러네."

한숭은 유표를 작별하고 허도로 가서 조조를 만났다.

조조는 한숭으로 시중侍中 벼슬에 영릉零陵 태수太守를 겸해 주었다.

조조의 모사 순욱이 조조한테 물었다.

"유표의 부하 한숭은 이곳 동정을 살피러 왔을 뿐, 마디만 한 공이 없는데 높은 벼슬을 주시고 예형은 한번 보내신 후에 다시 묻지도 아니하시니 어쩐 일입니까?"

"예형이 너무 나를 욕하니 유표의 손을 빌려서 죽이려고 한 것인데 내가 물어서 무엇하겠나?"

조조는 웃으며 대답하고, 한숭을 형주로 보내서 유표를 달래게 했다.

한숭은 형주로 돌아와 유표를 본 후에

"조조는 천자를 도와서 훌륭한 정치를 합디다. 조조와 사귀어 두시는 것이 좋습니다. 자제분을 허도로 보내시어 공부도 하게 할 겸 조조의 환심을 산다면 장군께 크게 유리할 것입니다."

유표는 한숭의 말을 듣자 크게 노했다.

"고얀 놈, 네가 허도로 가서 조조한테 벼슬을 얻더니 나를 배반하는구나. 내 아들을, 그래 인질로 보내란 말이냐? 저놈의 목을 베어라."

좌우를 돌아보며 호령했다.

한숭은 억울하다고 생각했다.

큰소리로 외쳤다.

"내 목을 베신다면 장군께서 나를 저버리시는 일이 됩니다. 한숭이 이놈은 결단코 장군을 저버리지 아니했습니다."

한숭은 주먹으로 제 가슴을 두드렸다.

옆에 있던 모사 괴량蒯良이 간하였다.

"한숭의 말이 옳습니다. 그 사람이 떠날 때 군신의 의리를 들어 말씀한 일이 있습니다. 이제 죽이시면 불가합니다."

유표는 한동안 생각하다가 마침내

"놓아주어라."

영을 내렸다.

이때 시자 한 사람이 들어왔다.

"황조가 예형을 죽였다 합니다."

"어떻게 해서 죽였다더냐?"

유표는 죽이라고 보낸 것이지만 궁금했다.

"황조가 예형과 함께 술을 마시면서 허도에 어떤 인물이 있느냐고 물었더니 예형이 대답하기를, 대아大兒는 공문거(孔文擧:孔融)요, 소아小兒는 양덕조(楊德祖:楊修)뿐이고 그 나머지는 인물이 없다고 대답했답니다. 황조는 다시, 나는 어떠하냐 물었더니, 당신은 사당 속에 있는 묘신廟神 같은데 제사를 지내도 별로 영검이 없을 것이라고 대답했더랍니다. 황조는 분해서 이놈, 나를 목우인木偶人으로 아느냐고 칼을 빼서 죽였다 합니다."

"어떻든 재사인데 가엾구나."

유표는 탄식하고 예형의 시체를 앵무주鸚鵡洲에 장사 지내 주었다.

재사 예형이 죽었다는 소문이 퍼지니 시인들은 글을 지어 조상했다.

황조黃祖 못난 것이 장자長者의 짝이 되라.
예형禰衡의 머리가 이 강江가에 떨어졌네.
풀 푸른 앵무주鸚鵡洲 돌아서 지나가니
무정無情할사 벽류수碧流水만 흘러 흘러가는구나.

조조도 예형이 죽었다는 소문을 들었다. 슬퍼하지 않고 도리어 깔깔 웃었다.

"썩은 선비 놈의 칼끝 같은 혓바닥이 마침내 제 목숨을 끊었구나."

마음이 상쾌한 듯 깔깔거려 웃어 댔다.

이리하여 조조는 손가락 하나 까딱하지 아니하고 자기를 욕하던 천하 재사 예형을 죽여 버렸다. 세상 사람들은 조조의 행사를 보고

"고놈 간웅이다!"

논평을 했다.

조조는 한숭에게 벼슬을 주어 보냈으나 유표는 마침내 항복해 오지 아니했다.

조조는 군사를 일으켜 문죄하려 하니 순욱이 간하였다.

"원소를 평하지 못하고 유비를 멸하지 못한 채로 강한江漢에 용병을 한다는 것은, 마치 사람의 심장과 복부를 경영하지 아니하고 수족을 돌아보는 것과 같습니다. 먼저 원소를 멸하고 다음 유비를 격파한 후에 유표와 황조를 쓸어버리는 일이 상책인가 합니다."

조조는 그럴듯하게 생각했다. 순욱의 말을 들어 유표 치려던 일을 일단 중지했다.

한편 동승董承은 유현덕이 서주로 간 후에 낮과 밤으로 왕자복王子服의 무리와 조조를 조정에서 제거시킬 것을 의논했으나 백계무책百計無策이었다.

해는 바뀌어 건안 5년 원단元旦이 되었다.

조하朝賀 때 조조의 임금을 무시하고 방약무인한 교만한 태도를 보자 동승은 분함을 참지 못하여 마침내 성병成病이 되었다.

황제는 국구國舅 동승이 병이 들어 대단하단 말씀을 듣자 나라의 태의太醫를 불러 동승의 병을 다스리라는 분부를 내렸다.

태의는 본시 낙양 사람으로 성은 길吉이요, 이름은 태太요, 자는 칭평稱平이라 하는데, 사람들이 모두 다 그를 길평吉平이라 부르는 당시 명의였다.

길평은 동승의 집에 당도하자 진맥을 한 후에 화제를 내어 약을 쓰고 조석으로 곁을 떠나지 아니했다.

그러나 동승은 말없이 한숨만 지어 탄식을 했다.

길평은 감히 묻지도 못하고 동정만 살피고 있었다.

때마침 정월 대보름 원소절元宵節이 되었다.

길평이 집으로 돌아가려 하니 주인 동승은 만류하면서 술을 내와 권했다.

두 사람은 두어 시간 마시고 있을 때 동승은 고단한 기운이 돌아 자리에 누워 잠깐 졸고 있었다.

의기 높은 의사 길평

길평은 동승이 잠을 자도록 가만 내버려 두었다.

동승이 혼곤히 잠이 들었는데 상노가 들어와서 동승한테 아뢰었다.

"공부 시랑 왕자복, 장수 교위 충즙种輯, 의랑 오석吳碩, 소신 장군 오자란吳子蘭 여러분이 오셨습니다."

동승은 벌떡 일어나 네 사람을 맞이했다.

왕자복이 들어오자마자 벙글벙글 웃으며 큰소리로 떠들었다.

"일이 됐소이다, 일이 됐어. 대감, 우리들의 일이 됐소이다."

왕자복은 손뼉을 치면서 겅둥겅둥 뛰며 기뻐했다.

"어떻게 됐소?"

동승이 물었다.

"유표가 원소와 연결하여 군사 오십만을 일으켜서 십로로 쳐들어오고, 마등馬騰은 한수韓遂와 연합해서 칠십이만의 서량 군사를 거느리고 북으로 쳐들어옵니다. 조조는 허창의 군사와 말을 전부 동원시켜서 양편으로 적을 막으라고 영을 내렸습니다. 지금 성중이 텅 비어 있습니다. 만약 이때 우리들 다섯 집의 동복僮僕을 움직인다면 천여 명은 될 것입니다. 오늘밤은 마침 원소절입니다. 승상부에서는 조조가 지금 크게 연회를 베풀고 있습니다. 이 기회를 타서 조조를 죽인다면 모든 일이 해결될 것입니다."

동승은 크게 기뻤다.

곧 집안의 늙고 젊은 비복들을 불러서 병기를 가지게 한 후에 동승은 갑옷 입고 투구 쓰고 장창을 비껴들어 마상에 높이 앉아 대궐로 향해 쳐 들어갔다.

모든 사람들도 일제히 군사를 휘동하여 대궐 안으로 쳐들어갔다.

동승은 왼손에 장창을 잡고 오른손에 보검을 든 후에 도보로 후당에 오 르니 때마침 조조는 문무백관과 연회를 하고 있었다.

동승은 칼을 휘두르며 뛰어 들어가니 조조는 깜짝 놀라 몸을 피해 달아 났다.

동승은 큰소리로 외치며 쫓아갔다.

"역적 조조야, 달아나지 말라!"

한칼로 후려치니 조조의 목이 뚝 떨어졌다.

동승은 가슴이 시원하고 정신이 상쾌했다. 칼끝으로 조조의 목을 꿰어 들고 큰소리로 외쳤다.

"역적 조조 놈의 원수를 오늘에야 갚았구나!"

큰소리를 지르며 기뻐할 때 눈이 번쩍 떠졌다.

옆에는 태의 길평이 조심스럽게 앉아 있었다.

일장춘몽一場春夢이었다.

동승은 전신에 땀이 쭉 흘렀다.

"꿈을 꾸셨습니다그려. 대감께서는 조조를 죽일 생각이 계십니까?"

태의 길평은 눈을 똑바로 뜨고 동승을 바라보았다.

동승은 벌벌 떨면서 대답을 못했다.

태의 길평이 자기의 심중을 알았으니 큰일이었다.

동승은 길평한테 심중을 들켜 났으니 큰일이라 생각했다. 마음이 황란 해서 얼른 대답하는 말이 나오지 아니했다.

길평은 얼굴빛을 부드럽게 하여 동승을 바라보며 말했다.

"대감, 놀라지 마십시오. 길평이 비록 정치에 관계없는 한개 의원이올시다마는 일찍이 한漢 나라를 잊어버린 적이 없습니다. 저는 날마다 대감의 기색을 살폈습니다. 대감께서는 항상 한숨으로 세월을 보내셨습니다. 그렇지만 여쭈어 보기 죄송해서 묻지 아니했습니다. 이제 꿈꾸시는 잠꼬대 소리를 들으니 대감의 속마음을 비로소 알게 되었습니다. 숨기지 마시고 저 같은 사람이라도 써 주신다면 구족을 멸하는 한이 있더라도 후회치 않겠습니다."

동승은 그래도 미덥지 아니했다. 손으로 얼굴을 가리고 울며 말했다.

"당신은 진심이 아닐 거요."

"그게 무슨 말씀입니까."

길평은 말을 마치자 어금니로 왼손 무명지를 버썩 깨물었다. 손가락이 터지어 피가 흘렀다. 길평은 책상 위에 놓여 있는 주지周紙를 펼쳐 놓고 혈서를 썼다.

함께 **나라를 구합시다.** 일편단심一片丹心.

혈서는 아롱아롱 두루마리 위에 빨갛게 퍼졌다.

동승은 그제야 길평의 진심을 알았다.

덥석 길평의 손을 잡았다.

"당신은 과연 의기남아義氣男兒요!"

두 사람의 눈과 눈이 마주쳤다. 별빛같이 윤이 흘렀다.

동승은 비로소 황제의 의대조衣帶詔를 소매 속에서 꺼내서 길평한테 보였다.

"자, 이것은 황제 폐하께서 나한테 내리신 피로 쓰신 친서요. 유현덕, 마등하고 꼭 일을 처리하기로 약속을 했던 것인데 유현덕도 가 버리고 마등도 떠나서 혁명을 일으킬 도리가 없게 되었소. 이래 놓으니 백계무책百計無策이로구려. 그래서 나는 이내 우울병이 들어 버렸소."

길평은 동승의 말을 듣자 고개를 번쩍 들고 동승을 향해 말했다.

"여러 어른께서 심려를 쓰시지 않더라도 조조를 처치할 길이 있습니다. 과히 염려 마십시오. 조적曹賊의 생명은 이 길평이 손에 달려 있습니다."

"어째 그렇소?"

동승은 무릎을 바싹 밀고 다가앉아 들었다.

"조조는 항상 두풍을 앓고 있습니다. 병이 골수에까지 박혀 있습니다. 조조는 두풍증만 일어나면 소인을 부릅니다. 조만간 반드시 저를 부를 것입니다. 그때 가서 약 한 첩만 먹이면 고만입니다. 하필 군사를 일으키지 않더라도 일이 잘될 것입니다. 대감은 염려 마십시오."

동승은 다시 한 번 길평의 손을 굳게 잡았다.

"만약 그렇게 해서 나라를 구한다면 이런 좋을 데가 없구려!"

상노 진경동과 애첩 운영의 사건

동승과 길평은 마음과 뜻이 서로 합해서 조조 죽일 일을 한동안 의논하다가 길평은 다시 오기로 약속하고 집으로 돌아갔다.

동승은 길평을 돌려보낸 후에 정신이 상쾌하고 마음이 싱그러웠다.

우울한 마음은 안개 슬듯 사라지고 희망은 봄날처럼 가슴으로 부풀어 올랐다.

흘재, 아름다운 애첩 운영雲英의 생각이 났다.

동승은 당에 내려 후원 별당으로 천천히 들어갔다.

소나무 숲이 우거진 후원 초정草亭 앞으로 무심코 지나가려 할 때 숲 속에서 젊은 남녀의 도란도란 지껄이는 소리가 새어 나왔다.

동승은 지팡막대를 멈추고 귀를 기울이고 있었다.

"왜 이래, 대감이 보시면 어찌하려고!"

젊은 계집의 꾀꼬리 같은 목소리였다.

"보시긴 무얼 보서. 대감께서는 서원에서 의원 길평이하고 약주를 잡수시다가 지금 한참 잠이 들어 혼곤히 주무시고 계신 판인데."

장정 사내놈의 목소리였다.

동승의 핏줄은 긴장될 대로 긴장되었다.

또다시 소곤소곤 이야기가 새어 나왔다.

"그래도 별안간 들어오시면 어찌하우?"

계집의 목소리였다.

"병환이 계신 분이 그렇게 얼른 들어오실 리가 없어. 그리구 혼곤히 주무신다고 말하지 아니했나베. 자, 이리 와요, 내 무릎에 좀 안겨 봐요."

사내놈의 목소리였다.

"얌췌세. 대감님의 첩보고 상노 놈이 안기라구 하고……."

계집이 춘정을 못 이겨 재잘대는 농탕치는 목소리였다.

"새삼스럽게 딴소리하네. 인제 처음 안겨 보나. 다 죽어 가는 송장 같은 늙은이 무릎보다 그래도 투실투실한 젊은 내 무릎이 싱싱하고 뜨뜻할 거야."

동승은 여기까지 듣자, 머리털은 한꺼번에 와싹 하늘로 뻗쳤다. 확실히 애첩과 어떤 놈의 목소리였다.

원해 국구國舅 동승董承에게는 애첩 운영이란 절묘한 계집이 있었다.

그러나 동승은 나이 70이 넘었고 운영은 20이 될까 말까 한 묘령의 계집이었다.

70과 20의 나이는 하늘과 땅의 차이가 있었다. 운영은 용미봉탕과 금의옥식 속에 파묻혀 있으나 인생의 지극한 쾌락을 만족할 수 없었다. 항상 긴 한숨, 짧은 탄식으로 세월을 흘려보냈다.

더구나 요새 와서 동승은 나랏일로 노심초사하다가 병이 덜컥 나 버렸다.

운영은 적막한 공규空閨를 참을 수 없었다.

이때 상노에 진경동秦慶童이란 자가 있었다. 나이 운영과 비슷한 20대의 청년이었다. 얼굴이 훤칠하게 잘생긴 미남자였다. 밤과 낮으로 동 국구의 약을 달이고 시중을 들고 있었다.

진경동이 약을 달여 올리면 시첩 운영은 약그릇을 받들어 동 국구에게 올렸다.

약 시중뿐만이 아니었다. 동 국구의 모든 시중을 운영과 경동이는 함께 맡아보게 되었다.

어느덧 손과 손이 맞부딪칠 때도 있었다. 젊은 남녀들의 애련愛戀으로 끌리는 힘은 마치 자석이 쇠를 끌듯 묘한 인력引力을 갖게 했다.

경동과 운영은 어느 결에 만나면 웃음이 저절로 나와서 좋고, 떨어지면 서운하고 그리웠다.

어느덧 말없는 속에 젊은 남녀의 추파는 가을 물같이 푸르고 파도가 높아졌다. 추파는 정파情波로 변해졌다.

정이 움직이니 불이 붙었다. 묘령의 청춘남녀는 마침내 넘지 못할 한 금을 넘어 버렸던 것이다.

이 뒤로부터 진경동과 운영이는 노老 국구國舅의 눈을 속이며 정염을 도둑질했다.

오늘은 마침 정월 대보름날이었다. 해가 바뀐 후에 첫째가는 명절이었다.

원소절元宵節인 십오야十五夜 밝은 달밤에 꿀 같은 사랑의 잠 터를 장만하려 하여 상노 경동이는 동 국구의 잠든 틈을 타서 후원 별당으로 뛰어들어 애인 운영과 밀회를 하는 중이었다.

초정 속에서 또다시 도란도란 이야기가 새어 나왔다.

"오늘 밤에 대감이 주무신 후에 내가 별당으로 들어갈 테니 덧문 고리를 걸지 말라구."

사내놈의 목소리였다.

"오늘이 참 정월 대보름날이로구려. 달이 무척 밝을 거야. 달이 밝으면 잠이 안 오더라."

계집의 목소리였다.

"내가 거리에 나가서 달떡(月餠)을 사 가지고 갈게. 이불 속에서 둘이 먹으며 놀다가 자면 좋지 않어?"

사내놈의 목소리였다.

"달떡은 내가 참 좋아하지. 꼭 사 가지고 와요. 기다릴게."

"염려 말어. 대감이 주무시는 김에 내가 사 가지고 서원에 두었다가 밤에 꼭 가지고 별당으로 들어갈게."

"그럼 꼭."

계집의 목소리는 애원하는 듯 아름다웠다.

동승은 더 참을 수가 없었다. 눈앞에 가려 있는 소나무 가지를 휘어잡고 발돋움을 하여 초정 편을 바라보았다. 기막히지 않은가. 계집은 바로 자기의 애첩인 운영이요, 사내는 상노 진경동이었다.

젊은 남녀들은 서로 얼싸안고 입을 마주 대고 있었다.

동승은 부들부들 전신이 떨렸다. 얼굴빛이 해쓱했다.

발길을 돌려 내당으로 들어갔다. 분함을 참을 수 없었다. 곧 구종들을 불렀다. 구종들이 뛰어 들어왔다.

"너희들은 빨리 후원 초당으로 올라가거라. 그곳엔 상노 진경동이와 운영이란 년이 있을 게다. 덮어놓고 연놈들을 잡아 내려라!"

부인이 깜짝 놀라 물었다.

"웬일이오니까?"

"경동이란 놈하고 운영이란 년이 배가 맞아서 못된 짓을 하는구려."

부인도 깜짝 놀랐다. 온 집안이 발끈 뒤집혔다.

구종들은 초정으로 뛰어올랐다. 과연 두 남녀가 있었다. 경동과 운영을 곧 끌어내려 계하階下에 꿇렸다.

동승은 분노가 절정에 올랐다.

"네, 저 연놈들을 볼기 때려 수죄하라!"

구종들은 진경동과 운영을 매질하기 시작했다.

매는 50도가 넘었다.

당상에서는 동 국구의 추상같은 호령이 떨어졌다.

"너희들은 어느 때부터 못된 짓을 했느냐?"

경동이는 아픔을 이길 수 없었다.

"대감께서 병환이 나시어 누워 계실 때부터 눈이 맞았습니다."

바른대로 토설을 했다.

동승의 분노는 더욱 터졌다.

"운영이도 경동이의 공초와 같으냐?"

계집은 부끄러움을 이길 수 없었다. 모기 소리만큼,

"네."

하고 대답했다.

"연놈들을 한 매에 때려죽여라!"

동 국구의 호령이 다시 떨어졌다.

구종들은 두 패로 달려들어 상노와 시첩을 사매질 쳐 죽이려 할 때 부인이 동승한테 간하였다.

"인명이 귀하옵니다. 그저 죽이지 마시고 다시는 고런 짓이 없도록 벌을 주시는 것이 좋을까 합니다."

세 번 네 번 간청하였다.

동승은 부인의 말을 존중했다.

"마님께서 하도 간곡하게 말씀하시니 특별히 생각해서 벌로 40도의 매를 더 때리고 제각기 냉방에 가두어 두게 하라."

구종들은 남녀를 끌어다가 따로따로 냉방에 가두어 두었다. 이날 밤에 진경동이는 잠근 문을 비틀어 젖히고 담을 넘어 조조의 승상부로 달아났다.

"급히 기밀을 아뢸 일이 있습니다. 승상께 뵙게 해 주십시오. 동승의 상노올시다."

승상부의 시자는 곧 조조한테 보였다.

"동승의 상노라고 자칭하는 자가 대감께 뵙기를 원합니다."

조조는 동승의 상노란 말에 귀가 번쩍 뜨였다.

동승은 자기를 해치려는 사람인 것을 잘 알고 있었다.

"곧 들여보내라."

시자는 경동을 데리고 들어왔다.

조조는 좌우를 물리친 후에 경동이한테 가만히 물었다.

"무슨 기밀이 있느냐?"

"저희 주인께서 대감을 해치려 하십니다."

"그것은 나도 대강 짐작한다마는 어떤 방법으로 나를 해치려 하더냐?"

"지난해부터 우리 집 주인은 시랑 왕자복, 교위 충즙, 의랑 오석, 장군 오자란, 서량 태수 마등과 함께 비단에다가 혈서를 쓰면서 조 승상을 제거시킨다는 맹세를 했습니다. 그런데 요사이 태의太醫 길평吉平이 황제 폐하의 명을 받들어 주인어른의 병환을 진찰하고 있었는데 어느 날 보니 길 의원도 손가락을 깨물며 비단에 혈서를 쓰는 것을 목도해 보았습니다. 일이 하도 맹랑하기에 아뢰는 바입니다."

조조는 경동의 말을 듣자 잠깐 눈을 감아 무엇인지 생각하다가 이내 실같이 가는 눈을 떠서 경동이한테 물었다.

"너는 어찌해서 네 주인을 배반하고 나한테 기밀을 누설하느냐?"

경동이는 동승의 애첩 운영과의 일을 자초지종 자세히 이야기했다.

조조의 입가엔 가만한 쓴웃음이 떠돌았다. 곧 시자를 불러 경동이를 승상부 안에 감추어 두게 하고 이튿날 머리를 싸매고 자리에 누워 일어나지 아니했다.

시녀와 시자들이 황망히 모여들었다.

"어디가 불편하십니까?"

"머리 골치가 몹시 쑤시고 아프다. 또다시 두풍증頭風症이 생기나 보다. 빨리 길평을 청해서 약을 쓰게 하라."

시자들은 곧 태의 길평을 청했다.

태의 길평은 조조가 두풍증이 났다는 말을 듣자 마음속으로 기쁨을 이기지 못했다.

"이놈, 조조가 꼭 죽을 때가 되었구나!"

혼잣말하고 독약을 몸에 지닌 후에 승상부로 들어갔다.

길평은 조조의 머리를 짚어 본 후에 곧 화제를 내어 약을 짓게 하고 친히 약재를 살펴보는 체하다가 슬며시 독약을 집어넣었다.

얼마 만에 약이 달여졌다. 길평은 친히 약그릇을 들어 조조한테 권했다.

"약이 되었습니다. 잡수십시오."

조조는 골치가 몹시 쑤시는 체 신음하는 소리를 내면서 일부러 얼른 마시지 아니했다.

길평은 약그릇을 손수 들고 권했다.

"약이 식으면 효력이 적습니다. 따끈할 때 잡수시고 조금 땀을 내시면 곧 운권천청雲捲天晴이 되십니다."

조조는 마지못해 일어나는 체하면서 안석에 기대앉아서 길평을 보고 말했다.

"자네는 글을 읽은 사람이니 예의를 짐작하겠네. 원래 약이란 임금이 병이 나면 신하가 먼저 약을 맛보는 것이고 아비가 병이 있어서 약을 먹게 되면 자식이 먼저 약을 맛보는 것일세. 자네는 나의 심복지인일세. 먼저 약 맛을 본 연후에 나에게 권하게."

조조의 말을 듣자 길평의 가슴은 뚝 떨어졌다. 조조는 벌써 눈치를 챈 모양이었다. 그러나 얼굴빛을 고치지 아니하고 태연히 말했다.

"약을 다른 사람이 먼저 맛보면 효력이 적다 합니다."

말을 마치자 버썩 한 걸음 다가서자 조조의 멱살을 붙들고 왈카 귀에다 독약을 들어부었다. 귀와 입이 통하기 때문이었다.

조조는 깜짝 놀라 손으로 약그릇을 뿌리쳤다.

약그릇은 땅에 떨어지면서 와지끈 소리를 내며 산산조각이 나서 깨어져 버렸다.

시자들이 좌우편에서 우르르 달려들었다. 태의 길평을 붙들었다.

좌우의 시자들은 길평을 결박 지어 당 아래 꿇렸다.

조조는 길평을 꾸짖었다.

"내가, 이놈 네 속을 다 알고 있다. 사실은 병이 난 것이 아니라 네 마음을 시험해 보려 한 것이다."

조조의 꾸짖는 말을 듣고 있는 길평은 조금도 두려워하는 기색이 얼굴에 나타나지 않았다.

"저놈을 고문시킬 테니 형구를 갖추게 하라."

조조의 영이 떨어지니 장정 20명은 주장, 곤장에 형틀을 갖추고 대기하고 둘러섰다.

조조는 다시 길평을 꾸짖었다.

"너는 본시 의사다. 의사로서 사람을 죽일 리 만무하다. 반드시 너를 교사한 자가 있을 것이다. 네가 바른대로 토설한다면 목숨을 살려 주리라. 어떤 놈이 너를 시켜서 나를 죽이라고 하더냐?"

길평은 고개를 번쩍 들고 소리 높이 대답했다.

"너는 기군망상欺君罔上하는 놈이다. 천하 사람은 모두 다 너를 죽이려 한다. 나라고 너를 죽이고 싶지 아니하겠느냐? 누가 시킨 것이 아니다. 내 자의로 너를 죽이려 한 것이다."

길평은 쾌쾌하게 대답했다.

조조는 옥졸들에게 영을 내렸다.

"저놈을 형틀에 높이 매달고 되게 쳐라."

옥졸들은 일제히 달려들어 길평을 형틀에 매달고 주장 곤장을 들어 볼기를 때리기 시작했다.

매는 30도가 넘었다.

"대라. 바른대로 대면 용서하리라. 어느 놈이 시켰느냐?"

조조는 세 번 네 번 조련질을 하며 물었다.

길평은 화를 벌컥 냈다.

"나는 내 주견으로 너를 죽이려 했다. 더 묻지 말라. 내가 남의 말만 듣고 행동을 할 사람이냐? 나를 죽여 달라! 나는 죽을 것을 각오하고 너를 죽이려 한 것이다."

조조는 또다시 영을 내렸다.

"저놈이 아직도 덜 아픈 모양이다. 뼈가 퉁그러질 때까지 두들겨 패라!"

옥졸 20명은 일제히 좌우 옆으로 갈라서서 떡메 치듯 볼기를 때렸다. 가죽이 터지고 살이 흩어졌다. 피가 흘러 땅에 가득했다.

조조는 길평이 죽으면 증거가 없어질까 두려웠다.

"죽이지 말고 옥에 잠시 가두어라."

옥졸들은 조조의 영을 받고 길평을 형틀에서 내려 들것에 담아 옥에 내렸다.

이튿날 조조는 별안간 잔치를 베풀고 조정에 벼슬하는 만조백관들을 청했다.

모든 대신 이하 백관들이 다 모였으나 오직 동승의 얼굴만이 보이지 아니했다.

이때 국구國舅 동승董承은 병을 칭탁하고 오지 아니했으나 왕자복王子服, 충즙种輯, 오석吳碩, 오자란吳子蘭 네 사람은 조조가 의심을 할까 보아 서로 의논하고 연회에 참석했다.

조조는 후당에 만조백관을 청하여 연석을 베풀고 술이 두어 순배 돌았을 때 천천히 입을 열었다.

"잔치에 아무 여흥餘興이 없어 재미가 없습니다. 지금 한 사람을 불러내어 여러분의 술기운이 깨도록 하겠소이다."

조조는 말을 마치자

"이리 오너라."

높은 소리로 시자를 불렀다.

시자들이 "예." 소리를 치며 들어왔다.

"옥졸에게 영을 내려 죄수를 끌어들이게 하라."

얼마 아니 되어 옥졸 20여 명은 목에 긴 칼을 쓴 태의 길평을 끌고 들어와 계하에 꿇렸다.

만조백관들의 눈이 휘둥그레졌다.

조조는 모든 사람을 향하여 큰소리로 말했다.

"여러분은 이 사람을 모르시다. 이 자는 악당들과 연결하여 조정을 배반하고 조조 이 몸을 모해하려는 놈이올시다. 오늘 하늘이 이 몸을 망하게 했습니다. 이 자의 공초를 들어 보십시오."

조조는 말을 마치자 옥졸들에게 분부를 내렸다.

"저놈이 바른대로 댈 때까지 되게 쳐라!"

옥졸들은 주장대를 둘러메고 일제히 매질을 치기 시작했다.

사정없이 철썩철썩 떨어지는 무지한 매질에 의사 길평은 기절이 되어 까무러쳐 버렸다.

"냉수를 얼굴에 끼얹어라!"

조조의 명령이 대상에서 떨어졌다.

옥졸들은 길평의 얼굴에 찬 냉수를 동이로 퍼서 끼얹었다.

길평은 한숨을 쉬고 깨어났다. 눈을 똑바로 뜨고 이를 갈았다. 조조를 향하여 큰소리로 꾸짖었다.

"이놈 조조야, 역적 놈아. 내가 너를 죽이지 못한 것이 한이다. 나에게 더 무엇을 묻느냐?"

"공모한 놈이 여섯 놈이라더라. 너까지 합해서 모두 일곱 놈이냐?"

조조는 깐깐하게 물었다.

"없다. 나는 공모한 사람이 없다."

길평은 여전히 악을 썼다.

왕자복 등 네 사람은 서로 얼굴만 바라보면서 마치 바늘방석에 앉아 있는 듯했다.

조조는 또다시 길평을 매질해서 물었다. 길평은 영영 내지 아니했다. 길평은 매에 못 이겨 몇 번인지 까무러쳤다.

이럴 때마다 옥졸들은 얼굴에 냉수를 끼얹었다.

조조는 또다시 매질을 쳤다.

"대라. 바른대로 대라. 몇 놈이 공모를 했느냐?"

길평은 다 죽어 가면서도 이를 악물고 대지 않았다.

만조백관들은 겁이 나서 한 사람 두 사람씩 흩어지기 시작했다.

조조는 길평을 다시 옥에 가두게 하고 돌아가려는 왕자복, 충즙, 오석, 오자란의 소매를 잡았다.

"더 놀다가 가시오."

네 사람은 등에 땀이 흘렀다. 조조는 네 사람에게 다시 술을 권하며 물었다.

"네 분한테 잠깐 물어볼 말이 있소. 당신들은 동승이하고 무슨 일을 의논했소?"

왕자복 등 네 사람은 얼굴빛이 흙빛으로 변했다.

"아무런 상의도 한 일이 없소."

왕자복이 대답했다.

"내가 다 알고 있소. 당신들은 흰 비단에 무엇을 썼소?"

"그런 일 절대로 없소."

왕자복은 고개를 가로흔들고 펄쩍 뛰었다.

조조는 시자에게 영을 내렸다.

"진경동이를 불러들여라."

이윽고 진경동이가 나타났다. 무릎맞춤을 시키는 것이었다.

"이분들이 흰 비단에 글씨 쓰는 것을 확실히 보았지?"

조조가 물었다.

"네, 확실히 이 눈으로 똑똑히 보았습니다."

진경동이 대답했다.

"이놈, 네가 어디서 무엇을 보았다고 하느냐?"

왕자복이 진경동을 꾸짖었다.

"당신네 여섯 사람이 사람의 눈을 피해 가면서 서원에서 흰 비단에 글씨를 쓰지 아니했소? 내 눈으로 똑똑히 보았소."

왕자복은 큰소리로 조조한테 말했다.

"이놈은 국구國舅의 시첩과 간통한 후에 주인한테 매를 맞고 쫓겨난 놈이오. 이놈의 무고誣告를 곧이들어서는 아니 되오."

조조는 고개를 가로흔들었다.

"길평이가 나를 죽이려고 독약을 탄 것은 꼭 동승의 짓이오."

"그것은 모르겠소이다."

왕자복은 잡아뗐다.

조조는 술잔을 들고 왕자복을 노려보면서 위협했다.

"오늘 저녁 안으로 자백을 한다면 용서하겠지만, 그렇지 않으면 좋지 못하리라."

"모르는 일을 어찌하겠소?"

왕자복은 여전히 시침을 뗐다.

조조는 시자들을 불렀다.

"이분들을 감금시켜 버려라."

시자들은 왕자복, 충즙, 오석, 오자란 네 사람의 등을 밀어 승상부 창고 속에 연금을 시켜 버렸다.

이튿날 날이 밝자 조조는 수십 명 수하들을 거느리고 동승의 집으로 문병을 갔다.

동승은 조조가 온다는 말을 듣자 황망히 마당에 내려 마중을 했다.

"간밤에는 어찌해서 청해도 오지 아니했소?"

조조는 성난 눈으로 동승을 노려보았다.

"몸이 좀 불편해서 참석을 못했소이다."

동승이 공손히 대답했다.

"흐흥 병? 나라를 걱정하는 충신의 병이로구려."

동승은 깜짝 놀랐다.

"대감은 길평의 일을 아시오?"

조조의 눈에서는 새파란 불이 일어났다.

"모릅니다."

동승은 황망히 대답했다.

모른다는 동승의 말에 조조는 차갑게 깔깔 웃었다.

"국구께서 어찌해서 모르시오? 길평이 놈을 이리 데려오너라."

조조는 시자한테 명했다.

동승은 어찌할지 몰랐다.

옥졸들 수십 명은 순식간에 길평을 끌고 와서 계하에 꿇렸다.

길평은 고개를 번쩍 들었다. 꿇어앉지 않으려 했다.

"이놈, 조조야, 만고에 간특한 역적 놈아, 어서 나를 죽여 다오."

길평은 청 위에 앉은 조조를 바라보며 펄펄 뛰며 악을 썼다.

조조는 못 들은 체하고 동승한테 말했다.

"동 국구 보시오. 저놈뿐 아니라 왕자복의 무리도 모두 다 하옥이 되었소. 그러나 아직 공범 중에 한 사람을 잡지 못했소."

동승을 잡지 못했다는 말이었다.

동승은 잠자코 아무 대답을 아니했다.

조조는 다시 뜰아래 꿇린 길평을 향하여 물었다.

"이놈 길평아, 누가 너보고 독약을 타서 나를 죽이라 하더냐? 빨리 토설하라."

"하늘이 나에게 명을 내리셨다. 역적 너를 죽이라고."

길평의 대답은 여전히 꿋꿋했다.

"저놈을 되게 쳐라!"

조조는 또 호령을 내렸다.

옥졸들은 길평을 다시 치려 했으나 살이 헤어지고 뼈가 상해서 이제는 더 매질할 곳이 없었다. 동승은 이 모양을 보자 창자를 난도질 쳐 도려내는 듯 아프고 쓰렸다.

조조는 다시 한동안 길평을 노려보다 큰소리로 물었다.

"네 손가락이 원래 열 손가락이었는데 어찌해서 아홉 개만 남아 있느냐?"

"국적國賊인 너를 죽이려고 손을 끊어 맹세했다. 그래서 아홉 가락이 되었다."

조조는 형리한테 영을 내렸다.

"칼을 가져오너라."

형리는 시퍼런 칼을 가져왔다.

"저놈의 아홉 개 손가락을 마저 찍어라!"

잔인한 명령이었다.

형리는 시퍼런 칼로 길평의 아홉 개 손가락을 내리찍었다. 손가락이 끊어지면서 대굴대굴 마당으로 굴러 떨어졌다.

"맹세 맛이 어떠하냐? 또 맹세를 할 테냐?"

손가락이 끊어진 길평은 조조를 보며 악을 썼다.

"이놈, 나한테는 아직도 입이 있으니 너를 집어삼킬 수 있고, 나한데는 혀가 있으니 아직도 너를 꾸짖을 수 있다."

조조는 기가 올랐다.

"저놈의 혀를 끊어 버려라!"

형리에게 또 명을 내렸다.

형리들은 칼을 들고 길평한테로 덤벼들었다.

"잠깐만 손을 대지 마라. 고문이 심해서 공초를 못하겠다. 내 결박을 풀어라."

"잠깐 풀어 주라."

조조가 명을 내렸다.

길평은 비틀거리며 일어나 임금이 계신 대궐 편을 향하여 네 번 절하고 엄숙하게 말했다.

"신은 국가를 위하여 역적을 제거하지 못하고 죽으니 모두 다 하늘 운수올시다."

길평은 말을 마치자 펄썩 주저앉아 머리를 댓돌에 부딪쳐 자결해 죽었다.

길평이 마침내 자백하지 아니하고 머리를 댓돌에 부딪쳐 죽으니 보는 사람들의 등에는 찬 서리가 성에 슬듯 슬고 소름이 좁쌀 헤어지듯 쪽 끼쳤다. 더구나 동 국구는 말할 나위도 없었다.

조조는 형리들에게 명하여 길평의 사지四肢를 찢어서 조리돌리게 하니 이것은 건안 5년 정월 일이었다. 사관史官은 시를 지어 그의 넋을 조상했다.

漢朝無起色

醫國有稱平

立誓除奸黨

捐軀報聖明

極刑詞愈烈

慘死氣如生

十指淋漓處

千秋仰異名

한나라 국운을 회복할 길이 없어

의원에 길평이 나타났네.

간악한 역적을 제거할 것을 서서 맹세했고,

몸을 죽여 임금께 바쳤네.

지독한 형벌을 당할수록 바른말 고추보다도 더 맵고 참혹한 죽음을

이루었건만 얼굴빛 살아 있는 것 같구려.

찍혀진 열 손가락 피 흐르는 곳,

천 단을 지나도 그 이름 다시 우러러보네.

조조는 길평을 처치한 후에 시자에게 진경동秦慶童을 끌고 오라 했다.

이윽고 시자들은 진경동을 동승의 면전에 끌어 왔다.

"대감께서는 저 사람을 아시오?"

조조가 동승에게 물었다.

동승은 경동을 보자 크게 노했다.

"도망간 종놈이 여기 있구나. 저놈의 목을 베어라."

큰소리로 호통을 쳤다.

"저 애는 제일 먼저 자수해서 고백한 사람으로 중대한 증인인데 누가 감히 죽인단 말이오?"

조조는 웃으며 말했다.

동승은 얼굴빛이 변하며 말했다.

"승상은 어찌해서 도망한 종놈의 한편 송사만 들으시오?"

동승은 소매를 뿌리쳤다. 조조도 소매를 뿌리치며 얼굴빛을 붉히고 큰 소리로 동승을 꾸짖었다.

"왕자복의 무리도 벌써 잡혀서 자복을 했다. 증거가 명백한 바에 네 아직도 앙탈을 할 테냐? 이놈을 잡아 내려라."

조조의 명령이 떨어지니 무사들은 와르르 달려들어 국구 동승의 등을 밀고 멱살을 잡아 옥으로 끌어내렸다.

동승의 집에는 곡성이 낭자했다. 조조는 무사를 거느리고 동승의 침실로 들어가 방 안을 수색했다.

의대조衣帶詔와 여러 사람이 혈서로 맹세한 의장義狀이 쏟아져 나왔다. 조조는 읽어 보자 차갑게 웃었다.

"쥐새끼 같은 것들이 이따위 짓을 했구나."

조조는 쓴웃음을 웃은 후에 의대조衣帶詔와 혈서로 맹세해 쓴 의장義狀을 소매 속에 간직하고 무사에게 명을 내렸다.

"동승의 전 가족을 한 명도 남기지 말고, 종의 새끼까지 전부 옥에 내려 가두어라."

조조의 말이 떨어지니 동승의 가족은 비웃 두름 엮듯 늙고 어린이를 말할 것 없이 함빡 잡아서 옥으로 끌고 갔다.

동승의 집에는 두려움과 슬픔으로 바다를 이루었다. 울음소리 천지를 진동했다.

조조는 동승의 집에서 나와 승상부로 돌아가자 모든 모사를 불러 놓고 임금의 혈서로 쓴 밀조密詔와 동승이 여러 사람과 맹세한 의장義狀을 뵈었다.

"암만해도 황제를 그대로 둘 수 없다. 폐해 버려야 하겠다. 제군의 뜻은 어떠한가?"

모사 정욱이 간하였다.

"명공께서 오늘날 위엄이 사방에 떨치시고 호령이 천하에 행하는 것은 한漢의 명호名號와 천자를 받들어 모신 때문이올시다. 지금 제후를 아직 평정하지 못한 이때 급히 황제를 폐하신다면 제후들은 반드시 군사를 일으킬 것입니다. 황제를 폐하지 못하십니다."

조조는 정욱의 말이 옳다고 생각했다. 황제를 폐위시키려던 생각을 중지하고 동승과 왕자복의 가족들, 늙고 젊은이를 말할 것 없이 모조리 역적으로 몰아 문 밖에 처참處斬하니, 가족들의 죽은 사람만이 7백여 명이나 되었다.

뒤의 시인은 동승을 예찬하여 시를 지었다.

密詔傳衣帶
天言出禁門
當年曾救駕
此日更承恩
憂國成心疾
除奸入夢魂
忠貞千古在
成敗復誰論

의대衣帶로 밀조密詔를 내리니
천자의 옥음이 금문禁門 밖에 나갔네.
당년엔 일찍 어가御駕를 구해 냈고,
이날 또다시 분부를 받았네.

나라를 근심하여 심질心疾이 되고,
간물을 죽이려고 꿈까지 꾸었다.
충성된 의기는 천고에 살아 있네.
그까짓 성패야 다시 일러 무엇하리.

시인은 다시 왕자복들을 찬양했다.

書名尺素矢忠謀
慷慨思將君父酬
赤膽可憐捐百口
丹心自是足千秋

이름을 흰 비단에 써 충성하기를 맹세했고,
강개한 슬픈 생각, 임금 위해 갚으려 했네.
가엾다, 붉은 쓸개, 백 식구가 죽었구나.
한 조각 붉은 마음 천 년까지 살아 있네.

목매 죽이는 동 귀비

조조는 동승의 무리를 죽인 후에 노기가 아직도 스러지지 아니했다. 칼을 차고 대궐로 들어가 동董 귀비貴妃를 죽이려 했다.

동 귀비는 동승의 누이로 황제가 지극히 사랑해서, 이때 아기를 밴 지 다섯 달이 되었다.

이날 황제는 내전에서 복伏 황후皇后와 함께 가만히 동승의 일을 이야기하면서, 요사이 소식이 없는 것을 한탄하고 있을 때 조조는 연통도 없이 칼을 차고 들어오는데 성이 잔뜩 나서 살기가 등등했다.

황제는 깜짝 놀라 얼굴빛이 변했다.

"동승이 역적질을 하려고 모반했습니다. 폐하께서 아십니까?"

조조는 다짜고짜로 골을 왈칵 내며 물었다.

"무어, 역절질이오? 동승이 아니라 동탁이 말이오? 동탁이는 벌써 죽지 아니했소? 왜, 여포가 죽였지……."

황제는 일부러 딴전을 했다.

"동탁이 아니라 동승이 말씀입니다."

조조는 퉁명스럽게 말했다.

황제는 벌벌 떨며 대답했다.

"나는 모르는 일이야. 알 수가 있나?"

조조는 눈을 부릅떴다.

"손가락을 깨뜨려 조서를 쓴 사람은 누구입니까?"

조조의 말에 황제는 얼른 대답을 못했다.

조조는 거느리고 들어온 무사에게 영을 내렸다.

"동 귀비를 잡아내라."

"동 귀비가 무슨 죄가 있소? 그리고 동 귀비는 아기를 배서 다섯 달이 오. 홀몸도 아닌데 불쌍하게 생각해 주오."

"동승이란 놈을 하늘이 망하게 했기 망정이지, 그렇지 않았다면 내가 벌써 죽었을 것이오. 이 여자를 살려 두었다가는 나의 후환거리가 되오."

무사들은 동 귀비를 끌어냈다.

옆에 있던 복 황후가 조조한테 청했다.

"냉궁冷宮에 가두어 두었다가 아기씨 낳기를 기다려서 죽여도 늦지 아니할까 하오. 그저 목숨을 살려 주시구려."

복 황후가 눈물을 머금고 애걸했다.

만승천자의 황후로서 귀비를 살리기 위하여 애처롭게 신하한테 비는 것이었다.

"역적의 씨를 남겼다가 나를 죽이려고 그러시오? 아니 되오."

조조의 행동은 벌써 신하의 행동이 아니었다.

복 황후는 눈물을 뚝뚝 떨어뜨리며 또 애걸했다.

"그저 죽이더라도 시체나 온전히 해서 죽이게 하시오. 살이 드러나지 않도록……"

조조는 동승이 여러 사람과 맹세할 때 혈서를 썼던 흰 비단을 동 귀비 얼굴 앞에 내던졌다.

"이걸로 내 앞에서 목을 매어 죽어라."

잔인하도록 매정했다.

동 귀비는 오라버니가 혈서로 이름을 쓴 백릉대白綾帶 흰 수건으로 목을 얽었다. 하얀 손이 바들바들 떨렸다.

기막히고 구슬픈 정경이었다. 황제는 목을 놓고 큰소리로 느껴 울었다.

피 묻은 백릉대 긴 수건은 동 귀비의 목을 얽었다.

황제는 목멘 소리로, 조조 앞에서 목을 얽는 동 귀비한테 향하여 영결하는 말을 보냈다.

"귀비! 귀비! 동 귀비야. 죽어 저승에 가더라도 나를 원망하지는 말아다오."

황제는 말을 마치자 눈물이 비 오듯 쏟아졌다.

동 귀비 역시 통곡을 했다. 스스로 목을 매어 최후의 자진을 하려 하나 차마 목을 죄지 못했다.

복 황후도 동 귀비의 몸을 얼싸안고 대성통곡을 했다.

"왜 이리 아녀자같이 울고만 있소?"

조조는 황제를 꾸짖은 후에 무사에게 영을 내렸다.

"동 귀비를 끌어다가 궁문 밖에서 죽이게 하라."

무사들은 동 귀비를 끌고 궁문 밖으로 나갔다.

전각 위에 호곡 소리는 천지를 진동했다.

높고 높은 만승천자의 지존至尊으로 귀비의 목숨 하나 구하지 못하는 이 광경은 실로 하늘이 뒤집히고 땅이 엎어지는 정경이었다.

시인은 글을 지어 동 귀비를 조상했다.

春殿承恩亦枉然
傷哉龍種幷時捐
堂堂帝主難相救

掩面徒看淚湧泉

봄빛 깊은 전각 안에 황제의 은총이 깊었건만,
아아, 가엾어라, 용종龍種 안고 스러지네.
당당한 제왕으로 구할 힘이 없었구나.
낯을 가려 눈물만 샘솟듯 한다.

조조는 동 귀비를 죽인 후에 대궐을 감시하는 감궁관監宮官을 새로 설치하고 엄한 분부를 내렸다.

"자금 이후로는 종실과 외척은 말할 것 없이 내 허락이 없이는 궁중에 무단출입을 못하게 하라. 만약에 어기는 자가 있다면 참斬하리라. 지키기를 엄하게 아니하는 자도 같은 죄를 당하리라."

조조는 특명을 내린 후에 다시 심복 군인 3천 명을 뽑아서 어림군御林軍이라 칭하고 조홍으로 통령統領을 삼은 후에 궁중의 모든 일을 정탐하게 했다.

조조는 다시 모사 정욱을 불러 의논하였다.

"지금 비록 동승의 무리를 죽였다 하나 함께 맹세했던 마등과 유비가 아직도 남아 있다. 이것들을 다 제거시켜야 할 터인데 어찌하면 좋겠나?"

정욱이 대답했다.

"마등은 서량에 큰 군사를 거느리고 있으니 얼른 가볍게 취할 수 없습니다. 글월을 보내서 그를 위로해서 의심이 일어나지 않게 한 후에 서울로 꾀어 들여서 천천히 처치하는 것이 상책이올시다."

"그렇다면 유비는?"

조조가 또 물었다.

곤궁에 빠진 유비

조조가 묻는 말에 정욱이 대답했다.

"유비도 지금 서주에 있어서 원소와 함께 쇠뿔 같은 형세를 이루고 있습니다. 역시 경적輕敵하지 못할 것입니다. 더구나 원소는 지금 관도官渡에 둔병하여 항상 허도許都를 엿보고 있습니다. 만약 명공께서 동으로 유비를 치신다면 유비는 반드시 원소한테 구원을 청할 것이올시다. 원소가 허도의 허한 것을 틈타서 내습한다면 무슨 수로 당해 내실 텝니까?"

정욱의 말을 듣자 조조는 고개를 가로흔들었다.

"아니야, 유비는 인걸人傑이거든. 날개와 깃이 생긴 후에는 더구나 칠 수가 없지. 지금 아니 친다면 다시는 도모할 수가 없을 것일세. 원소가 비록 강하다 하나 그 사람은 의심이 많은 사람이라 결단성이 없네. 족히 근심할 것이 못되네."

서로 의논하고 있을 때 곽가가 밖에서 들어왔다. 조조는 반갑게 곽가를 맞이했다.

"마침 잘 들어왔네. 내가 유비를 공격하고 싶은데 옆에는 원소가 있으니 어찌하면 좋겠나?"

"원소의 성미가 지의遲疑해서 결단성이 없는데다가 그의 모사들은 서로 시기해서 의논이 통일되지 아니하니 족히 근심할 것이 못됩니다. 그리고 유비도 새로 군사를 정돈한 때문에 아직 군령이 서 있지 아니합니다.

이때를 타서 승상께서 동으로 향하여 군사를 움직이신다면 한 번 싸워서 평정할 것입니다."

조조는 크게 기뻤다.

"정히 내 마음과 꼭 같으이."

조조는 말을 마치자 곧 20만 대병을 움직여 5로군路軍을 편성하여 서주로 호호탕탕하게 짓쳐 나갔다.

염탐꾼은 이 소식을 듣자 급히 서주로 가서 손건한테 알렸다.

손건은 하비로 달려가서 관우한테 알리고, 다시 소패小沛로 가서 현덕한테 보했다.

현덕은 손건을 향하여 의논하였다.

"어찌하면 좋겠나?"

"불가불 원소한테 구원을 청해서 위급한 것을 면하셔야겠습니다."

현덕은 손건의 말을 듣고 곧 편지 한 통을 써 주었다.

손건은 편지를 품에 품고 하북河北으로 달려가서 친구 전풍田豐을 통해서 원소를 만나도록 청했다.

전풍은 손건을 데리고 원소한테로 들어가 편지를 전하니, 이때 원소의 얼굴은 초췌하고 의관이 정제치 못하여 말이 아니었다.

"오늘 주공의 기상이 좋지 아니하십니다. 어디가 불편하십니까?"

전풍이 원소한테 물었다.

"나는 암만해도 오래 살지 못할 것 같으이."

원소는 기운 없이 대답했다.

"왜 그런 말씀을 하십니까?"

"나는 다섯 아들을 두었는데 그 중 막내가 내 마음에 꼭 드네. 그런데 이 녀석이 개창疥瘡을 앓아서 기지사경일세. 일이 이쯤 되었으니 내가 다른 데 무슨 뜻이 있겠나?"

원소는 고개를 떨어뜨렸다.

전풍은 원소를 향하여 부드럽게 달랬다.

"지금 조조가 현덕을 치러 오니 허도는 텅 비었습니다. 이런 때 주공께서 의병을 일으키시어 허도로 들어가신다면 위로 천자를 보호하고 아래로 만백성을 구할 수 있습니다. 이런 기회는 쉽게 오지 아니합니다. 명공께서는 빨리 결단을 내리십시오."

"나도 이 기회가 좋은 줄은 알지만 마음이 뒤숭숭해서 전쟁에 불리할까 보아 얼른 결단을 내릴 수 없네."

원소가 대답했다.

"무엇이 뒤숭숭하실 것이 있습니까?"

"아까도 말하지 아니했는가? 오 형제 중에 그 중 똑똑한 막내 놈이 죽게 됐으니 내 마음이 뒤숭숭하지 않고 어찌하겠나. 만약 그놈이 죽는다면 나도 죽어 버리겠네."

원소는 이같이 말한 후에 영영 군사를 움직이지 아니하고 손건한테 말했다.

"돌아가 유현덕을 뵙거든 자세히 내 사정을 말씀하오. 만약 여의치 않게 되거든 내게로 오시면 잘 도와 드리겠다고 전갈 말씀을 하시오."

손건은 하는 수 없었다. 전풍과 함께 나왔다. 전풍이 지팡막대로 땅을 치며 탄식했다.

"천재일우의 좋은 기회를 고만 놓치는구나. 그래, 어린애 병으로 인해서 이 좋은 기회를 놓친단 말이냐!"

손건은 전풍을 작별한 후에 밤을 도와 소패로 와서 현덕을 보고 자세한 전말을 보고했다.

현덕은 깜짝 놀랐다.

"그렇다면 이 일을 장차 어찌하면 좋단 말이냐?"

옆에 장비가 있다가 현덕한테 아뢰었다.

"형님께서는 걱정하지 마십시오. 조조의 군사는 멀리 오는 군사입니다. 필연코 고단하고 피로할 것입니다. 오기만 하면 첫밤에 겁채劫寨를 해서 두들겨 부수면 조조를 깨치기는 여반장이올시다."

현덕이 빙그레 웃으며 장비를 바라보고 말했다.

"너는 본디 한개 용맹스런 사람으로만 알았더니 전번에도 제법 좋은 계교를 써서 유대劉岱를 잡아 왔고 이번에도 꾀를 내서 말하니 제법이다. 병법에도 있는 말이니 어디 네 계교를 한번 써 보기로 하자."

유비는 이같이 결정하고 조조의 군사가 오기를 기다리고 있었다.

한편 조조는 대군을 거느리고 호호탕탕하게 행군을 하여 소패小沛 땅으로 향하여 쳐들어갈 때 별안간 광풍이 크게 일어나면서 딱 소리가 들려오자 행군하는 진 앞의 아기牙旗가 와지끈 부러졌다.

조조는 깜짝 놀라 모사들을 불러 물었다.

"바람이 동남편에 일어나면서 아기가 별안간 부러졌으니 길흉이 어떠한가? 기는 푸르고 붉은 청홍靑紅 두 빛이오."

순욱이 얼른 대답했다.

"별일이 아닙니다. 오늘 밤에 유비가 우리 진으로 야습夜襲을 하러 올 조짐이올시다."

조조는 고개를 끄덕여 점두點頭하고 있을 때 모개가 들어와 뵙고 말했다.

"방장, 동남풍이 일어나면서 청홍靑紅 아기牙旗가 부러졌습니다. 주공께서는 어떻게 생각하십니까?"

"자네 생각엔 어떤가?"

조조는 되물었다.

모개가 대답했다.

"제 의견엔 오늘 밤에 반드시 적병이 야습을 오리라 생각합니다."

모개의 말이나 순욱의 말이 다 일치했다. 조조는 빙그레 웃었다. 마음 속으로 훌륭한 모사들을 가졌다고 생각했다.

"하늘이 나를 도와서 미리 방비를 하라 하신 것이다."

말을 마치자 군사를 아홉 부대로 나누어 한 부대만 앞으로 나가 엉성하게 영채를 벌이게 하고 나머지 여덟 부대는 산골마다 지세를 따라 팔방으로 매복시켰다.

이날 밤에 월색은 희미하게 밝았다. 현덕은 좌편으로 군사를 거느려 나오고 장비는 우편으로 군대를 거느려 나오면서 손건으로는 소패성을 지키고 있게 했다.

이때 장비는 자기의 계교대로 정예 부대 몇 기만 거느리고 조조의 진으로 돌격해 들어갔다.

장비가 들어가 보니 엉성하기 짝이 없었다. 군사도 몇 명 아니 되고, 인마도 별로 많지 아니했다.

잠깐 살피고 있을 때 별안간 사면팔방에서 화광이 충천하면서 고함 소리 천지를 진동했다.

장비는 깜짝 놀랐다. 비로소 조조의 계교에 빠진 것을 깨달았다. 급히 말을 돌려 나오려고 하니, 정동에는 장요張遼가 장창을 비껴들고 소리쳐 나오고 성서에는 허저許褚가 쌍창雙鎗을 들러 눈을 부릅떠 나오고 정남에는 우금于禁이 칼을 휘둘러 나오고 정북에서는 이전李典이 철퇴를 들고 나오고 동남에는 서황徐晃이요, 서남西南에는 악진樂進이요, 동북에는 하후돈夏侯惇이요, 서북에는 하후연夏侯淵이 일제히 소리치며 짓쳐 나왔다.

장비는 겁내지 아니했다. 고리눈을 부릅뜨고 장팔사모창를 들어 왼편을 찌르고, 오른편을 막고, 앞으로 치고, 뒤로 갈기면서 범같이 날뛰고 사자같이 으르렁거렸다.

그러나 장비가 거느린 군사는 원래 조조의 수하 군졸들이었다.

모두 다 안면이 있었다. 사세가 급하게 되니 조조의 군사한테로 항복해버렸다.

장비는 아무리 효용이 절륜한 명장이라 하나 여덟 길 큰 군사를 당해낼 도리가 없었다. 홀몸으로 서황과 싸워서 일진을 대패시킬 때 뒤에서 돌연 악진이 쫓아와서 장비를 추격했다.

장비는 앞의 군사를 시살하면서 포위망을 뚫고 달아나니 뒤에는 겨우 수십 기가 따를 뿐이었다. 급히 소패로 돌아가려 했으나 앞에 길이 막혀 갈 수가 없었다. 다시 서주 하비로 가려 했으나 조조의 군사가 길을 끊을까 두려웠다.

장비는 하는 수 없어 망탕산硭碭山을 바라보고 급히 말을 채쳐 달아났다.

이때 현덕은 좌편 길을 취하여 군사를 거느리고 나오면서 조조의 진을 습격하려 하니 홀연 뒤에서 함성이 크게 일어나면서 일대 군마가 쏟아져 나오며 현덕의 진을 끊었다.

현덕이 깜짝 놀라 돌아보니 조조의 장수 하후돈이 큰소리로 호통을 쳤다.

"유비야, 네 어디로 가려 하느냐. 하후돈이 너를 기다린 지 오래다."

현덕은 깜짝 놀라 포위망을 뚫고 달아나려 할 때 일원 적장이 앞을 가로막으며 쫓아 나왔다.

"유비를 놓쳐서는 아니 된다."

현덕이 보니 이번 적장은 하후연이었다.

현덕의 군사는 풍비박산이 되었다. 다만 30여 기가 뒤를 따를 뿐이었다. 현덕은 급히 소패로 향하여 달아났다. 그러나 소패성 앞에 가 보니 성 중엔 화광이 충천했다.

현덕은 소패를 버리고 서주 하비로 향하여 말을 달렸다.

그러나 벌써 이곳에도 조조의 군사가 만산편야滿山遍野하여 홍수 밀듯 몰려갔다.

현덕은 갈 길이 없었다. 가만히 생각해 보았다.

원소가 손건 편에 말하기를, 만약 불여의하게 되거든 자기한테로 오라 하던 말이 생각났다.

현덕은 뜻을 결단하고 청주靑州 길을 취하여 달아났다.

그러나 앞에서 일원 적장이 군사를 이끌고 또 길을 가로막고 호통을 쳤다.

"유현덕은 항복하지 아니하고 어디로 가느냐?"

현덕이 놀라 바라보니 조조의 장수 이전李典이었다.

현덕은 급했다. 필마단기로 북편을 바라보고 달아났다. 현덕의 군사는 함빡 이전의 군사한테 사로잡히고 말았다.

현덕은 외톨 몸이 되어 하루에 3백 리를 달려 청주성 아래 당도하자 성문을 두드렸다.

문 지키는 아전이 유비의 성명을 물은 후에 자사刺史한테 아뢰었다.

"서주 자사 유비가 조조한테 패해서 단기로 와서 문을 열어 달라 합니다. 어찌하올지 품해 아룁니다."

"유현덕이 오셨어? 가만있거라, 내가 나가서 마중을 해아 하겠다."

청주 자사는 의관을 정제하고 성문 앞까지 나갔다.

청주 자사는 다른 사람이 아니라 원래 원소의 아들 원담袁譚이었다.

그는 본디부터 유현덕을 존경하던 터였다.

원담은 활짝 성문을 열고 현덕을 맞아들인 후에 자사의 공청으로 인도했다.

"어찌 되어서 이같이 단기로 오십니까?"

원담의 묻는 말에 현덕은 웃으며 대답했다.

"조조한테 패했소이다."

"그러시겠죠. 조조의 수십만 군사를 당해 내실 수가 있습니까. 잠깐 저한테 유하고 계십시오. 집의 아버지한테 편지를 올리겠습니다."

원담은 현덕을 청주에 유하게 한 후에 전인 편지를 그의 아버지 원소한테 올렸다.

원소는 아들의 편지를 받아 읽자 곧 본 고을의 인마를 보내서 현덕을 평원平原 땅까지 호위하여 모시라 이르고 자기가 친히 문무백관을 거느리고 업군鄴郡 30리 밖까지 나와서 현덕을 영접했다. 현덕이 마중 나온 원소한테 절하여 사례하니, 원소가 황망히 답례하며 말했다.

"지난번에는 어린 자식이 병이 나서 구원해 드리지 못했으니 마음에 불안함을 금할 수 없소이다. 이제 다행히 서로 만나 보게 되니 평생에 갈망하던 마음이 적이 풀리는 듯하외다."

"외롭고 궁진한 유비는 오래 전부터 대감 문하에 몸을 의탁하고 싶었으나 연이 없어서 만나 뵙지 못했습니다. 이제 조조한테 패해서 처자식마저 흩어져서 생사존몰을 모르게 되었소이다. 장군께서는 항상 사방의 선비들을 용납하신다 하므로 부끄럼을 무릅쓰고 대감 문하로 왔습니다. 다행히 거두어 주신다 하오면 맹세코 이 은혜를 갚으오리다."

유비는 몸을 낮추어 공손히 말했다.

원소는 유비의 태도에 더욱 마음이 들었다.

"염려 마시오, 함께 지내도록 합시다."

원소는 융숭한 대접을 하면서 기주冀州에 함께 있었다.

한편 조조는 당일 밤으로 소패성을 취한 후에, 곧 군사를 휘동하여 서주를 공격하라는 엄명을 내렸다.

미축糜竺과 간옹簡雍이 지키고 있었으나, 당해 낼 수 없었다. 성을 버리고 달아나니, 진등陳登이 서주 백성을 거느리고 조조한테 성을 바쳤다.

조조는 대군을 휘동하여 서주로 들어간 후에 백성들을 위로하여 안돈시키고 모사들을 불러 의논하였다.

"이제 소패와 서주를 취했으니 하비로 군사를 돌려서 아주 아퀴를 짓는 것이 어떠한가?"

모사 순욱이 말했다.

"하비에는 지금 관운장이 현덕의 처자를 보호하여 사수하고 있습니다. 만약 속히 취하지 아니한다면 원소의 땅이 되고 맙니다."

"관운장은 무예가 출중한 사람일세. 나는 본시부터 이 사람을 존경하고 있었네. 사람을 보내서 항복하게 해서 내 사람을 만들었으면 좋겠네."

조조가 말을 꺼냈다.

모사 곽가郭嘉가 말했다.

"관운장은 의기義氣가 심중한 사람이올시다. 반드시 잘 항복하지 아니할 것입니다. 섣불리 사람을 보내서 항복하라고 말을 꺼낸다면 되레 해를 입을 것입니다."

장하에서 한 사람이 나와서 말했다.

"제가 관운장과 일면지교가 있습니다. 한번 가서 달래 보겠습니다."

모두 다 눈을 들어 보니 다른 사람이 아니라 곧 장요張遼였다.

옆에 있던 정욱이 말했다.

"문원文遠이 비록 운장과 구교가 있다 하나 내 생각에는 그 사람이 말로 달래서 넘어갈 사람이 아니오. 내가 한 계교가 있는데 이 사람으로 진퇴무로進退無路에 빠지게 한 연후에 문원이 가서 달랜다면 반드시 저 사람이 승상한테로 돌아오리다."

정욱이 관운장을 항복 받을 묘한 계교가 있다는 말을 듣자 조조는 무릎을 바싹 밀고 물었다.

"좀 들어 보기로 하세. 어떠한 묘한 계교인가?"

정욱이 빙긋 웃으며 대답했다.

"관운장은 만인지적萬人之敵을 물리칠 사람입니다. 지혜와 꾀로 그를 취하지 아니하면 성공을 못할 것입니다. 지금 유비의 수하 항복한 군사를 하비로 보내서 도망쳐 왔노라 말한 다음, 성안에 있어 내응內應이 되게 하고 관운장을 출전하도록 유인해서 산골에 몰아넣게 한 후에, 정병精兵으로 그의 돌아가는 길을 끊어 버리고 연후에 장문원을 보내서 달랜다면 일이 성공될 것입니다."

조조는 정욱의 말을 듣자 손뼉을 쳐서 기뻐했다.

곧 서주에서 항복한 유비의 군사 수십 명을 하비성 안으로 들여보내서 관공에게 항복하게 하니 관공은 옛 군사들이라 머물러 두고 의심하지 아니했다.

다음 날 하후돈은 군사 5천 명을 거느리고 하비성 아래 가서 싸움을 돋우었다.

관공은 성을 굳게 닫고 응하지 아니했다.

하후돈은 아장을 성 아래로 보내서 함부로 욕지거리를 했다.

관공은 참을 수가 없었다. 크게 노하여 3천 병마를 거느리고 성에 나와 하후돈과 싸웠다.

하후돈은 10여 합이 채 되지 못해서 말을 놓아 달아나 버렸다.

관공은 청룡도를 휘두르며 뒤를 따랐다.

하후돈은 한편으로 관공의 청룡도를 막으며 한편으로 말을 달려 달아났다.

관공은 한참 하후돈의 뒤를 따르다가 가만히 생각해 보니 20리 길이나 달려왔다.

비어 있는 하비성이 마음에 켕겼다.

문득 군사를 돌려 급히 돌아왔다.

이때 별안간 일성 포향이 천지를 진동하면서 왼편에서는 서황이 군사를 거느려 나오고 오른편에는 허저가 군사를 거느려 가는 길을 막았다.

관공은 군사를 무찌르고 길을 뺏어 달아나려 할 때 양편에서 복병이 일제히 일어나면서 쇠뇌를 쏘아붙이니 살은 마치 황충蝗蟲이 떼를 지어 쏟아져 나오는 듯 까맣게 하늘을 덮어 어지럽게 날아들었다.

관공은 더 나갈 수가 없었다. 군사를 거느리고 다시 서황, 허저가 있는 편으로 돌아와서 힘을 다하여 두 장수를 물리치고 하비성으로 들어가려 할 때 하후돈이 또다시 길을 끊어 시살했다.

관공은 저물 때까지 분전을 했으나 길이 막혀 돌아갈 수 없었다.

군사를 이끌고 앞에 있는 토산土山에 올라 산머리에 잠깐 쉬고 있었다.

조조의 군사는 둥글게 둥글게 토산을 에워싸기 시작했다.

관공이 산 위에서 하비성을 바라보니 성안에는 적병이 불을 놓아 화광이 충천했다.

항복한 군사들이 성문을 열고 조조의 군사를 끌어들여서 횃불을 켜게 해서 관공의 마음을 산란케 한 것이었다.

충의를 지킨 관우의 3조약

관공은 하비성에 불이 일어나는 것을 보자 놀란 마음을 이길 수 없었다. 몇 번인지 적병을 뚫고 산에서 내려가려 했으나 화살이 비 오듯 쏟아지니 적병을 뚫고 내려갈 길이 없었다.

새벽녘에 다시 군사를 정돈하여 산에 내려 돌격전을 전개하려 할 때 홀연 보니 한 사람이 말을 달려 급히 산으로 뛰어올랐다. 자세히 보니 적장 장요였다. 관공은 일찍 장요를 구해 준 일이 있어서 친숙한 사이였다.

관공은 장요 앞으로 나갔다.

"장문원이 아닌가? 자네는 나하고 싸우러 왔나?"

장요는 황망히 말에 내려 대답했다.

"아니올시다. 싸우다니 말이 됩니까. 옛정을 생각해서 뵈러 왔습니다."

장요는 관공 앞에 너부죽 절하고 함께 산에 올라 자리를 정하고 서로 앉았다.

"자네가 싸우러 오지 아니하였다면 나를 달래러 왔네그려?"

관공이 먼저 말을 꺼냈다.

"아니올시다. 제가 어찌 세객說客이 되어서 감히 형님을 달래러 왔겠습니까. 옛날 형님께서 아우를 구해 주신 은혜를 잊을 도리가 있습니까? 그래서 오늘 아우가 형님을 구하러 온 것입니다."

장요는 미소를 띠어 대답했다.

"그렇다면 자네는 나의 싸움을 도와주러 왔네그려."

"아니올시다. 제가 조조 편인데 어떻게 형님을 도와서 싸우겠습니까."

"그렇다면 자네는 이곳에 무엇 때문에 왔단 말인가?"

"지금 유현덕은 죽었는지 살았는지 생사존망을 모릅니다. 그리고 장비도 어찌 되었는지 모르지요. 조공曹公께서는 간밤에 벌써 하비성으로 입성하셨는데 군민이 모두 다 한 사람도 상한 사람이 없습니다. 그리고 조공께서는 특별히 사람을 보내서 현덕의 가솔을 호위하여 놀라지 아니하시도록 잘 보호하고 있습니다. 이것을 보니 조공은 참 후하신 분입니다. 이런 까닭에 형님이 궁금해하실까 하여 특별히 와서 보고를 드리는 것이올시다."

장요의 말이 여기까지 나오자 관공은 치솟은 봉의 눈이 더한층 치켜지며 불끈 노했다.

"자네는 조조 칭찬을 하러 여기까지 왔나? 그렇다면 나를 달래러 온 것이 아니고 무엇인가? 내가 지금 비록 절박한 땅에 빠져 있다 하나 나는 죽음 보기를 고향 땅에 돌아가듯(視死如歸) 태연하게 생각하는 사람일세. 자네는 잔말 말고 빨리 가게. 나는 곧 산에 내려가 싸우겠네."

장요는 소리를 높여 깔깔 웃으며 말했다.

"세상 사람들이 형님의 말씀을 듣는다면 모두 다 웃을 겁니다."

"무어야, 세상 사람이 웃어? 나는 충의를 지켜 죽는데 어째서 세상 사람들이 나를 보고 웃는단 말인가?"

관공은 또다시 불끈 노했다.

불끈 노하는 관공을 보자 장요는 얼굴빛을 화하게 하여 다시 말했다.

"형님께서 지금 이곳에서 돌아가신다면 죄를 세 가지 범하시는 일이 됩니다."

"무슨 말인가. 어째서 내가 세 가지 죄를 범한단 말인가?"

"형님께서는 당초에 유현덕과 함께 도원桃園에서 결의형제를 하실 때 생사를 같이하자고 천지신명께 맹세를 하셨습니다. 지금 현덕이 패해 달아났는데 형님께서 세상을 떠나신다면 일이 어찌 되겠습니까. 만약 유현덕이 다시 나와서 형님을 찾아 도와주기를 바랐을 때 형님이 아니 계시다면 이것은 당년의 맹세를 저버리는 일이 됩니다. 그러하니 그 죄가 하나요, 유현덕이 형님한테 가권家眷을 부탁했는데 이제 형님께서 세상을 떠나신다면 두 부인은 의탁할 길이 없어 신세가 말이 안되게 될 것입니다. 그러하니 그 죄가 둘이요, 형님께서는 무예가 남보다 뛰어나신 중에 경학經學과 『사기史記』에도 밝으십니다. 이러한 분으로서 유현덕과 함께 한실漢室을 붙들어 구하지 못하고 끓는 물과 불더미 속으로 뛰어들려 하시니 이것은 필부의 용맹밖에 아니 됩니다. 이것이 어찌 의義가 되겠습니까? 그러하니 그 죄가 셋이란 말씀이올시다. 형님이 세 가지 죄를 범하는 것을 보고 내가 어찌 말을 아니하겠습니까?"

관공은 한실을 붙들어 구하지 못한다는 장요의 말에 콧마루가 찌릿했다. 관공은 한동안 대답이 없다가 장요한테 물었다.

"그러면 어찌하면 좋겠나?"

"지금 사면팔방이 모두 다 조 승상의 군사올시다. 형님이 만약 항복하지 아니하시면 돌아가시는 길밖에 없습니다. 도사무익徒死無益이올시다.

그렇다면 항복하는 것만 같지 못합니다. 임시변통으로 잠깐 항복했다가 유현덕의 생사존몰을 안 연후에 만약 살아 있다면 그때 찾아가서도 좋습니다. 이렇게 된다면 두 분 수씨嫂氏도 구할 수 있고, 또 도원의 약속도 저버리지 않게 되고 유용한 몸을 아껴 두었다가 나라에 바칠 수도 있는 것입니다. 이러하니 삼편三便이 되는 것입니다. 형님께서는 자세히 살피시어 처리하십시오."

관공은 한참 생각하다가 정색하고 말했다.

"자네 말이 세 가지 편한 일이 있다 하니, 나는 세 가지 약속을 청하겠네. 조 승상이 내가 청하는 약속을 들어준다면 나는 갑옷을 벗겠네마는, 만약 그렇지 않다면 내 차라리 삼죄를 범하여 죽을지언정 항복할 수는 없네."

"세 가지 약속이란 어떠한 약속입니까? 조 승상은 마음이 크고 도량이 너그러운 사람이니 무엇을 용납하지 못하겠습니까? 원컨대 세 가지 약속을 들어 보기로 합시다."

장요는 옷깃을 바로잡고 관운장의 위풍 있는 얼굴을 정중하게 바라보며 대답했다. 관공은 삼각수를 한번 길게 쓰다듬고 말을 꺼냈다.

"나는 황숙皇叔과 함께 하늘에 맹세하여 한실漢室을 광구하기로 한 사람이오. 그러하니 첫째 조건은, 항복은 하나 조조한테 항복할 수는 없네. 한나라 황제 폐하께 항복하는 대의명분을 가져야 하겠네. 그리고 둘째 조건은 두 분 아주머니께 황숙한테 내리는 국가의 녹봉을 드려서 넉넉히 봉양하도록 하고 일체 외간 남자는 함부로 출입을 못하게 할 것이고 셋째 조건은, 내가 만약 유 황숙의 계신 곳을 알기만 하면 천리만리를 교계할 것없이 곧 따라가는 것을 조건으로 해야 하겠네. 그래야만 항복할 도리가 있겠네. 만일 한 가지라도 조건이 빠진다면 죽어도 나는 항복을 아니할

텔세. 문원은 가서 조조한테 이르게."

"될 것입니다."

장요는 얼굴에 가득 웃음을 머금고 급히 말에 올라 조조의 진으로 향하여 달렸다.

"관공이 항복하겠다 하는데, 조건 세 가지를 들어 약속하자 합니다."

장요가 조조한테 품했다.

"무슨 조건이라 하던가?"

"첫째 조건은, 한나라 황제께 항복하는 것이고 승상께 항복하는 것이 아니라는 것을 밝혀 주어야 하겠다 합니다."

조조는 껄껄 웃었다.

"나는 한나라 신하야. 한나라의 승상 아닌가. 폐하께 항복하는 것은 곧 한나라 승상인 나한테 항복하는 것이지, 하하하. 그래 첫째 조건을 들어 주기로 하지."

조조는 쾌활하게 허락했다.

"둘째 조건은 무어라던가?"

"유비의 두 부인께 황숙의 봉록을 주어서 넉넉하게 대접하고 잡인을 금해 달라는 조건입니다."

조조는 또 껄껄 웃었다.

"나는 지금 황숙의 월급보다도 몇 갑절 되는 돈과 곡식을 보내서 두 부인을 우대해 드리고 잡인을 금해서 내외內外의 구분을 엄하게 하고 있지 아니한가? 벌써 실행하고 있는걸. 어렵지 않은 일일세. 허락하고말고. 다음엔 무엇이라 하던가?"

"셋째 조건은, 현덕이 어디 있다는 소식만 들으면 천리만리라도 따라가는 것을 조건으로 하겠다 합니다."

조조는 장요가 말하는 관공의 셋째 조건을 듣자 고개를 가로흔들었다.

"아니 될 말이지. 그렇다면 내가 관운장을 길러 가지고 무슨 소용이 있나? 이 일만은 승낙할 수 없네."

장요는 얼굴빛을 화하게 하여 조조한테 말했다.

"승상께서는 사람의 마음을 바다같이 넓게 포용하셔야 합니다. 관운장이 유비한테 향한 마음은 유비의 넓고 너그러운 그 마음이 운장으로 하여금 의리를 지키게 하는 것입니다. 승상께서는 유현덕보다 더 크고 넓게 포용해서 대접하신다면 운장은 감복해서 승상의 사람이 되고 말 것입니다."

"문원의 말이 옳다. 그래, 세 조건을 다 승낙한다고 말하게."

조조는 마음을 한번 흠뻑 크게 썼다.

장요는 조조의 허락을 받자 급히 말을 달려 산에 올라 관공한테 보했다.

"조 승상이 형님이 말씀한 세 가지 조건을 다 허락하셨습니다. 그러면 빨리 내려가 항복하기로 합시다."

관공이 천천히 대답했다.

"그렇다면 조 승상한테 이르게. 군사를 물려주면 나는 성안에 들어가서 두 분 형수를 뵙고 이 사연을 자세히 말씀 드린 연후에 항복하기로 하겠네."

장요는 다시 조조한테 돌아가 관공의 말씀을 전했다.

조조는 곧 허락하고 진중에 군령을 내렸다.

"관운장이 항복하러 올 테니 군사를 삼십 리 밖으로 물리게 하라."

모사 순욱이 급히 장대로 들어가 조조한테 고했다.

"아니 됩니다. 협사挾邪가 있을까 두렵습니다."

조조는 고개를 가로흔들었다.

"순 선생은 운장을 모르는 말씀이오. 그는 의사義士입니다. 반드시 신의를 잃지 아니하리다. 염려 마오."

조조는 곧 군사를 30리 밖으로 물렸다.

관공은 군사를 거느리고 산에 내려 하비성으로 들어가 보니 과연 군사와 백성이 모두 다 평안한 채 아무 일이 없었다.

관공은 부중府中으로 들어가 감 부인과 미 부인 두 형수를 뵙기를 청하니 감 부인, 미 부인은 관공이 왔다는 말을 듣자 급히 마루까지 나와 맞이했다.

"아주버니 어떻게 오시오?"

관공은 눈물을 머금고 뜰아래서 절하며 말했다.

"두 분 아주머니께 놀라시게 한 일은 모두 다 관우의 죄올시다."

"천만의 말씀이오. 황숙은 지금 어디 계시오?"

두 부인은 우선 남편의 소식을 물었다.

"가신 곳을 모르옵니다."

관공의 눈에서는 더욱 눈물이 떨어졌다.

"둘째 아주버니께서는 지금 어디 계시다가 오시는 길입니까?"

두 부인은 다시 물었다.

"성 밖으로 나가서 죽도록 싸우다가 산으로 올라가 포위당하고 있는 중, 장요가 와서 항복을 권하므로 세 가지 조건을 내세워 항복할까 합니다. 두 분 아주머님의 허락을 받은 후에 결정하려 합니다."

"세 조건이란 무슨 조건이오니까?"

관운장은 자기가 요구한 조건을 일일이 이야기했다.

감 부인이 말했다.

"어제 조군曹軍이 성안으로 쳐들어오길래 꼭 죽는 줄 알았더니 털끝만치도 우리를 건드리지 아니하고 도리어 잘 보호해 주었을 뿐 아니라, 후하게 대접하고 잡인을 금해 주었습니다. 아주버니께서 이미 잘 알아서 처결하셨을 텐데 무얼 저희들한테까지 물으십니까? 단지, 우리가 두려워하는 것은 후일 아주버니께서 황숙을 찾으러 가지 아니하실까 저어합니다."

황숙을 찾으러 가지 아니하면 어쩌느냐고 묻는 감 부인의 말에, 관공은 정중하게 대답했다.

"두 분 아주머니께서는 방심하십시오. 관우關羽도 스스로 주장이 있습니다."

감 부인과 미 부인은 미연히 웃으며 대답했다.

"아주버니께서 범사凡事를 스스로 재량해 처결하실 일이지, 저희들 여자들한테 문의하실 일이 아닙니다."

관우는 두 부인께 절하고 물러간 후에 수십 기를 거느리고 조조를 찾아보러 갔다.

조조는 관공이 온다는 말을 듣고 친히 진문 밖까지 나와서 맞이했다.

관공이 말에 내려 절하니 조조는 황망히 답례했다.

"패군지장敗軍之將을 죽이지 아니하신 은혜를 깊이 감사합니다."

관공이 절하고 일어나 인사했다.

조조는 얼굴에 가득 반가워하는 표정을 짓고 대답했다.

"항상 운장雲長의 충의忠義를 사모하던 터이더니 오늘 다행히 서로 보니 평생의 바라던 마음을 흡족하게 했소이다."

"장문원張文遠이 저를 대신하여 세 가지 조건을 말씀해서 승상의 응낙하심을 받았다 합니다. 바라옵건대 승상께서는 식언食言을 하지 마셔야 합니다."

관공은 조조를 향하여 정중하게 말했다.

"내가 말을 한번 내놓은 이상 어찌 다시 딴말을 해서 실신을 하겠소이까?"

조조도 정중하게 대답했다.

"관우는 만약 황숙이 있는 곳을 안다면 비록 수화水火 중이라 하더라도 반드시 쫓아가겠습니다. 그때 가서 틈을 타지 못하여 혹여나 뵈옵지 못하고 가더라도 허물하지 마십시오."

관공은 언제든 현덕이 있는 곳을 알기만 하면 약조대로 곧 가야 하겠다는 결심을 또 한 번 다짐했다.

"현덕이 만약 살아 있다면 가십시오. 그러나 모르면 모르되 현덕은 벌써 난군 중에 죽었을 것입니다. 공은 마음을 편히 하시고 천천히 알아보도록 하십시오."

조조는 관공의 마음을 녹이려고 애를 썼다.

"고맙소이다."

관공이 사례하는 말을 보내니 조조는 곧 잔치를 차려 관공을 대접한 후에 다음 날 군사를 정돈하여 허도로 돌아갔다.

관공도 수레와 자비를 마련하여 두 분 형수를 청하여 수레에 오르게 한 후에 친히 말을 타고 호위해 나갔다. 역관驛館에 당도했을 때 조조는 슬며시 관공과 형수들 사이의 군신의 예를 문란시키기 위하여 가만히 역 주인한테 영을 내려 방 하나에 함께 거처하도록 마련을 했다.

관공은 촛불을 밝히고 방 밖에 모시어 서서 밤이 지새도록 털끝만큼도 해이한 빛이 없었다. 허도까지 가는 동안 5~6처의 역관에서 똑같은 행동을 취했다.

조조는 이 소문을 듣고 더욱 관공을 공경하고 숭배하는 마음이 간절했다.

3일 소연에 5일 대연

조조는 허도許都로 돌아온 후에 관공께 한 채 큰 저택을 조발해 주었다.

관공은 한 집을 두 채로 나누어 안채와 바깥채로 구분하여 양원兩院으로 정한 후에 안문에는 늙은 군인 열 사람을 두어 파수하게 하고 관공은 스스로 바깥채에 거접하고 있었다.

조조는 관공을 헌제獻帝께 알현시키니 황제는 관공에게 편장군偏將軍을 봉하셨다. 관공은 사은숙배謝恩肅拜를 드린 후에 집으로 돌아왔다.

조조는 다음 날 큰 잔치를 베풀어 문무백관을 모은 후에 관공을 청하여 객례客禮로 대접하여 상좌에 앉게 했다.

조조는 연회를 파한 후에 다시 능라주단綾羅綢緞 수백 필과 금은으로 만든 기명器皿 수백 벌을 관공한테 예물로 보내니 관공은 모두 두 분 형수께 바쳤다.

관공이 허도로 돌아온 후에 조조가 관공께 향한 대접은 갈수록 두터웠다.

사흘마다 작은 연회를 벌이고 닷새마다 큰 잔치를 열었다. 뿐만이 아니었다. 조조는 또다시 아름다운 여자 열 사람을 관공한테 보내어 모시게 하니 관공은 안으로 보내서 감 부인과 미 부인 두 형수의 시비를 삼아 모시게 하고 사흘마다 한 번씩 반드시 안문 밖에 몸소 나가 형수님들께 문안을 했다. 안에서 두 형수가

"황숙皇叔의 일을 아셨습니까?"

하고 알아본 연후에

"아직 몰랐습니다. 민망하여이다."

대답하고,

"편히 나가 쉬시옵소서."

하는 형수들의 전갈이 내린 후에야 비로소 물러나니 이 소문은 허도에 자자하게 퍼졌다.

소문은 조조의 귀에까지 들어갔다.

"허허, 관공은 과연 의리 높은 양반이다!"

조조는 탄복하기를 마지아니했다.

하루는 조조가 관공을 청해 보았다. 관공의 몸에 걸친 녹금전포綠錦戰袍가 오래되어 빛이 변하고 낡았다.

조조는 관공의 몸을 재게 한 후에 좋은 비단을 끊어 한 벌 새 금포를 만들어 관공에게 보냈다.

다음 날 관공은 조조를 만나러 들어갔다.

관공은 먼저 입었던 낡은 금포를 겉에 입고 조조가 준 새 금포를 속에 입었다.

조조는 관공이 자기가 준 새 옷을 아끼는 줄로만 알았다. 마음이 흡족했다.

"운장은 너무나 검소하십니다."

조조의 말에 관공이 대답했다.

"제가 검소한 것이 아니올시다. 옛 옷은 유 황숙이 주신 것입니다. 겉에 입어 항상 형님을 바라보듯 하는 것이올시다. 승상께서 만들어 주신 새 옷으로 형이 주신 옛 옷을 가려서 덮을 수는 없습니다."

"어허, 장한지고, 참 의사義士시오!"

조조는 입으로 탄복했다. 그러나 마음속으로는 기쁘지 아니했다.

하루는 관공이 집에 있으려니 시자가 별안간 사랑채로 뛰어 들어와 아뢰었다.

"감 부인과 미 부인 두 마마께서 별안간 몸부림을 치시며 땅에 굴러 통곡을 하십니다. 어이한 까닭인지 모르겠습니다. 장군께서는 빨리 들어오십시오."

관공은 급히 옷을 정제한 후에 내실 문 앞에 들었다. 과연 두 부인은 슬피 울고 있었다. 관공은 문안을 올렸다.

"두 분 아주머님께서는 무슨 일로 이같이 슬피 우십니까?"

감 부인이 눈물을 거두고 대답했다.

"간밤에 꿈을 꾸니 황숙께서 몸이 흙구덩이 속에 빠져 계신 꿈을 꾸었습니다. 이내 깨서 미 부인과 함께 꿈 이야기를 했소이다. 확실히 돌아가신 것 같소이다. 이래서 서로 붙들고 웁니다."

"꿈자리란 신빙할 것이 아닙니다. 주사야몽畫思夜夢이라 하지 않습니까? 아주머님께서 너무 형님을 생각하시니 꿈이 이같이 꾸어진 것이올시다. 과히 염려하지 마십시오."

관공은 두 부인을 향하여 위로하고 있을 때 조조가 사람을 보냈다.

"지금 승상께서 연회를 차리고 장군을 기다리고 계십니다. 곧 좀 들어와 주시기 바랍니다."

관공은 두 형수를 작별한 후에 조조한테 나갔다.

조조는 관공의 얼굴에 눈물 흔적이 있는 것을 보고 물었다.

"장군의 얼굴에 눈물 흔적이 있으니 웬 까닭이오니까?"

"두 분 형수께서 형님을 생각하시고 통곡을 하시니 자연 내 마음이 언짢아서 눈물이 좀 나왔습니다."

관공은 솔직하게 대답했다.

조조는 웃으며 관공의 마음을 풀어 주려고 자주 술을 권했다.

관공은 거나하게 취하자 자기의 삼각수, 아름답고 긴 수염을 천천히 따면서 혼잣말했다.

"사내자식이 한 번 세상에 태어났다가 나라를 위하여 보답하는 일을 하지 못하고 한편으로는 형을 잃어버리고 구구하게 살아 있으니 이게 사람인가. 사람은 사람값을 해야만 사람이 되는 것이지."

관공이 말하자 조조는 못들은 체하고 딴소리를 했다.

"운장의 수염은 과연 아름답소. 혹여나 수염을 헤어 보신 일이 있소? 참말 훌륭한 수염이오."

"예 수백 근根이 되지요. 그러나 매양 가을이 되면 대여섯 개는 빠집니다. 그래서 가을이 되면 검은 사 헝겊으로 주머니를 만들어 싸서 둡니다. 빠지지 말라고 하는 것이죠."

조조는 시녀들에게 명하였다.

"지금 곧 관공께 비단 사 주머니를 지어서 바치도록 해라."

시녀는 승상의 명을 받자 곧 내실로 들어가 비단으로 주머니를 지어 관공의 수염을 덮어씌웠다.

다음 날 관공은 황제께 조회에 뵈었다.

황제는 관공의 가슴에 사 주머니가 걸려 있는 것을 보고 이상하게 생각했다.

"가슴 앞에 주머니는 왜 찼나?"

은근하게 물었다.

관공은 감격했다.

"신의 수염이 매우 깁니다. 그래서 조 승상이 수염을 보호하라고 비단사 주머니를 지어 주었습니다.”

“어디, 한 번 경의 수염을 구경해 보세. 얼마나 긴가?”

관공은 사 주머니를 끌렀다.

아름다운 삼각수 긴 수염은 치렁치렁 배 아래까지 뻗쳤다.

황제는 관공의 아름다운 수염을 홀린 듯 바라보았다. 이런 수염은 난생 처음 보는 수염이었다.

“아아, 참 아름다운 수염이로군. 이제부터는 경을 미염공美髥公이라 불러야 하겠네.”

황제의 말씀은 곧 조정과 민간에 퍼졌다.

세상 사람들은 이로부터 관공을 ‘미염공’이라 불렀다.

하루는 조조가 관공을 연회에 청하여 대접한 후에 친히 대문까지 나가 전송했다.

관공이 말을 타는데 말이 너무나 파리하고 야위었다.

조조는 관공께 물었다.

“장군의 말은 어찌 저리 수척합니까?”

관공은 껄껄 웃으며 대답했다.

“천한 몸이 무게가 너무 많아서 힘이 들어 지탱을 하지 못합니다. 그래서 저렇듯 야위었습니다.”

조조는 좌우의 시자를 불렀다.

“얘, 그, 내가 항상 사랑하는 말을 끌어 오너라.”

시자는 급히 말 한 필을 마구간에서 끌고 나왔다.

털빛이 불구슬같이 아름답고 몸집이 웅대했다.

조조는 손으로 가리키며 관공한테 물었다.

“장군은 이 말을 알아보십니까?”

"여포呂布가 타던, 하루에 천릿길을 달리는 적토마赤兎馬가 아닙니까?"

조조는 빙긋이 웃었다.

"그렇습니다. 용케 알아보십니다. 장군께 드리겠습니다."

조조는 좌우에게 다시 영을 내렸다.

"안장과 고삐를 새로 장만해서 당장 관공께 드려라."

좌우는 적토마 위에 새 안장과 고삐를 얹어서 관공 앞에 바쳤다. 관공은 조조한테 두 번 절하고 적토마를 받았다.

조조의 얼굴빛이 약간 변했다.

좋지 않은 기색이 드러났다.

"나는 여러 차례 아름다운 여자와 황금 보옥을 보냈건만 장군은 한 번도 사례한 일이 없는데 이제 말 한 필을 받고 절까지 하시니 너무나 공평치 못합니다. 어찌해서 사람은 천히 여기고 말은 귀하게 생각하십니까?"

관공이 빙긋 웃으며 대답했다.

"이 말은 일행천리하는 명마올시다. 이 말만 타면 하루에 넉넉히 내 형님을 만날 테니 기쁘지 않습니까?"

조조는 깜짝 놀라 말 준 것을 후회했다.

관운장이 적토마를 타고 돌아간 후에 조조는 장요를 불러 물었다.

"나는 관운장을 박하게 대접하지 아니했는데 저 사람은 항상 갈 마음만 먹으니 어찌하면 좋은가?"

"제가 가서 한번 뜻을 살피고 오겠습니다."

다음 날이 되었다. 장요는 관공을 찾아갔다.

인사가 끝난 후에 장요는 말을 꺼냈다.

"제가 형님을 승상께 천거했습니다마는 불편하신 점은 없으십니까?"

"조 승상께서는 너무나 나를 후대해 주시니 참말 고맙게 생각하네. 그러나 항상 황숙 형님의 생각이 나서 내 몸은 비록 이곳에 있으나 마음은 항상 그 어른한테 있네.”

“형님, 그것은 틀리신 생각입니다. 사람이 세상에 처세處世하는데 경중輕重을 가리지 않는다면 장부의 일이 아니올시다. 현덕공이 아무리 형님을 잘 대접하셨다 하나 조 승상만큼은 못 대접하셨을 것입니다. 이러한데 불구하고 형님께서는 항상 떠나실 일만 생각하시니 딱한 일이올시다.”

“여보게 문원이, 내 말을 좀 들어 보게. 내가 조 승상께서 후하게 대접하는 은혜를 모르는 바가 아닐세. 그러나 유 황숙하고는 사생을 같이하기로 맹세한 사람이니 어찌 그분을 배반할 도리가 있는가. 나는 언제나 유 황숙을 찾아서 가기는 가야 할 사람일세. 그러나 나는 또한 배은망덕을 할 사람은 아닐세. 조 승상한테 받은 은혜는 반드시 갚고야 가겠네.”

관공의 말을 듣자 장요가 다시 물었다.

“형님, 만약 유 황숙이 세상을 버렸다면 어찌하실 생각입니까?”

관공은 얼굴빛을 엄숙히 하여 대답했다.

“지하에라도 쫓아가야지!”

장요는 다시 더 관공의 마음을 돌릴 수 없다고 생각했다.

관공을 작별한 후 조조한테 돌아가 주고받던 말을 사실대로 일장 설파했다.

조조는 장요의 말을 듣자,

“허허, 주인을 섬기되 그 근본을 잊지 아니하니 관운장은 과연 천하天下의 사義士일세.”

길게 한숨짓고 탄식했다.

모사 순욱이 옆에 있다가 말했다.

“관운장의 말이 은혜를 갚아 공을 세운 후에 떠나겠다 했으니 승상께서 저 사람에게 공을 세울 기회를 주시지 아니한다면 저 사람은 그대로 떠나지 못할 것입니다. 공을 세울 기회를 주지 마십시오."

"그것 참 좋은 말이로군."

조조는 이쯤 대답했으나 공을 세울 기회를 주지 않는다면 관운장을 길러서 무슨 소용이 있나 하고 씁쓸하게 생각했다.

이때 유현덕은 원소한테 유하면서 아침저녁으로 번민하고 있었다.

원소는 유현덕의 초조한 모습을 보자 현덕에게 물었다.

"현덕께서는 어째 그리 항상 수심에 싸여 계십니까?"

천하 명장 안량과 문추

유현덕은 원소를 향하여 대답했다.

"어째 수심이 없겠습니까? 관우와 장비 두 아우의 소식을 알 수 없고 아내들이 조조의 진에 잡힌 몸이 되었으니 현덕은 국가의 은혜를 보답하지 못하고 집안도 보전하지 못한 사람이올시다. 어찌 근심이 없을 수 있습니까?"

원소는 현덕의 시름하는 말을 듣고 그를 위로했다.

"나도 군사를 일으켜 허도로 나가려고 생각한 지 오래였소이다. 이제 봄도 되어 날씨도 따뜻하니 한번 군사를 일으켜 보려 합니다."

옆에 있던 모사 전풍田豊이 간하였다.

"아니 되십니다. 조조가 전번 서주를 칠 때, 그때는 허도가 비었습니다. 대감께서 그때 치실 일이었지 지금은 늦었습니다. 서주는 이미 조조의 땅이 되었고 지금 개선한 조조의 군사는 기고만장氣高萬丈이 되어 있으니 가히 경적輕敵을 못할 것입니다. 때를 기다려서 틈을 본 연후에 군사를 일으켜야 합니다."

원소는 현덕한테 물었다.

"전풍은 아직 성을 굳게 지키라 하는데 현덕의 생각은 어떠하오?"

"조조는 기군망상欺君罔上하는 역적입니다. 대감께서 만약 치지 아니하신다면 천하 사람들의 바라는 마음을 저버릴까 두렵습니다."

현덕이 간곡하게 대답했다.

원소의 생각은 현덕의 의견으로 기울었다.

"현덕의 말씀이 옳소!"

원소는 곧 대장을 불러 동원령을 내렸다.

전풍이 또 간하였다.

"아니 되십니다. 실력이 모자랍니다. 조금 참았다가 군사를 내도록 하십시다."

원소는 크게 노했다.

"너희들은 썩어 빠진 글자만 희롱할 줄 알았지 진정한 호반들의 정신과 용기는 모르는구나."

모사 전풍은 머리를 조아렸다.

"만약 주공께서 제 말씀을 듣지 아니하신다면 앞으로 불리하실 것입니다."

원소는 더욱 노했다. 큰소리로 전풍을 꾸짖었다.

"네, 저 전풍을 끌어내려 목을 베어라!"

유현덕이 급히 간하였다.

"죽이지 마십시오. 전풍은 충신이올시다."

원소는 현덕의 말을 듣고 전풍을 죽이지는 아니하고 옥에만 가두게 했다.

전풍의 가까운 친구요, 같은 모사의 한 사람인 저수는 전풍이 하옥되는 것을 보자 일가친척을 모아 놓고 모든 재산을 분배해 준 후에 영결永訣하여 유언하였다.

"내가 종군해서 가기는 간다마는 어찌 될지 모른다. 이기면 좋지만 패하면 한 몸을 보전하기 어렵구나!"

듣는 사람은 모두 다 눈물을 흘려 슬퍼했다.

원소는 조조를 치기로 결정한 후에 대장 안량顏良으로 선봉대장을 삼아 백마로 향하여 호탕하게 나아갔다.

저수沮授가 간하였다.

"안량은 비록 명장이라 하오나 성미가 급하고 좁습니다. 혼자 선봉의 큰 임무를 맡기시면 아니 됩니다."

원소는 저수의 말을 듣지 아니했다.

"안량은 나의 첫손을 꼽는 상장上將이다. 너희들의 요량할 바 아니다."

원소는 저수의 말을 듣지 아니하고 여양黎陽까지 나아갔다.

동군東郡 태수太守 유연劉延이 파발마를 띄워 허도에 있는 조조한테 급한 변을 고했다.

조조는 백관을 모아 놓고 대책을 의논한 후에 곧 군사를 일으켜 원소를 막으려 할 때 관공이 소문을 듣고 조조를 승상부로 찾았다.

조조는 반갑게 관공을 맞이했다.

"원소가 군사를 일으켜 허도를 범한다 하니, 관우가 비록 재주 없으나 원컨대 선봉이 되어 원소를 막겠소이다."

조조는 전에 순욱과 의논한 일이 있었다. 관운장이 은혜만 갚으면 유현덕한테로 간다는 말을 상기했다.

"아직 장군의 용맹을 번거롭게 할 것까지는 없을까 합니다. 조만간 부탁할 일이 있을 테니 그때 청하거든 도와주십시오."

관공은 응낙하고 물러갔다.

조조는 15만 대병을 세 패로 나누어 행군하는데, 동군 태수 유연의 급함을 고하는 통문은 불이 나도록 잇달아 왔다.

조조는 먼저 5만 군사를 친히 거느리고 백마로 나가 토산土山 고지에 진을 치고 앞을 바라보니, 산 아래 툭 트인 평천平川 광야曠野에는 안량의 정예 부대 10만 대병이 진세陣勢를 이루었는데, 기상이 엄숙하고 군세가 정제하다.

조조의 마음은 송구했다. 뒤에 있는 여포의 옛 장수 송헌宋憲을 돌아보며 말했다.

"내 들으니 자네는 여포의 구장舊將이라 하는데 한번 저 안량을 대적해서 싸울 수 있겠는가?"

"네, 싸워 봅지요. 그까짓 안량쯤이야 문제도 없습니다."

송헌은 말을 마치자 창을 잡고 말을 몰아 진문 앞으로 달려 나갔다.

원소의 진에서 안량이 칼을 비껴들고 말 타고 문기門旗 아래 섰다가, 송헌이 말을 달려 뛰어나오는 것을 보자 안량은 대갈일성 큰소리로 부르짖으며 송헌에게로 말을 달렸다.

"쥐새끼 같은 놈이 감히 어디로 달려드느냐?"

안량은 송헌을 맞아 싸운 지 3합이 채 못되어 송헌의 목은 진문 앞에 뚝 떨어져 버렸다.

칼 쓰는 법이 기막히도록 빨랐다.

조조는 크게 놀랐다.

"안량은 참 용장勇將이로구나!"

탄식하고 있을 때 위속魏續이 뛰어나왔다.

"제 동료가 죽었으니 원수를 갚겠습니다."

조조는 고개를 끄덕여 허락했다.

위속이 말 타고 창 잡고 진 앞에 나가 큰소리로 안량을 꾸짖었다.

"이놈, 사람 백정 놈아. 네, 어찌 나의 친구를 함부로 죽이느냐."

안량은 대꾸도 아니하고 말을 달려 나가서 칼을 한 번 휘두르자 위속의 머리는 단번에 땅 아래 굴러 떨어졌다.

조조는 다급했다.

위속이마저 죽는 것을 보자 급히 모든 장군을 돌아보았다.

"누가 능히 나가서 당하겠는가?"

서황徐晃이 소리치며 나왔다.

"제가 나가겠습니다."

서황은 조조의 명장이었다. 안량과 싸워 20여 합까지 나아갔다. 그러나 점점 칼 쓰는 법이 어지러웠다. 마침내 당해 내지 못하고 패해서 돌아왔다.

모든 장수들은 송연한 마음을 금할 수 없었다.

조조는 급히 군사를 거두고 안량 또한 물러갔다.

조조는 단번에 두 장수를 죽여 놨으니 마음이 초민하였다.

모사 정욱이 아뢰었다.

"제가 한 사람을 천거하겠습니다. 안량이쯤은 대적할 것 같습니다."

"그 사람이 누군가?"

조조가 급히 물었다.

"관운장이 아니면 당해 낼 사람이 없겠습니다."

"글쎄 좋긴 하지만 은혜만 갚으면 간다 했으니 그것이 걱정일세."

정욱이 손짓하며 말했다.

"유비가 만약 죽지 않고 살아 있다면 반드시 원소한테로 갔을 것입니다. 지금 만약 관운장을 시켜서 원소의 군사를 깨 두들겨 부순다면 원소는 반드시 유비를 원망하고 의심해서 죽일 것입니다. 유비가 죽은 후에 운장은 어디로 가겠습니까? 운장은 결국 승상의 사람이 됩니다. 이것이야말로 돌을 던져서 새 두 마리를 맞히는 격이올시다."

"묘한 계교다!"

조조는 손뼉을 쳤다. 곧 사람을 보내서 관공을 청하니 관공은 두 분 형수한테 하직 인사를 고했다.

"이번에 원소하고 전쟁이 벌어졌는데 출전하고 돌아오겠습니다."

"아주버니께서 이번에 가시거든 꼭 황숙의 거처를 아시고 오십시오."

"염려 마십시오."

관공은 응낙하고 청룡도를 비껴들고 적토마에 올라 백마 땅으로 가서 조조를 만났다.

조조는 관공을 맞이하여 전세를 일장 설파했다.

"원소의 장수 안량은 과연 천하 명장입니다. 송헌, 위속 두 장수를 내리 풀 베듯 베어 넘기는데 참말 기막혔소. 송헌과 위속은 여포 부하 중의 제일가는 맹장인데 안량한테 대니 참말 장사와 어린애 같구려. 내 부하의 서황 같은 사람도 결국은 패했구려. 하는 수 없어 특별히 운장을 청했소이다."

"관우가 비록 무재하나 어디 한 번 당해 보겠소이다."

천신 같은 관운장의 자세

조조는 기뻤다. 술을 내어 관공을 관대했다.

홀연 군사들이 보했다.

"안량이 싸움을 돋우고 있습니다."

조조는 관공을 인도하여 토산土山으로 올랐다. 문무백관들이 뒤에 따랐다. 조조는 관공과 함께 앉고 모든 장군들은 둥굴게 시립해 섰다.

조조는 산 아래 안량이 배치해 논 진세陣勢를 손으로 가리켰다.

기치旗幟가 선명하고 창과 칼을 총총히 꽂아서 엄숙하고 위엄이 있었다.

"하북의 인마人馬가 저렇듯이 웅장하구려."

조조가 찬탄하며 말했다.

"내가 보기엔 흙으로 만든 닭이 아니면 와륵으로 만든 개 같소이다."

관공은 대수롭지 않게 대답했다. 조조는 다시 손을 들어 푸른 일산을 받고 섰는 한 장수를 가리키며 말했다.

"저 사람이 바로 안량이란 명장이오."

관공이 보니 황금 투구에 수홍포를 입고, 칼을 잡아 우뚝이 마상에 높이 앉아 있었다.

"내가 보기엔 안량이란 자는 푯대를 세워 놓고 죽은 송장의 수급을 파는 자 같습니다."

관공은 뱉듯이 말했다

"그렇게 가볍게 볼 것이 아닙니다."

조조가 타일렀다.

관공이 몸을 일으키며 말했다.

"관우가 비록 무재하오나 한번 만군중萬軍中으로 달려가서 안량의 목을 베어 승상께 바치오리다."

장요가 옆에서 충동질했다.

"군중엔 희언戱言이 없는 법입니다. 운장께서는 함부로 말씀하지 마십시오."

관공은 벌떡 일어났다.

"내가 희언을 하다니, 말이 되는 소린가."

관공은 청룡도를 거꾸로 들고 적토마에 선뜻 올라 토산 아래로 말을 달렸다.

봉의 눈을 부릅뜨고 눈썹을 곧추세워 큰소리로 외치며 안량의 진으로 돌격하니 하북 군사는 관공의 위풍에 눌려 물결이 열려지고 파도가 부서지듯 사면팔방으로 흩어졌다.

관공은 나는 듯이 뭉그러지는 군사들을 헤치고 안량한테로 덤벼들었다.

안량은 일산 밑에서 돌격해 들어오는 관운장을 바라보자,

"저 장수는 누구냐?"

하고 군사들에게 묻는 찰나, 관운장의 적토마는 벌써 살같이 달려 안량의 턱 앞에 당도했다.

안량은 손을 놀리려 하나 틈이 없었다.

관운장의 청룡도는 번뜻 안량의 옆구리를 찔러 말 아래로 떨어뜨렸다.

관공은 펄쩍 적토마 위에서 뛰어내렸다. 선뜻 안량의 목을 청룡도로 베어 적토마 목에 걸고 퍼뜩 말 위에 올라 말 머리를 돌이키니 적토마는 어

홍 소리를 치며 번개같이 달렸다.

안량의 목을 벤 후 좌충우돌하는 관공의 자세는 흡사 무인지경을 달리는 천신天神의 자세였다.

하북河北 장병들은 크게 놀라 싸우지도 않고 골패짝 쓰러지듯 했다.

조조의 군사는 이 틈을 타서 홍수같이 밀리니 죽고 상하는 자가 부지기수요, 전리품으로 말과 창과 화살을 흠뻑 얻었다.

관공은 큰 군사를 패하게 무찌른 후에 말을 놓아 토산으로 오르니 모든 장수들은 갈채를 하며 환영했다.

관공은 안량의 목을 조조 앞에 바치니 조조의 입은 함박만큼 벌어지며 칭찬이 놀라웠다.

"장군께서는 과연 신인神人이십니다."

관공이 미소하며 대답했다.

"천만의 말씀이올시다. 나 같은 사람은 아무것도 아니올시다. 내 아우 장익덕張翼德은 백만 군중에서라도 상장上將의 머리 취하기를 주머니 속 물건 취하듯 합니다."

조조는 깜짝 놀랐다. 좌우 옆에 서 있는 장수들을 돌아보며 말했다.

"이 뒤에 혹시 장익덕을 만나게 되거든 경적輕敵을 해서는 아니 된다. 옷깃에 적어서 기억해 두어라."

신신당부를 했다.

한편 안량의 패한 군사는 장수를 잃은 채 원소한테로 달려가 패한 까닭을 보했다.

"얼굴이 무른 대춧빛같이 벌겋고, 수염이 배까지 내려오는 무서운 장수 한 명이 큰 칼을 휘두르며 다짜고짜로 뛰어들어 안 장군의 목을 베었습니다. 이 까닭에 대패했습니다."

원소는 깜짝 놀랐다.

"이 사람이 누군가?"

옆에 저수가 있다가 대답했다.

"필시 유현덕의 아우 관운장인가 봅니다."

원소는 크게 노했다. 현덕을 손으로 가리키며 소리쳤다.

"네 아우가 나의 사랑하는 장수 안량의 목을 베었다 하니 이게 도대체 웬 말이냐? 네 이놈, 조조하고 공모를 했구나. 여기 머물러 두어 무엇에 쓰겠느냐. 도부수刀斧手들아, 현덕을 끌어내어 목을 베어라!"

도부수들은 창과 칼을 들고 우르르 유현덕의 앞으로 달려들었다.

현덕은 침착했다. 조용히 원소 앞으로 나와 말했다.

"명공께서는 한 쪽 말씀만 들으시고 여태껏 돌보시던 정을 끊으시니 과연 섭섭합니다. 유비는 서주에서 두 아우를 잃은 후에 아직도 그들의 생사존망을 모르고 있습니다. 천하에는 얼굴 같은 사람이 허다한데, 얼굴이 붉고 수염이 길다고 해서 곧 관우라고 단정한다면 밝으신 처사라고 할 수 없습니다. 다시 한 번 생각해 보십시오."

원소는 본시 주견이 없는 사람이었다. 현덕의 말을 듣고 나니 그럴듯한 생각이 들었다.

저수를 향하여,

"네 말을 듣고 하마터면 좋은 사람을 죽일 뻔했구나."

나무란 후에 유비를 다시 자리에 앉게 했다.

원소는 유현덕을 다시 자리에 앉게 한 후 안량의 원수 갚을 것을 의논하였다.

"어떻게 하면 나의 사랑하는 장수 안량의 한을 풀어 주겠소?"

현덕이 채 대답하기 전에 한 장수가 소리치며 나섰다.

"안량은 나와 형제 같은 사이입니다. 이제 조조 놈이 죽였으니 기어코 원수를 갚아서 안량의 한을 풀어 주어야 하겠소이다."

현덕이 바라보니 신장은 8척이나 되고 얼굴은 해태獬豸같이 무섭게 생긴 하북河北 명장名將 문추였다. 원소는 크게 기뻐서 무릎을 쳤다.

"네가 아니면 안량의 원수를 갚을 사람이 없다. 내 십만 군사를 너한테 줄 테니 곧 황하를 건너서 조적을 무찔러 죽이라."

저수가 옆에 있다가 간하였다.

"아니 됩니다. 아직 연진延津에 군사를 멈추고 다시 관도官渡에 분병分兵을 하는 것이 상책이올시다. 만약 경솔하게 황하를 건너다가 변이 생긴다면 다시는 돌아올 수 없으리다."

원소는 노했다.

"모두 너희들이 너무나 지의해서 군심이 풀어지고 패전이 된 것이다. 병법에 군사는 신속한 것을 귀하다 하였다. 다시 두말하지 말라."

저수는 문 밖으로 나오며 탄식했다.

"위에서는 욕심만 차리려 하고 아래서는 요공만 하려 드니 넓고 넓은 황하수를 무슨 수로 건너겠느냐."

저수는 이내 병을 칭탁하고 나오지 아니했다.

유현덕이 원소한테 말했다.

"유비는 항상 장군의 큰 은혜를 입사왔으나 갚을 길이 없었습니다. 이번에 문 장군과 동행해서 장군의 덕을 갚고 한편으로는 관운장의 거취를 알아보기로 하겠습니다."

원소는 기뻤다. 문추를 불러 분부했다.

"너는 유현덕과 함께 전부前部가 되어 군사를 거느리고 나가라."

문추는 현덕과 공을 나누기 싫었다.

"유현덕은 패해서 온 객장客將입니다. 군사한테 불리합니다. 주공께서 꼭 데리고 가라 하신다면 삼만 명의 군사를 따로 주어 후부를 삼겠습니다."

"아무려나 하라."

원소는 문추한테 일임해 버렸다.

문추는 스스로 7만 대병을 거느려 전부가 되어 나가고, 현덕에게는 3만 군대를 주어 뒤에 따르게 했다.

한편 조조는 관운장이 안량을 벤 후에 더욱 공경하는 마음이 갑절이나 생겼다. 조정에 아뢰어 관운장에게 한수漢壽 정후亭侯의 큰 벼슬을 봉하고 인을 주조鑄造하여 관공한테 보냈다.

이때 정보를 맡은 파발마는 소란하게 말방울 소리를 내면서 승상부 문 앞으로 뛰어들었다.

"원소袁紹가 대장 문추文醜에게 십만 대병을 영솔하게 하고 황하를 건너려고 연진延津에까지 당도했습니다."

조조는 급히 사람을 보내서 백성들을 서하西河로 피난시킨 후에 스스로 대병을 거느려 나가는데 전령을 내려 후군으로 전부를 삼고 전부로 후군을 삼아 양초糧草를 앞에 가게 하고 군대를 뒤따르게 했다.

모사 여건呂虔이 조조한테 물었다.

"양초는 앞에 두시고 군대는 뒤따르게 하시니 무슨 의사십니까?"

조조가 대답했다.

"군량미를 뒤에 두면 약탈당하는 일이 많은 고로 앞에 가게 한 것일세."

"앞에다가 양초를 두었다가 적군이 뺏어 가면 어찌하실 텝니까?"

여건이 또 물었다.

"적군이 오게 되면 그때 가서 변통을 하지."

여건은 조조의 대답을 듣고도 석연치가 않았다.

조조는 후군이 되어 양초와 치중輜重을 앞세우고 강물을 따라 연진으로 향하여 나가는데 별안간 전군에서 함성이 크게 일어났다.

"가 보아라!"

조조는 마상에서 지휘했다.

한 군사가 급히 말을 달려가다가 되돌아와 보고했다.

"큰일 났습니다. 하북 대장 문추文醜의 군사가 앞을 질러 들어오니 아군은 모두 다 양초를 버리고 개미 새끼 헤지듯 달아납니다. 우리 후군들은 어찌하면 좋습니까?"

조조는 채찍을 번쩍 들어 남편 언덕을 가리켰다.

"일이 급하니 잠깐 저곳으로 피하게 해라!"

군사와 말들은 다투어 초산으로 기어올랐다.

조조는 군사들에게 다시 전령을 내렸다.

"모두 다 말을 내놓아 풀을 먹이고 갑주 투구를 풀어 잠깐 쉬어라."

군사들은 일제히 말을 방목放牧시킨 후 갑옷을 헤쳐 땀을 들였다.

이때 돌연 먼지가 자욱하게 일어나면서 문추의 군사는 고함을 치고 산 아래로 몰려들었다.

모든 장수들은 황급하게 일어나 떠들어 댔다.

"적군이 온다. 방목한 저 말들을 빨리 거두어라!"

군사들은 산 아래로 내려가 말을 거두려 했다.

모사 순유가 급히 손을 저어 큰소리로 만류했다.

"적군에게 먹이를 주어 유인하는 계책이나. 그내로 두어라!"

조조가 순유를 향하여 웃으며 눈짓했다. 오직 자기 뜻을 아는 사람은 모사 순유가 있을 뿐이라 생각했다.

순유는 조조의 뜻을 짐작했다.

다시는 떠들어 대지 아니했다.

조조의 장수들은 말을 내버려 둔 채 거두지 아니했다.

문추의 군사들은 욕심이 움직였다.

양초와 병기를 얻은 후에 또다시 방목한 말을 보니 서로들 말을 차지하려고 야단법석이 났다. 대오는 뭉그러지고 질서는 문란했다.

조조는 토산 위에서 채찍을 들어 영을 내렸다.

"장병들은 일제히 산에 내려 적군을 돌격하라."

조조의 군사는 고함을 치면서 쏟아져 내려가니 문추의 군사는 크게 어지러워 서로를 짓밟아 쓰러졌다. 문추는 군사를 호령하여 질서를 회복하려 했으나 혼란을 막을 도리가 없었다. 혼자 말을 놓아 싸우다가 급히 말머리를 돌려 달아났다.

조조는 산상에서 채찍을 들어 호령했다.

"하북 명장 문추를 누가 사로잡아 오겠느냐!"

장요張遼, 서황徐晃이 일제히 말을 돌려 뒤를 쫓았다.

"문추는 닫지 말라!"

문추는 고개를 돌려 장요, 서황이 쫓아오는 것을 보자 쇠창을 말안장 쇠고리에 걸고 급히 활을 당겨 장요를 쏘았다.

서황이 이 모양을 보자, 큰소리로 부르짖었다.

"적장은 살을 쏘지 말라."

서황이 부르짖는 소리를 듣자 장요는 얼른 고개를 숙여 급히 피했다. 화살은 투구를 맞히면서 끈이 떨어졌다. 장요는 비썩 힘을 주어 문추를 쫓았다. 문추는 다시 활에 살을 메겼다. 화살은 윙 소리를 내면서 장요가 탄 말의 볼따구니를 맞혔다. 말은 구슬픈 비명을 지르며 앞굽을 꿇고 쓰러졌다. 장요는 벌떡 자빠지며 땅으로 굴러 떨어졌다.

문추는 이 모양을 보자 급히 장요를 취하여 말 머리를 돌려 달려들었다.

일은 급했다. 서황이 급히 대부大斧를 두르며 달려드는 문추의 앞을 가로막아 싸웠다.

문추의 군사는 기운이 버썩 났다. 일제히 함성을 지르며 쫓아 들었다.

서황은 당해 내는 도리가 없었다. 급히 말을 돌려 달아났다.

문추가 서황을 쫓아 강변으로 나왔을 때 홀연 십여 기마가 기를 바람에 번득이며 일원 대장이 큰 칼을 들고 나는 듯이 달려드니 다른 장수가 아니라 바로 관운장이었다.

관운장은 대갈일성 문추를 꾸짖었다.

"안량의 목을 벤 관운장이 여기 있다! 문추는 닫지 말라."

문추는 관운장과 어울린 지 3합에 가슴이 울렁거리고 다리가 떨렸다.

급히 말 머리를 돌려 강변으로 달아났다.

관공의 적토마는 주홍 같은 입을 벌려 어훙 소리를 치며 바람을 끊고 뛰어들었다. 관공의 82근 청룡도가 번뜩 허공을 끊자 문추의 뒤통수를 갈기며 문추의 목은 말 아래로 뚝 떨어졌다.

조조는 관운장이 문추를 죽이는 것을 보자 급히 군마를 몰아 돌격해 나가니 하북 군사는 태반이 물에 빠져 죽고 양초와 군마는 다시 조조가 차지했다.

관운장은 천하 명장 문추를 목 벤 후에 패해 달아나는 하북 군사를 향하여 동충東衝 서돌西突하니, 마치 천신이 무인지경을 달리는 듯했다.

이때 유현덕은 후속 부대 3만 명을 거느리고 당도해 보니 파발마가 급히 정보를 올렸다.

"큰일 났습니다. 문 장군이 또 전사를 했습니다. 이번에도 붉은 얼굴에 긴 수염을 늘인 그 장군이 또 문 장군의 목을 베었습니다."

현덕은 황망히 말을 달려 강을 격해 바라보니 과연 한 떼 군마가 나는 듯이 좌충우돌하는데 펄펄 날리는 깃발에는 '한수漢壽 정후亭侯 관운장關雲長' 일곱 글자가 뚜렷하게 씌어 있었다.

현덕은 가만히 천지신명께 사례하여 혼잣말했다.

"원래 내 아우가 그동안 조조한테 있었습니다그려."

현덕은 관운장을 소리쳐 불러 보고 싶었으나 조조의 대군이 홍수같이 밀려드는 것을 보자 군사를 거두어 돌아갔다.

이때 원소는 후속 부대를 거느리고 관도官渡에 진을 치고 있었다.

모사 곽도郭圖와 심배審配가 원소를 찾아보고 말했다.

"이번에 문추를 죽인 장수도 유현덕의 아우 관운장이라 합니다. 유비는 다 알고 있으면서 거짓 모르는 체하고 시침을 떼고 있습니다."

원소는 크게 노했다.

"귀 큰 도적놈이 이럴 수가 있단 말이냐?"

펄펄 뛰고 있을 때 현덕이 들어왔다.

원소는 역증이 벌컥 났다.

"저 유현덕이란 자를 잡아다가 목 베어라."

시위하는 군사한테 영을 내렸다.

현덕이 앞으로 나가 공손히 말했다.

"제가 무슨 죄가 있습니까?"

"네가 네 아우를 시켜서 나의 일원 대장을 또 한 명 죽였으니 어찌 죄가 없다 하느냐?"

"죽을 때 죽더라도 한마디 말씀을 아뢰고 죽겠소이다."

"말을 해 보라!"

원소는 퉁명스럽게 대답했다.

"조조는 본시 유비를 심히 꺼려 합니다. 지금 저 자는 제가 대감한테 있는 것을 알고 유비가 대감을 도와 드릴까 두려워서 일부러 관운장으로 안량, 문추를 죽여서 대감의 노여움을 사게 하자는 계교입니다. 이것은 조조가 힘 안 들이고 대감의 손을 빌려서 유비의 몸을 죽이자는 생각입니다. 대감께서는 깊이 생각하여 보십시오."

원소는 손뼉을 치며 황연히 깨달았다.

"과연 현덕의 말씀이 옳소. 하마터면 어진 분을 죽일 뻔했구려. 너희들은 물러가거라."

원소는 모사들을 꾸짖으며 현덕을 상좌로 앉혔다.

모사 곽도와 심배는 무료한 얼굴로 대청에서 물러났다.

떠나가는 관운장

유현덕은 자리를 고쳐 앉은 후에 원소한테 사례했다.

"대감의 관대하신 은혜를 입어 갚을 길이 없소이다. 심복 한 사람한테 편지를 써서 가만히 관운장에게 주어 이 몸이 있는 곳을 알린다면 운장은 밤을 도와 이곳으로 올 것입니다. 이리된다면 함께 조조를 쳐서 안량, 문추의 원수를 갚게 될 것입니다. 의향이 어떠하신지 여쭈어 봅니다."

현덕의 말을 듣자 원소는 크게 기뻤다.

"내가 관운장만 얻는다면 안량, 문추보다 열 배나 낫겠소. 그렇게 해 보시오."

현덕은 곧 자기 처소로 돌아와 관운장한테 보낼 밀서를 썼다.

그러나 마땅한 사람이 없어서 아직 보내지 아니하고 그대로 두었다.

원소는 군사를 무양武陽으로 옮긴 후에 수십 리에 걸쳐 영채를 벌이고 싸움을 하지 않고 지키고만 있었다.

조조는 원소가 군사를 물리고 싸우지 않는 것을 보자, 하후돈으로 일지 군마를 거느려 관도官渡 어귀를 지키게 하고 대군을 돌이켜 허도로 돌아간 후에 크게 잔치를 차리고, 모든 관원을 모은 후에 관운장의 큰 공을 극구 찬양했다.

그리고 조조는 여건呂虔을 돌아보며 순유를 칭찬했다.

"내가 이번 싸움에 양초糧草를 앞에 세우고 말을 방목放牧시켜서 문추의 군사의 욕심을 동하게 한 데 대해서 이적지계餌敵之計라고 알아맞힌 사람은 오직 순유 한 사람이 있었을 뿐일세."

자기의 용병 잘하는 지혜를 자랑했다.

"참 승상께서는 비상한 지혜를 가지셨습니다."

순유, 여건 등 모든 모사들은 탄복하는 말을 보냈다.

한창 잔치가 흥겨웠을 때, 홀연 파발이 뛰어와 정보를 알렸다.

"여남汝南에서 황건적의 나머지 무리 유벽劉辟, 공도龔都가 창궐猖獗해서 조홍曹洪이 여러 번 싸웠으나 이롭지 못하여 급히 구원병을 청합니다."

관운장이 조조의 앞에 나가 말했다.

"관우가 비록 무재하나 견마의 수고로움을 가져 여남의 도적 떼를 파해 보겠습니다."

조조는 크게 기뻤다.

"운장께서 큰 공을 세우신 후에 아직도 중하게 갚지 못했는데 어찌 또 다시 수고를 끼치게 하겠습니까?"

관공이 말했다.

"관우는 오래 한가하면 반드시 병이 납니다. 원컨대 다시 한 번 가 보겠습니다."

조조는 관운장의 말을 장하게 여겼다.

곧 군사 5만 명을 점고하고 우금于禁, 악진樂進으로 부장을 삼아 다음 날 출발하게 했다.

순욱이 가만히 조조한테 고했다.

"운장은 항상 유비한테로 돌아갈 마음을 먹고 있습니다. 유비가 있는 곳만 알면 곧 갈 테니 자주 출정시키지 말도록 하십시오."

조조는 순욱의 말을 듣자 고개를 끄덕이며 대답했다.

"옳아, 나도 짐작하고 있네. 이번만 출전을 하게 하고 다음부터는 내보내지 않기로 하겠네."

한편 관운장은 장수와 군사를 거느리고 여남 가까이 가서 영채를 세우고 군사를 둔치고 있었다.

이날 밤에 보초병들은 두 사람의 간첩을 잡아 왔다.

운장이 자세히 살펴보니 두 사람 중에 한 사람은 다른 사람이 아니라 바로 손건이었다.

관공은 마음속으로 깜짝 놀랐다.

"내가 직접 취조할 테니 너희들은 물러가거라!"

관운장은 보초한테 명령을 내려 물러가게 한 후에 가만히 눈짓하여 손건을 조용한 방으로 불러들였다.

"허허, 손군, 이거 웬일이오? 한번 서로 흩어진 후에 생사존망을 몰랐더니 어찌해서 이곳에 있소?"

관운장은 손건의 손을 잡으며 눈물을 글썽거렸다.

"난을 만나 헤어진 후에 표랑하는 신세가 되어 이곳 여남까지 왔다가 유벽한테 의탁하고 지냅니다. 지금 장군께서는 어찌해서 조조한테 계시며 감 부인과 미 부인의 종적은 어찌 아셨습니까?"

손건도 목이 메어 물었다.

관공은 눈물을 머금고 지나간 일을 일장 설파하니 손건은 길게 탄식한 후에 가만한 소리로 말을 꺼냈다.

"지금 현덕공께서는 원소한테 의지해 계시다 합니다. 저는 그동안 현덕공한테로 가고팠으나 편을 얻지 못해서 가지 못했던 것입니다. 지금 유벽과 공도는 원소한테 귀순이 되어 서로 합세하여 조조를 치기로 했습니다. 두 사람은 천행으로 장군께서 여기 오셨다는 소문을 듣고 특별히 저를 간첩으로 보내서 장군께 현덕이 계신 곳을 알리게 한 것입니다. 장군께서는 속히 감, 미 두 부인을 모시고 원소한테로 가시어 현덕공을 만나 보십시오."

관공은 추연히 한숨을 쉬어 대답했다.

"형님께서 원소의 진에 계시단 말씀이오. 나는 밤을 도와 지금이라도 곧 뛰어가고 싶소. 그러나 안량, 문추 두 장수를 죽였으니 무슨 낯으로 원소에게 가 보겠소. 만약 내가 가 본다면 원소가 가만히 있을 리 만무하오. 내가 가면 형님의 신상이 위태로울까 걱정이오."

관운장은 다시 땅이 꺼지도록 한숨을 쉬었다.

손건이 말했다.

"제가 먼저 가서 저편 의향을 탐지해 본 연후에 다시 와서 보고를 드리오리다."

관공은 손건의 손을 힘차게 잡으며 말했다.

"나는 우리 형님 얼굴을 한 번만 대해 본다면, 비록 만 번 죽는다 해도 사양하지 않겠소. 이번에 허도로 돌아간다면 곧 두 분 형수를 모시고 형님을 만나러 가겠소."

관공은 말을 마친 후 이날 밤으로 손건을 돌려보냈다.

손건은 기쁨을 이기지 못했다. 곧 유벽의 진으로 돌아가 관운장의 심경을 자세히 이야기했다.

이튿날이 되었다. 관운장은 군사를 거느리고 진문 밖으로 나왔다. 저편에서도 공노가 갑주 입고 두구 쓰고 응선해 나왔다.

관공은 크게 적장을 꾸짖었다.

"너희들은 어찌하여 조정을 배반하느냐?"

공도도 지지 않고 대거리했다.

"너는 왜 주인을 배반했느냐?"

관공은 공도를 다시 꾸짖었다.

"내가 어찌해서 주인을 배반했다 하느냐?"

공도는 서슴지 않고 대답했다.

"네 주인 유현덕이 원소한테 있는데 너는 원소의 적인 조조를 도와주고 있으니 네 주인을 배반한 것이 아니고 무엇이냐?"

관공은 말대꾸를 아니하고 말을 채질하여 청룡도를 춤추며 공도의 목을 베러 나갔다. 공도는 급히 말 머리를 돌려 달아났다.

관공은 호통 치며 뒤를 따랐다. 공도는 달아나면서 말 위에서 몸을 돌려 가만히 말했다.

"옛 주인의 은혜는 잊지 못하는 법입니다. 나는 여남汝南을 당신한테 넘겨줄 테니 당신은 빨리 회군한 후에 유현덕한테로 돌아오시오."

공도는 말을 마치자 거짓 패해 달아났다. 유벽도 공도의 뒤를 따라 군사를 거느리고 바람처럼 스러졌다.

관공은 여남성 안으로 들어가 백성을 무마하여 편안히 거접하게 한 후에 승전고를 울리며 허도로 돌아갔다.

관공이 여남을 평정하고 승전고를 울려 서울로 돌아온다는 소식은 조조한테로 들어갔다. 조조는 크게 기뻤다. 친히 성 밖까지 나와 관공을 영접한 후에 크게 군사를 호궤하고 다시 잔치를 베풀어 운장을 대접했다.

관운장은 조조의 대접을 받은 후에 집으로 돌아와 두 분 형수께 문안을 올렸다.

두 부인은 반가움을 이길 수 없었다.

"아주버니께서는 그동안 두 번 출전에 반드시 황숙皇叔의 소식을 듣고 오셨을 것입니다. 황숙은 지금 어디 계십니까?"

관공은 비밀이 누설되면 큰일이라 생각했다.

"아직 소식을 듣지 못했습니다."

관공은 이쯤 대답하고 자리에서 물러났다.

두 부인은 이내 울음을 터뜨렸다.

"아주버니께서는 무정도 하시지. 아주 유 황숙의 일은 영영 잊으셨나 보지."

"아마 황숙께서는 돌아가셨나 봐요. 우리들이 고만 낙심할까 해서 숨기시는 것이 아니겠소?"

두 부인은 서로 얼싸안고 통곡했다.

부인들의 통곡하는 소리는 너무나 애절하고 처량했다.

문 밖에서 문 지키고 있던 늙은 군사 하나가 부인들의 애끓는 울음소리를 차마 들을 수 없었다.

안으로 들어가 부인들한테 허리를 굽혀 문안하고 아뢰었다.

"두 분 마마께서는 어찌 그리 슬피 우십니까?"

부인들은 늙은 군사의 묻는 말을 듣자 더한층 슬펐다.

"황숙 대감의 종적이 아직도 묘연하시니 어찌 아니 슬퍼하겠나?"

감 부인은 울음 반 말 반 대답했다.

늙은 군사는 항상 관공을 모시어 종군하던 군사였다.

늙은 군사는 얼굴에 웃음을 머금고 대답했다.

"그 일로 그같이 슬퍼하셨습니까? 관공님께서 말씀을 드리지 아니하셨습니까? 황숙皇叔 대감께서는 지금 하북河北 원소한테 태평하게 계십니다."

"네가 어찌 황숙께서 원소한테 계신 것을 아느냐?"

늙은 군사가 대답했다.

"소인은 항시 관공님을 모시고 다니는 군사올시다. 이번 출정出征에도 모시고 갔다가 진중에서 황숙 대감께서 원소한테 계시다는 소문을 들었습니다."

"그렇다면 나가서 관공님을 곧 들어오시라고 여쭈어라."

늙은 군사는 급히 나가서 관공을 청했다.

관공이 급히 들어오니 감 부인은 관운장을 책망했다.

"나는 여태껏 아주버님을 태산같이 믿고 있고 유 황숙도 아주버님께 저버린 일이 없는 줄 아는데, 아주버님께서는 어찌해서 우리를 저버리십니까? 부귀공명에 취하시어 옛날 정의를 잊으신 것 같습니다."

"그럴 리가 있습니까? 제가 어찌 촌시인들 형님과 형수님을 잊을 리가 있습니까?"

관공은 황망히 대답했다.

"그러면 어째 저희들을 속이십니까? 지금 유 황숙은 원소한테 계시다 하는데 아주버니께서는 왜 말씀을 아니하시고 속이셨습니까?"

관공은 허리를 굽혀 대답했다.

"사실은 형님께서 지금 하북 원소한테 계십니다. 그러하오나 진작 아주머님께 여쭙지 아니한 것은 조조가 알면 곤란한 점이 많습니다. 혹시 누설이 될까 해서 말씀을 바로 여쭙지 않은 것이올시다. 일을 천천히 도모하려는 까닭이올시다."

감 부인은 얼굴빛을 고쳐 정색하고 말했다.

"아주버니께서는 속히 황숙한테로 가도록 계획을 차려 주십시오. 앉으나 누우나 마음이 불안합니다."

"잘 봉행하겠습니다."

관공은 자리를 떠서 사랑으로 물러 나왔다.

이때 관운장의 버금 장수가 되어 여남을 공격하고 돌아온 우금은 유비가 하북 원소한테 있다는 소식을 조조한테 자세히 보고했다.

조조는 장요張遼를 불렀다.

"유비가 하북 원소한테 있다는 것이 확실한 모양이다. 관운장도 필시 알았을 것이다. 만약 간다 하면 큰일이니 자네가 운장한테 가서 마음을 떠보도록 하게."

장요는 지체치 아니하고 관공을 찾았다.

관공은 어떻게 해야 두 분 형수를 모시고 조조한테서 떠나가나 하고 무한 궁리하고 있을 때, 장요가 들어왔다. 장요는 관공한테 읍하고 말했다.

"소문을 들으니 형님께서는 진중에서 현덕공의 소식을 들으셨다 하니 특별히 와서 하례합니다."

장요의 말을 듣자 관공은 마음속으로 깜짝 놀랐다. 그러나 얼굴빛을 고치지 아니하고 태연히 대답했다.

"옛 주인의 소식을 비록 들었다 하나 한 번도 얼굴을 대해 보지 못했으니 무엇이 기쁘겠소."

관운장은 시치미를 뚝 뗐다.

장요가 물었다.

"형님과 유현덕과의 교분이, 아우 장요와 형님과 비교한다면 어느 편이 더하겠소이까?"

관공이 대답했다.

"나와 형은 친구간, 벗 사이의 교분이고 나와 현덕은 친구이면서 형제요, 형제지간이면서 또 군신지간이 되니 어찌 함께 의논할 수가 있겠소?"

장요가 다시 물었다.

"지금 현덕공이 하북에 있다 하니 형은 그곳으로 가실 의향입니까?"

관공이 창연히 대답했다.

"옛날 말하던 약속을 어찌 저버리겠소. 문원文遠은 나를 위해서 조 승상께 잘 말씀을 해 주오."

장요는 조조한테 돌아가 관운장의 뜻이 철석같은 것을 말했다.

"운장의 철석같이 군은 마음은 도저히 돌리기 어렵습니다."

"가만있게. 내가 못 가게 할 계교가 하나 있네."

조조는 대답하고 계교는 말하지 아니했다.

한편으로 관공은 장요를 보낸 후에 현덕한테 돌아갈 일을 궁리하고 있을 때 홀연 문하인이 보했다.

"옛 친구라 하면서 뵈옵기를 청하는 사람이 있습니다."

"들어오라 해라."

조금 있다가 한 사람이 들어오는데 전혀 얼굴을 알지 못할 사람이었다. 관공은 어리둥절했다.

"당신은 누구신데 나하고 옛 친구라 하시오?"

"나는 원소의 부하 진진陳震이라는 사람이외다."

원래 진진은 명사의 하나였다. 관공은 좌우의 시자를 물리친 후에 조용히 물었다.

"선생은 어찌해서 나를 찾아오셨소? 반드시 곡절이 있을 듯하구려."

진진은 아무 대답 없이 소매 속에서 편지 한 장을 꺼내서 관공한테 전했다. 관공이 편지를 받아 겉봉을 살펴보니 바로 유현덕의 필적이 분명했다. 관공은 편지를 읽었다.

유비는 족하足下로 더불어 일찍이 도원桃園에서 결의형제를 하여 함께 죽기를 맹세했더니, 이제 중도에 서로 엇갈려져서 은혜는 흩어지고 의는 끊어지게 되었다. 그대는 부귀공명을 취하여 큰 공을 이루려 한다. 앞으로 그대는 내 머리가 필요할 것이다. 그대와 사생을 함께 맹세했던 유비가 삼가 수급首級을 바쳐서 그대의 성공을 빌려 한다. 더 쓰려 하나 내 뜻을 다 적을 수 없다. 삼가 오라는 명을 기다리노라.

관공은 편지를 읽자 목을 놓아 통곡하면서 혼잣말했다.

"관우가 비록 불초하나 어찌 부귀공명을 탐해서 옛 맹세를 저버리겠소. 형님 계신 곳을 몰라서 찾아뵙지 못한 것이오."

진진이 옆에서 한숨을 쉬며 말했다.

"유현덕께서는 당신이 돌아오시기를 일각이 삼추같이 바라고 계십니다. 공이 만약 옛 맹세를 저버리지 아니하신다면 속히 가서 만나도록 하십시오."

관공이 대답했다.

"사람이 천지간에 태어나서 시종始終이 없다면 사람값에 가지 못하오. 나는 올 때도 몸 처신을 명백하게 했으니 갈 때도 명백하게 하지 아니할 수 없소. 내가 먼저 답장을 써서 형님한테 올릴 테니 선생은 전해 주시오. 나는 조조를 만나 작별한 후에 두 형수를 모시고 가오리다."

"조조가 만약 응낙하지 아니한다면 어찌하겠소?"

진진이 물었다. 관공은 고개를 가로흔들었다.

"나는 차라리 죽을지언정 어찌 즐겨 이곳에 머물러 있겠소."

"그렇다면 공은 빨리 납상을 써 주시오."

관공은 곧 벼루에 먹을 갈고 붓을 잡아 편지를 썼다.

들자오니 의롭자면 마음을 저버리지 아니해야 하고 충성되자면 죽음을 돌보지 말아야 합니다. 우羽는 어려서부터 글을 읽어서 대략 예의를 집작합니다. 양각애羊角哀[25] 좌백도左伯桃의 사적을 보고 일찍 세 번 탄식하여 눈물을 흘렸습니다. 전에 하비를 지킬 때, 안에는 저축한 곡식이 없고 밖으로는 한 사람의 구원병도 없었습니다. 곧 죽으려 했으나, 어찌하리까, 정중하게 부탁하신 두 분 형수께서 계시니 하는 수 없어 목을 끊어 몸을 버리지 못하고 뒤에 단취해 모이기를 기다렸던 것입니다. 근자에 이르러 형님께서 여남에 계신 것을 비로소 알았소이다. 곧 조조를 작별한 후에 두 분 아주머님을 모시어 돌아가겠습니다. 만약 관우가 두 마음을 먹는다면 신명神明과 사람이 다 함께 노하여 관우의 간과 쓸개를 도려낼 것입니다. 붓과 종이로 뜻을 다 펴기 어렵습니다. 절하고 뵈올 때가 가깝기로 우선 두어 자 올리고 붓을 멈춥니다. 엎드려 바라옵건대 급어살피시옵소서.

관공은 쓰기를 다한 후에 편지를 진진한테 전했다.

진진은 시각을 지체치 아니하고 관공을 작별한 후에 하북으로 급히 돌아갔나.

관공은 안에 들어가 자기의 결심을 두 분 형수께 말한 후에 승상부로 들어가 조조한테 하직 인사를 고하려 했다.

조조는 관공이 찾아온 뜻을 미리 알고 회피패回避牌를 문에 달고 만나지 아니했다.

관공은 마음이 초조해서 돌아왔다. 곧 모신 사람에게 명령을 내렸다.

---

25) 양각애 : 연인燕人이다. 좌백도佐伯桃의 친우다. 추운 겨울에 함께 초楚로 향하는 도중에 우설雨雪을 만나고 양식마저 떨어졌다. 도저히 둘이 갈 수는 없었다. 좌백도는 자기의 옷과 양식을 양각애羊角哀에게 주고 자기는 나무에 올라 굶어 죽었다. 양각애는 초楚에 가서 상대부上大夫가 되었다. 좌백도의 죽음을 듣고 후하게 장사 지내 주었다. 우정의 두터움을 말한 것.

"수레와 말을 준비해서 대령하고 있으라. 그리고 조 승상이 보낸 물건은 모두 다 두고 가도록 해라. 털끝만치도 가지고 가서는 아니 된다."

엄한 분부를 내렸다.

관공은 다음 날 다시 승상부로 조조를 찾아가니 그날도 또 문에 회피패를 달아 놓았다. 관공은 연거푸 여러 차례 갔으나 매일반이었다. 조조를 만나 볼 수 없었다.

관공은 하는 수 없어 장요를 찾았다. 의논해 보자는 것이었다.

그러나 장요도 병을 칭탁하고 만나 주지 아니했다.

관공은 조조가 자기를 가지 못하게 하는 계교라 생각했다. 그러나 자기의 뜻은 이미 철석같이 굳게 결정했다. 하루라도 더 머무를 수는 없었다.

조조한테 작별하는 글을 썼다.

관우는 젊어서 유 황숙과 황천후토皇天后土께 생사를 같이할 것을 맹세했소이다. 전자에 하비땅이 실수失守될 때 세 가지 청한 일이 있어 이미 승상의 허락을 받았던 것입니다. 이제 옛 주인 유현덕이 원소袁紹 군중에 있는 것을 알았습니다. 옛날 천지신명께 맹세한 일을 생각하니 차마 저버릴 도리가 없습니다. 신은新恩이 비록 두텁다 하나 구의舊義를 또한 잊기 어렵습니다. 특별히 글월을 받들어 하직을 고하오니 살펴 주시기 바랍니다. 나머지 갚지 못한 은혜는 다른 날을 기다리기로 하겠습니다.

관공은 쓰기를 다하자 사람을 승상부로 보내어 글월을 던지고 한편으로 조조한테서 받은 금덩이, 은덩이, 갖은 보화를 일일이 곳간에 넣어 봉고封庫한 후에 한수漢壽 정후亭侯의 인수印綬를 끌러 당상堂上에 달아 놓고 감 부인, 미 부인을 청하여 수레에 오르게 한 후에 관공 자신은 적토마 위에 올라 청룡도 들고 옛날 데리고 온 몇 사람 종자로 부인들의 수레를 호위하여 북문으로 나갔다. 북문에 당도하니 문 지키는 수문장은 벌써 조조의 비밀한 명령을 받은 뒤였다.

"못 나가십니다."

군졸을 거느려 문을 가로막았다.

관운장은 봉의 눈을 부릅뜨고 청룡도를 비껴들고 삼각수를 흩날려 큰소리로 대갈일성 수문장을 꾸짖었다.

"네 어찌 한수 정후 편장군 미염공 관운장을 몰라보는가!"

수문장과 군졸들은 관공의 위풍에 눌려 머리를 싸안고 달아났다.

관공은 두 부인을 호위하여 북문 밖에 나선 후에 종자들에게 일렀다.

"너희들은 먼저 양위 부인의 수레를 호위하여 나가라. 만약 뒤에서 쫓아오는 자가 있다면 내가 스스로 당하리라. 두 부인을 놀라시게 해서는 아니 된다."

종자들은 감 부인, 미 부인의 수레를 호위하여 국도를 바라보며 달렸다.

이때 조조는 여러 모사들과 관공의 일을 의논하면서 결정을 내리지 못하고 있을 때, 시자는 관공의 하직하는 글월을 받들어 들어왔다.

조조는 글월을 받아 보고 깜짝 놀랐다.

"운장이 갔구나!"

탄식하는 소리를 지를 때 북문의 수문장이 나는 듯이 달려와 아뢰었다.

"관공이 북문 길을 뺏어 수레와 말을 몰아 이십여 명이 북편을 향하고 나갔습니다."

혼자서 여섯 장수 목을 베다

수문장의 보고가 채 끝나기 전에 관공 댁 문지기가 뛰어와 아뢰었다.

"관공님께서, 승상께서 내리신 금은보화며 아름다운 미희美姬들을 함빡 내실에 두고, 한수 정후의 인뒤웅이는 당상에 걸어 놓으신 후에 승상께서 보내신 사람들은 그대로 두고 원래 데리고 온 사람들만 거느리고 북문으로 향하여 나가셨습니다."

모든 사람들은 악연愕然히 놀랐다.

한 장수가 몸을 뛰쳐나와 아뢰었다.

"저한테 철기鐵騎 삼천만 주시면 쫓아가 관우를 사로잡아 승상께 바치겠습니다."

모두 보니 장군 채양蔡陽이었다.

본시 조조의 장수들은 장유 이외에 서황徐晃 이하 모든 사람들은 다 관공을 존경하고 무섭게 알았으나, 다만 채양만이 관공한테 불복하고 있었던 까닭에 이같이 쫓아가서 관공을 잡아 오겠다고 장담을 하는 것이었다.

조조는 천천히 좌우를 돌아보며 말했다.

"옛 주인을 잊지 않고 거래가 명백한 관운장의 태도는 과연 상부나운 일이다. 너희들은 마땅히 본받아야 한다."

채양은 멀쑥해서 물러섰다.

모사 정욱이 아뢰었다.

"승상께서 관우를 대접하시기를 심히 후하게 하셨습니다. 그런데 이제 관우는 직접 하직을 고하고 가지 아니하고, 편지 쪽에 어지러운 글을 써서 승상의 높으신 위엄을 모독했으니 그 죄가 큽니다. 만약 놓아서 원소 한테로 보내신다면 이것은 호랑이에게 날개가 돋치게 하는 셈이올시다. 쫓아가 죽여서 후환을 없이하는 것만 같지 못합니다."

"주인이 나타나면 가기로 이미 약속했는데 이제 와서 잡는다는 것은 신용을 잃는 것이요, 각기 주인이 있는 것을 잡는 것은 일이 아니오."

조조는 정욱의 의견에 대답한 후에 다시 장요를 향하여 분부를 내렸다.

"관운장은 황금을 봉하고 인印까지 걸어 놓고 갔으니 재물로 마음이 움직이고 벼슬로 뜻을 굽힐 사람이 아니다. 이런 인격 높은 사람은 참말 공경할 만하다. 아직 멀리 가지 아니했을 것이니 너는 빨리 가서 잠깐만 기다리라 일러라. 나는 곧 노비路費와 길 의복을 가지고 가서 기념으로 그에게 친히 전하고 싶다."

"분부대로 거행하겠습니다."

장요는 대답하자 말을 채쳐 관운장의 뒤를 쫓고, 조조는 수십 기를 거느려 노비와 의복을 가지고 장요의 뒤를 따랐다.

한편 관운장은 일행천리一行千里하는 적토마를 탔으나, 두 부인을 모시고 가니 마음대로 달릴 수 없었다. 말고삐를 늦추어 천천히 갈 때, 홀연 등 뒤에서 한 사람이 말을 달려오면서,

"관운장께서는 잠깐 멈추어 주시오."

큰소리로 외쳤다.

운장이 머리를 돌려 바라보니 장요가 급히 말을 달려오는 것이었다.

관운장은 두 부인을 호위하여 가는 인마들에게 큰길로만 가라고 명령을 내린 후에 자기는 적토마를 멈추고 청룡도를 짚어, 장요한테 물었다.

"문원은 나에게 돌아가자고 왔는가?"

"아니올시다. 승상께서, 형장께서 멀리 떠나시는 것을 알고 친히 전송하러 오시려 하는데 먼저 나를 보내서 수레를 잠깐 정지하시도록 하는 것이고 별다른 뜻이 있는 것은 아닙니다."

관공의 얼굴빛이 엄숙하게 변했다.

"승상의 철기鐵騎가 만약 온다면 한번 결전을 하고 말 테요."

관운장은 말을 마치자 말을 다리 위에 세우고 앞을 바라보았다.

과연 조조는 수십 기를 거느리고 나는 듯이 달려왔다.

등 뒤에는 허저, 서황, 우금, 이전의 무리가 따랐다.

조조는 관공이 칼을 비껴들고 다리 위에 서 있는 것을 보자, 모든 장수들한테 영을 내렸다.

"말을 멈추고 좌우 옆으로 갈라서라."

모든 장수들은 일제히 말을 멈추고 길을 터놓았다.

관공은 모든 장수들이 수중에 병기를 들지 않은 것을 보자 비로소 마음을 놓았다.

조조는 운장한테 인사하며 말했다.

"운장은 어찌 그리 속하게 가시오."

관공이 말 타고 몸을 굽혀 대답했다.

"관우는 전에 승상께 약속한 대로 옛 주인의 행방을 알았으니 이제는 가야 하겠습니다. 옛 주인은 지금 하북河北에 있습니다. 그리하니 급히 가지 아니할 수 없습니다. 여러 차례 승상부에 뵈러 나갔으나 번번이 회피패를 달아 아니 계시므로, 하는 수 없어 글월로 하직하는 인사를 고하고 황금 보화며 한수 정후 인뒤웅이와 아름다운 시녀들은 도로 승상께 돌려보내고 북문으로 나온 길이올시다. 바라건데 승상께서는 옛 약속을 잊지 마십시오."

조조는 관공의 말을 듣자 홀연히 대답했다.

"조조는 천하의 신信을 가진 사람이올시다. 어찌 식언을 하겠습니까? 다만 장군께서 도중에 용돈이 떨어질까 염려해서 특별히 노자를 가지고 왔습니다."

조조의 말이 떨어지자 한 장수가 황금 한 반을 관공에게 바쳤다.

그러나 관공은 받지 아니하고 사양했다.

"여러 번 은혜로운 물건을 받아서 아직도 노자가 남아 있습니다. 이 황금은 두어 두셨다가 군사들에게 상급으로 주십시오."

조조가 말했다.

"작은 정성으로 큰 공의 만분지일을 갚으려 하는데 어찌 사양하십니까?"

관공이 웃으며 대답했다.

"구구한 작은 노력을 입에 담아 말씀하실 것이 없습니다."

조조는 다시 웃으며 말했다.

"운장은 천하 의사義士이신데 내가 복이 박해서 만류하지 못하니 한스럽기 짝이 없소이다. 금포 한 벌을 올리오니 마디만 한 정성을 받아 주시오."

조조의 말이 떨어지자 한 장수가 금포를 받들어 관공께 올렸다.

관운장은 혹시나 다른 변이 있을까 하여 말에서 내리지 아니하고 청룡도 끝으로 금포를 꿰어 들어 몸에 걸친 후에 말 머리를 돌려 조조를 향하여 사례했다.

"승상이 친히 주신 금포는 감사하기 이를 데 없습니다. 다른 날 다시 만나기로 하겠습니다."

관공은 말을 마치자 다리를 지나 북편 하늘을 바라보고 말을 달렸다.

허저가 아뢰었다.

"이 사람이 너무나 무례합니다. 어찌해서 승상께서 내리시는 금포를 교만하게 마상馬上에 앉아서 칼끝으로 꿰어 받습니까? 방자합니다. 왜 잡지 아니하십니까?"

조조가 대답했다.

"저 사람은 한 사람이고 우리는 수십 인이 되니, 제 어찌 의심하지 않겠나. 내가 이미 허락한 노릇이니 쫓을 것이 없네."

조조는 모든 장수들을 거느리고 성안으로 돌아오면서 운장을 생각해서 탄식하기를 마지아니했다.

한편으로 관운장은 앞에 보낸 두 부인의 수레를 쫓아 천리 준총 적토마를 달렸다. 40리가량을 달려도 부인의 수레가 보이지 아니했다.

관운장은 마음이 황황했다. 이곳저곳으로 말을 달려 찾아보았다.

홀연 산 꼭두에서

"관 장군은 잠깐 머무시오."

큰소리로 외치는 소리가 들렸다.

관공이 눈을 들어 바라보니 한 소년이 머리에 누른 수건 쓰고 금포 입고 창을 들고 말 위에 걸터앉았는데, 말 머리에는 한 개 사람의 수급首級을 달았고 백여 명의 보병을 거느려 나는 듯이 달려왔다.

관공이 물었다.

"너는 어떤 사람이길래 감히 내 걸음을 멈추느냐?"

소년은 말에 내려 창을 버리고 땅에 엎드려 절을 했다.

관공은 거짓이 있을까 하여 마상에서 칼을 빼어 들고 물었다.

"장사의 성명은 누구인가?"

"저는 본시 양양襄陽 사람이온데 성명은 요화廖化요, 자는 원검元儉이라 합니다. 세상이 어지러우니 강호江湖로 방랑하여 다니다가 오백여 명의 무리를 얻어서 산중의 녹림당綠林黨이 되어 행인을 겁탈하는 것으로 생계를 삼고 있었습니다. 함께 있는 두원杜遠이 산에 내려 행인을 물색하던 중에 그릇 두 부인의 행차를 범해서 산으로 올랐습니다. 저는 호종한 사람들한테 일행이 대한大漢 유 황숙 어른의 부인이시고, 또 관 장군께서 호위해 오신다는 말을 듣고 두원한테 도로 보내자 말했더니 두원이 듣지 아니하므로 두원의 목을 베어 장군께 죄를 청하러 내려오는 길입니다.”

“그러면 두 부인께서는 어디 계시냐?”

“지금 산중에 계십니다.”

“그렇다면 빨리 하산하여 모시도록 해라.”

관공의 영이 떨어지자 때를 옮기지 아니하고 백여 명의 인마는 두 부인의 수레를 겹겹이 옹위하여 산에서 내려왔다.

관공은 두 분 형수를 바라보자 급히 말에 내려 두 손길을 마주 잡고 수레 앞에 문후하였다.

“두 분 형수께서는 얼마나 놀라셨습니까?”

“만약 요 장군이 아니었던들 벌써 두원이란 자한테 욕을 당할 뻔했습니다.”

두 부인이 대답했다. 관공은 부인을 호위해 모셨던 시자들한테 물었다.

“요화가 어떻게 부인들을 구해 모셨느냐?”

시자가 대답했다.

“두원이 일행을 겁탈해서 산으로 올라간 후에 요화하고 의논하기를 한 사람이 한 분씩 아내로 삼자 하는 것을, 요 장군이 두 부인의 종적을 캐어 물은 후에 유 황숙의 부인인 것을 알자 깜짝 놀라 놓아 보내려 했으나, 두원이 듣지 아니하므로 요 장군이 두원을 죽이고 사죄를 드린 것입니다.”

관공은 시자들의 말을 듣자 얼굴에 가득 감동하는 빛을 띠고 요화를 향하여 사례했다.

"당신이 아니었다면 큰일 날 뻔했소이다. 감사한 말씀 이를 길 없소이다."

요화는 관공한테 귀화하고 싶은 생각이 들었다.

"저희 졸개를 모두 다 장군께 바치겠습니다."

관공은 가만히 생각해 보았다. 이 사람은 비록 요화의 마음이 착하다 하나 아무래도 황건黃巾 여당餘黨이었다. 작반할 생각이 없었다.

"말씀은 감사하오마는 불편한 점이 있으니 이다음 만나기로 합시다."

요화는 섭섭한 정을 이길 수 없었다.

다시 관공께 절하면서 비단과 돈을 바쳤다.

관공은 고개를 가로흔들고 받지 아니했다.

"나한테도 쓸 만큼 용돈이 있소이다. 쓸 만한 재물이 있는데 받는 것은 탐욕이니, 나는 탐하는 사람이 아니외다."

요화는 어찌하는 수가 없었다.

"그렇다면 안녕히 행차하십시오. 연이 있으면 또다시 만나 뵐 기회가 있겠습니다."

요화는 관공을 작별하고 산채로 돌아갔다.

관공은 두 형수한테 조조가 금포를 주던 이야기를 하면서 수레를 재촉하여 앞으로 향해 나가다가 날이 저무니 한 곳 마을을 찾아 쉬게 되었다.

마을에서는 동네 주인이 나와서 관공의 일행을 맞이하는데, 수염과 머리털이 희끗희끗 세어서 백발이 성성했다. 공손히 관공한테 물었다.

"장군의 성명은 뉘시오니까?"

관공이 대답했다.

"나는 유현덕의 아우 관우라 하는 사람이오."

노인은 깜짝 놀랐다.

"그렇다면 천하 명장 안량顔良, 문추文醜를 베신 관공님이 아니십니까?"

"그러합니다."

관공이 몸을 굽혀 대답했다.

노인은 크게 기뻐했다.

"영웅이 오신 것을 몰랐습니다. 어서 집으로 들어가십시다."

노인은 말을 마치자 관공을 청하여 집으로 들어가려 했다.

관공이 노인한테 말했다.

"저기 수레에 타신 두 부인이 계신데 나의 형수올시다. 함께 들어가게 해 주시오."

노인은 아내와 딸을 불러 두 부인을 맞아들여 초당草堂에 올랐다.

관공은 두 손길을 마주 잡고 두 부인 곁에 모시어 서 있으니, 노인은 자꾸 앉기를 청했다.

"장군께서는 앉으십시오."

"형수 어른들이 계신데 어찌 감히 자리에 앉겠소."

관공은 사양하고 앉지 아니했다.

"그러하십니까. 그렇다면 두 부인은 내실로 들어가시도록 하겠습니다."

노인은 아내에게 명하여 두 부인을 안으로 인도하게 하고 자기는 초당에서 관공을 관대했다.

관공은 노인이 누구인지 궁금했다.

"황송하오나 노인장께서는 누구시오니까?"

노인은 미소를 지어 대답했다.

"내 성은 호胡요, 이름은 화華인데, 환제桓帝 때 의랑議郎 벼슬을 했다가 나이 늙어서 치사致仕하고 시골에 돌아와 있소이다. 이제 작은 아이 반班 이 형양滎陽 태수太守 왕식王植의 부하가 되어 종사從事로 있습니다. 장군께서 만약 이곳으로 지나가신다면 제가 편지 한 장을 전하겠습니다."

관공은 쾌하게 응낙했다.

"그렇게 하십시오. 내 길이 자연 형양을 지나야 할 것 같소이다."

이튿날 관공은 이른 아침밥을 마친 두 분 형수를 수레에 오르시게 한 후에 호화 노인의 편지를 소매 속에 넣고 작별 인사를 하여 낙양으로 향하여 나가니, 첫째 관문의 이름은 동령관東嶺關이었다.

관을 파수해 지키고 있는 장수의 성명은 공수孔秀라 하는 사람으로, 5백 군병을 거느리고 고개 위에서 지키고 있었다.

당일 관공은 수레와 의장을 몰아 고개에 오르니 군사들이 공수한테 관공의 오는 것을 보고했다.

공수는 관문에 나와 관공을 맞이했다.

관공도 말에 내려 공수와 예를 했다.

공수가 먼저 물었다.

"장군께서는 어디로 가십니까?"

"승상께 하직하고 형님을 뵈오러 하북河北으로 가는 길이오."

관공이 대답했다.

공수가 말했다.

"하북의 원소袁紹는 승상의 적입니다. 그리로 가신다면 반드시 관문을 통과시키라는 승상의 필적이 있어야 할 것입니다. 증빙 서류를 내어 주십시오."

동령관東嶺關 수문장 공수孔秀가 적진으로 가는 것을 인정하는 조조의 증빙 문서를 청하자 관공은 그럴듯하다고 생각했다. 그러나 증빙 문서는 없었다.

"떠날 때 급히 오느라고 증빙 문적을 가지고 오지 못했소이다."

"증빙할 문서가 없다면 그대로는 나가지 못하십니다. 이곳에서 사람을 보내서 승상한테 품한 후에 나가시게 하겠습니다."

공수가 말했다.

"사람이 가서 품한다면 내 갈 길이 바쁜데 어찌하면 좋겠소?"

관공은 난처한 표정을 지었다.

"법으로 정했으니 어찌할 도리가 없습니다. 법을 어길 수는 없습니다."

"그렇다면 당신은 나를 통과시키지 못하겠단 말인가?"

관공의 말씨는 점점 강경해졌다.

"당신이 정 가고 싶거든 미 부인과 감 부인을 전당典當으로 두고 가시오."

공수는 차갑게 대답했다.

관공은 크게 노했다.

"이놈, 나의 두 분 형수 어른을 전당 잡겠단 말이냐?"

칼을 빼어 들고 공수를 취하려 했다.

공수는 말을 채쳐 관문 안으로 들어가자, 북을 울려 취군을 하여 군사를 거느리고 말을 달려 나오며 관공을 꾸짖었다.

"네가 갈 테면 가 보아라. 어디로 갈 테냐?"

관공은 공수의 행동을 보자 더욱 분함을 이기지 못했다. 두 부인의 수레를 뒤로 물러가게 한 후에 82근 청룡도를 둘러메고 말을 달려 앞으로 나와서 바로 곧 공수를 취했다.

두 편의 말이 서로 어우러져 칼과 칼이 맞부딪친 지 불과 10합에 공수는 시체가 되어 말 아래로 떨어지고, 모든 군사들은 혼비백산이 되어 달아났다.

관공은 큰소리로 외쳤다.

"군사들은 달아나지 마라. 내가 공수를 죽인 것은 부득이해서 한 짓이다. 너희들은 아무 죄도 없다. 돌아가 조 승상께 말씀을 전하라. 공수가 나를 해롭게 하므로 마지못해 죽였다고 아뢰어라.”

모든 군사들은 관공 앞에 나배羅拜하였다.

관공은 두 부인을 다시 수레에 오르게 한 후에, 낙양을 바라보고 나갔다.

정보를 맡은 군사는 나는 듯이 이 사실을 낙양洛陽 태수太守 한복韓福한테 고했다.

한복은 급히 모든 장수를 불러 의논하였다.

“어찌했으면 좋겠나?”

부하 장수 맹탄孟坦이 대답했다.

“승상의 증빙 서류가 없다면 이것은 공행公行이 아니라 사사로이 가는 사행私行이올시다. 막지 아니하면 반드시 죄책을 당할 것입니다.”

낙양 태수 한복이 말했다.

“관공은 안량, 문추 같은 맹장들을 죽인 사람이니 용맹으로 당할 도리가 없을 것이다. 계교로 잡지 아니하면 아니 된다.”

맹탄이 대답했다.

“제가 한 계교가 있습니다. 먼저 사슴의 뿔(鹿角)로 관 어귀를 막아 놓고 유인해 싸우다가 사로잡는 것이 상책이올시다.”

한복과 맹탄이 이같이 계교를 이야기할 때 망보던 군사가 달려와 고했다.

“관운장의 일행이 당도했습니다.”

한복은 보고를 받자 활을 당기어 살을 메긴 후에 1천 군마를 거느리고 관문 밖으로 나가 큰소리로 물었다.

“저기 오는 사람은 누구냐?”

관운장이 말 위에서 몸을 굽혀 대답했다.

"나는 한수 정후 관운장인데 잠깐 길을 빌려 나가려 하오."

"조 승상의 문빙文憑이 있습니까?"

한복이 물었다.

"급히 오느라고 가지고 오지 못했소."

관공이 대답했다.

"나는 승상의 명을 받들어 이 땅을 지키고 있는 사람이외다. 만약 문서가 없다면 사사로이 도망가는 것이니 보낼 수가 없소이다."

한복이 거절하는 대답을 했다.

관공은 역정이 불끈 났다.

"동령東嶺에서는 공수가 죽었는데, 너도 마저 죽고 싶으냐?"

한복은 고개를 돌려 큰소리로 부하에게 영을 내렸다.

"누가 저 관우를 사로잡겠느냐?"

"맹탄이 여기 있습니다."

맹탄이 쌍칼을 춤추어 나오면서 관공을 취하려 했다.

관공은 부인의 수레를 뒤로 물린 후에 맹탄을 맞아 싸우려 했다.

맹탄은 싸운 지 3합이 채 못되어 말 머리를 돌려 달아났다. 관공을 관문 안으로 유인하자는 계획이었다.

그러나 관운장의 적토마는 빨랐다.

맹탄이 관문 안으로 들어가기 전에 관공은 청룡도를 번쩍 들어 맹탄을 찍었다. 관운장의 한칼에 맹탄의 몸은 두 동강이 나서 말 아래로 떨어졌다.

관공이 말 머리를 돌이키려 하는 찰나였다.

문 안에서 살을 메겨 들고 숨어 있던 한복은 온몸의 힘을 다하여 활시위를 잡아당겼다. 손을 떼자 화살은 윙 소리를 치면서 관운장의 왼편 팔에 콱 꽂혔다.

관운장은 급히 입으로 팔에 박힌 화살을 물어 뽑았다. 피가 댓줄기같이 뻗쳤다.

관운장은 그대로 말을 달려 한복을 쫓아 관문 안으로 뛰어들었다.

문 안에 있던 한복의 군사들은 관운장의 위엄에 놀라 풍비박산이 되어 달아났다.

앞에는 한복이 있었다. 관운장은 청룡도를 번쩍 들어 한복을 내리 찍었다.

한복은 미처 손을 놀릴 사이가 없었다.

관운장의 내리치는 한칼은 한복의 어깨와 머리를 얼러쳤다. 순간 한복의 머리가 뚝 떨어졌다.

관공은 달아나는 적병을 쫓으면서 부인의 수레를 호위하여 짓쳐 나갔다.

팔에서는 여전히 피가 흘렀다. 관공은 비로소 옷을 찢어 상처를 동여매고 부인들의 수레를 호위하여 밤을 도와 기수관沂水關으로 향하여 나갔다.

관공이 지금 기수관으로 향하여 가는 관문의 수문장은 원래 황건黃巾 여당餘黨인 병주幷州 사람 변희卞喜로서 무기 유성추流星鎚를 잘 쓰는 위인이었다.

황건적이 뭉그러지니 조조한테 항복해서 기수관 수문장이 되었다.

관운장이 기수관으로 향하여 온다는 소식을 듣자 변희는 가만히 한 계교를 생각했다.

관문 앞 진국사鎭國寺에 도부수刀斧手 2백여 명을 매복해 두었다가 관공을 절로 유인한 후에 술잔을 던져 군호를 삼아서 해치려는 계획을 세웠다.

변희는 모든 준비를 마친 후에 관문을 열고 관공을 영접했다.

관공은 수문장이 관문을 활짝 열고 영접하는 것을 보자 마음에 기뻤다. 말에 내려 반갑게 대했다.

변희는 공손히 읍하며 관공께 말했다.

"장군은 명진名鎭 천하天下하시는 분이니 누가 감히 공경을 아니하겠습니까. 이제 유 황숙한테로 가시는 길이라 하니 과연 놀라우신 충의지심忠義之心이올시다."

관공은 얼굴에 가득 웃음빛을 띠며 대답했다.

"변 장군은 과연 사리를 잘 아는 분입니다. 이같이 문을 열어 주시니 감사하기 짝이 없소. 동령관의 공수와 낙양관의 한복은 공연히 가는 길을 막아서 하는 수 없어 두 사람을 다 처치해 버렸소이다."

관운장은 지난 일을 이야기했다.

"그런 법이 있습니까? 그런 자들은 죽이셔야 마땅합니다. 저는 승상을 뵈면 장군의 심정을 대신 잘 말씀 드리겠습니다."

관공은 변희의 말을 듣자 크게 기뻤다.

변희와 함께 말고삐를 나란히 하여 기수관을 지나서 진국사 앞에 당도하니 모든 승려들이 종을 울리며 마중을 했다.

원래 진국사는 한漢 명제明帝의 어진御前 향화香火를 바치던 질로서 본질에 승려 30여 명이 있는데 그중에 한 사람은 법명法名을 보정普淨이라 했다. 마침 관운장과 동고향 사람이었다.

보정은 변희가 관공을 해하려고 절 안에 도부수를 매복해 놓은 것을 눈치 채 짐작했다.

보정은 동향 선배 관공을 구해 주고 싶었다.

보정은 관공 앞에 나가 합장合掌을 올리고 물었다.

"장군께서는 포동蒲東을 떠나신 지 몇 해나 되셨습니까?"

"포동을 떠난 지 이십 년이나 되었네. 어찌해서 묻는가?"

운장의 말이 끝나자 보정이 다시 말했다.

"빈승貧僧을 알아보시겠습니까?"

"글쎄, 고향 떠난 지가 하도 여러 해 되고 보니 얼른 알아보지 못하겠네."

"전에 제 집은 장군의 댁과 개울물 하나를 격해서 있었습니다."

"아아 그랬던가!"

관공이 감탄했다.

변희는 보정普淨과 관공이 반갑게 말을 주고받는 것을 보자 혹여나 도부수를 매복시킨 일이 탄로 날까 두려웠다.

변희는 보정을 꾸짖었다.

"내가 장군을 청하여 연회하려 하는데, 너 같은 승려가 어찌 감히 무엄하게 잔소리가 많으냐?"

관공이 손을 저어 변희의 말을 막았다.

"고향 사람이 서로 만났는데 어찌 반갑지 않겠소? 장군은 고정하시오."

변희는 할 말이 없었다.

보정은 관공을 방장方丈으로 청해서 차를 대접했다.

관공이 보정한테 말했다.

"내 형수 두 분께서 수레에 계시니 먼저 차를 올린 후에 나는 마시겠소."

보정은 상좌를 시켜서 부인들한테 먼저 차를 올리고 다음에 관공께 차를 올렸다.

관공은 보정과 함께 차를 마셨다.

보정은 관공을 향하여 손을 넌짓 들어 벽에 걸린 계도戒刀 칼을 가리키며 눈짓을 했다.

관공은 눈치를 챘다.

이때 변희가 재촉했다.

"법당에 술상을 차려 놨습니다. 장군께서는 나가십시다."

관공은 자리에 일어나면서 시자들에게 눈짓을 했다.

시자들은 무기를 들고 주목하며 관공의 뒤를 따랐다.

관공이 변희를 따라 법당에 오르니 바람이 펄럭 일어나면서 휘장 뒤에 도부수들이 칼과 창과 철퇴를 들고 매복해 있는 것이 보였다.

관공은 큰소리로 변희를 꾸짖었다.

"나는 너를 좋은 사람으로 알았더니 어찌해서 이까짓 짓을 하느냐?"

변희는 일이 탄로된 줄 알았다. 마시던 술잔을 번쩍 들어 땅에 던졌다.

술잔은 깨어지면서 도부수들이 우르르 뛰어나왔다.

관공은 청룡도를 빼어 들고 벌떡 자리에 일어섰다.

2백여 명 도부수들을 닥치는 대로 후려쳤다.

변희는 가만히 유성추를 꺼내서 관공의 면상을 향하여 내리쳤다.

관공은 얼른 청룡도를 들어 유성추를 막아 쳐서 떨어뜨리고 변희한테로 쫓아 들어 한칼에 변희를 두 동강을 내었다.

관공은 부인들의 탄 수레가 궁금했다. 급히 내려가 보니 적군들이 에워쌌다.

관공은 청룡도를 들고 뛰어가니 변희의 군사들은 사방으로 머리를 싸안고 흩어졌다.

관공은 적군들을 물리친 후에 보정을 향하여 감사했다.

"대사가 아니었다면 큰일 날 뻔했소이다. 감사한 말씀 드릴 길 없소."

"천만의 말씀이올시다. 소승도 인제는 이곳에 더 있을 수 없게 되었습니다. 장삼과 바리때를 거두어 가지고 다른 데로 가겠습니다. 장군께서는 천만 보중하십시오."

보정도 절을 등지고 떠나갔다.

관공은 다시 한 번 보정에게 사례한 후에 부인들을 보호하여 형양滎陽

으로 향해 나갔다.

이때 형양 태수 왕식王植은 낙양 태수 한복과 사돈간이었다. 관공이 낙양관에서 한복을 죽이고 기수관을 거쳐 형양으로 온다는 말을 듣자 관공을 해하여 사돈의 원수 갚을 것을 생각하면서 관문을 지켜 관공의 도착되기를 기다리고 있었다. 관공의 일행이 형양관에 당도하니 왕식은 친히 관문 밖에 나가 웃으면서 관공을 맞이했다.

"관운장께서는 어디로 향하고 가십니까?"

"형님 유 황숙을 찾아서 두 분 형수를 모시고 가는 길이오."

"먼 길에 오시느라고 피로하셨을 뿐 아니라 부인들께서도 수레 위에서 매우 피곤하셨을 테니 성에 들어가 역관驛館에서 하룻밤 쉬어 가시면 어떠하시겠습니까? 내일 길에 올라도 늦지 아니합니다."

관공은 왕식의 은근한 태도를 보자 자기보다도 두 분 형수가 더 피로할 것이라 생각했다.

형수한테 쉬어 가자고 말씀을 올리고 수레를 몰아 성중 역관으로 들어갔다.

역관에는 보진이 되고 편하도록 준비가 다 되어 있었다.

관공은 형수님들을 안돈시킨 후에 자리에 앉아 쉬려 하니 왕식이 청하는 것이었다. 관공은 형수들을 역관에 모셔 두고 술을 마시러 가기 싫었다. 사양하고 가지 아니하니 왕식은 만반진수의 음식을 차려 보냈다.

관공은 두 형수님께 저녁밥을 잡숫게 하고 모든 사람들도 배불리 먹게 한 후에 외양간에 말을 매어 놓고 자기 사신도 갑옷을 풀고 성낭에 쉬고 있었다.

이때 왕식은 가만히 부하 심복 호반胡班을 불러 분부하였다.

"지금 관우가 조 승상을 배반하고 달아나는 길에 태수太守를 죽이고 수문장을 베어서 죄가 가볍지 아니하다. 이 자를 잡아야 할 텐데 무용이 뛰어나니 잡을 도리가 없다. 너는 오늘 밤에 일천 군병을 거느리고 한 군사가 횃불 한 자루씩 가지고 역관을 포위했다가 삼경 때가 되거든 일제히 불을 놓아서, 누구를 막론하고 다 타서 죽게 하라. 나도 따로 군사를 거느리고 나가서 뒤를 받쳐 주리라."

호반은 청령하고 물러나 1천 군사를 점고한 후에 마른 섶과 홰를 역관 앞뒤에 갖다 놓고 거사할 때가 되기만 기다렸다.

호반은 만반 준비를 차려 놓은 후에 가만히 생각하였다.

관운장은 굉장한 인물이란 말을 우레 듣듯 들었는데 어떤 사람인지 한 번 보고 싶었다. 슬며시 역관 앞으로 가서 역리驛吏한테 물었다.

"관 장군은 어디 계신가?"

"정청正廳에서 책을 보고 계신 분이 바로 관운장이십니다."

호반은 가만히 대청 앞으로 기어들어 관운장의 모습을 바라보았다.

이때 관운장은 등불을 돋우고 화사한 검은 수염을 왼편 손으로 비비면서 안석에 의지해서 책을 보고 있었다. 흡사 천신天神이요, 보통 사람이 아니었다.

호반은 무심결에 소리를 내어 탄식했다.

"참, 천신이로군!"

관공은 소리에 놀라 고개를 들었다.

관운장이 고개를 들어 보니 젊은 사람 하나가 뜰에 서 있었다.

"자네는 누군가?"

호반은 저절로 공경하는 생각이 일어났다. 덥석 청에 올라 넙죽 절을 했다.

"형양 태수 아래 있는 종사從事 호반胡班이올시다."

관공이 반갑게 물었다.

"그러면 허도성 밖에 있는 호화胡華 선생의 자제분이 아니신가?"

"네, 그러하오이다."

호반이 대답했다.

"아아, 그렇다면 내가 자네한테 전할 게 하나 있네."

관공은 말을 마치자 시자에게 명을 내렸다.

"내 행리行李 속에 있는 편지를 꺼내 가지고 오너라."

시자는 행리 속에서 편지 한 장을 꺼내 올렸다.

관공은 편지를 호반한테 주었다.

"자네 어르신네께서 혹시 형양을 지나거든 자네를 찾아서 주라 하셨네. 자아, 편지를 받아 보게."

호반은 편지를 받아 보니 과연 자기 아버지의 친필 편지로 집안의 평안한 소식을 전한 것이었다.

호반은 편지를 거둔 후에 마음속으로 '하마터면 어진 이를 죽일 뻔했구나.' 탄식한 후에 관공한테 왕식의 계교를 폭로시켰다.

"삼가 장군께 아룁니다. 지금 왕식은 불측한 마음을 먹고 오늘 밤 삼경 때 일천 군병을 휘동하여 역관에 불을 질러 장군과 장군의 일행을 모두 태워 죽이기로 했습니다. 제가 먼저 성문을 열어 놀 테니 장군은 급히 수습하시어 출성을 하십시오."

관공은 깜짝 놀랐다. 급히 갑주 투구를 입고 쓴 후에 두 분 형수를 모시고 역관에서 나왔다.

과연 역관 앞에는 그 군사들이 홰를 들고 때 오기만 기다리고 있었다.

관공은 급히 부인의 수레를 몰아 성 앞에 당도하니, 호반의 약속대로 성문이 열려 있었다. 관공은 수레를 재촉하여 성문 밖으로 나갔다.

호반은 관운장의 일행이 성문 밖으로 나가자 역관에 불을 질렀다. 화광이 충천했다.

관운장의 일행이 성문 밖으로 나가서 몇 마장을 가지 아니했을 때 뒤에서는 횃불을 밝혀 들고 일지 군마가 쫓아오는데 앞을 선 사람은 형양 태수 왕식이었다. 큰소리로 부르짖었다.

"관우는 닫지 말라."

관공은 말 머리를 돌이켜 왕식을 꾸짖었다.

"못생긴 놈아, 나와 너는 아무런 원수도 없는데 어찌하여 우리 일행을 불살라 죽이려 하는냐?"

왕식은 말을 채질해 관운장한테 창을 두르며 싸움을 돋우었다.

관운장은 청룡도를 번뜻 들어 왕식을 쳤다. 왕식은 한칼에 몸이 두 동강이 나서 말 아래 떨어졌다.

왕식의 군사들은 대장의 죽는 것을 보자 구슬픈 소리를 지르며 사면팔방으로 흩어졌다.

관운장은 다시 인마를 수습하여 형수님들을 수레에 모시고 앞을 향하여 나가면서 호반의 생각이 간절했다. 감사한 마음을 금하지 못했다.

관운장의 일행은 밤을 도와 활주滑州 땅에 당도했다.

이때 활주滑州 태수太守는 유연劉延이었다.

유연은 관운장이 온다는 말을 듣고 수십 기를 거느리고 성 밖에 나가 관공을 맞이했다.

관운장은 마상에서 허리를 굽히며 말했다.

"태수는 그동안 태평하시오?"

"별일 없습니다. 그러나 관공께서는 어디로 가십니까?"

"승상께 작별하고 가형家兄을 찾으러 가는 길입니다."

"들으니 유현덕께서는 원소한테 계시다 하는데, 원소는 조 승상의 원수인데 어떻게 장군을 가시라고 허락했습니까?"

유연이 물었다.

"전에 내가 조 승상한테 약조를 한 까닭에 약속대로 가라고 허락을 했소이다."

관공이 까닭을 설명했다.

유연이 다시 말했다.

"지금 황하黃河 도구渡口 관애關隘에는 하후돈의 부하 장수 진기秦琪가 지키고 있습니다. 장군을 놓아 보내지 않을 듯합니다."

관공이 청했다.

"태수께서 배 몇 척만 내주시면 편리하겠습니다."

"배는 있습니다마는 내어 드릴 수 없습니다."

"나는 전에 안량과 문추를 베어서 태수의 곤액을 풀어 드렸는데, 오늘날 배 한 척만 달라는데 응하지 않는 것은 너무나 박정하외다."

관운장이 탄했다.

"하후돈이 알면 나한테 시비를 걸고 죄를 줄 테니 응하지 못하는 것입니다."

유연은 변명했다.

관공은 유연이 무용지물인 것을 알자 더 말하지 아니하고, 부인의 수레를 호위하여 앞으로 나갔다.

황하 어귀에 당도하니, 과연 신기가 군사를 거느리고 앞으로 나와 물었다.

"거기 오는 장수는 누군가?"

관공이 대답했다.

"한수 정후 관우요."

"어디로 가십니까?"

"하북에 있는 나의 형님 유현덕을 찾으러 가는 길입니다. 삼가 강을 건너가게 해 주시오."

"승상의 공문을 보여 주십시오."

진기는 손을 내밀었다.

관공은 정색하고 말했다.

"나는 조 승상의 절제를 받을 사람이 아닙니다. 공문은 무슨 공문이란 말씀이오."

관공이 말하니 진기는 픽 웃고 대답했다.

"나는 하후 장군의 장령을 받아서 이곳을 지키고 있는 사람이외다. 당신이 비록 날개가 돋쳤다 하더라도 이곳을 그대로 지나가지는 못하리라."

관공은 크게 노했다.

"너는 내가 역로에서 길 막는 놈들의 목 벤 소문을 들었겠구나."

진기는 코웃음을 치며 대답했다.

"그까짓 것들은 무명지장이 아닌가. 네 어찌 나를 죽이겠나?"

관공이 더욱 노했다.

"너는 안량, 문추보다도 힘이 더 센 놈이냐?"

호통해 꾸짖었다.

진기는 관공의 꾸짖는 말을 듣자 성이 벌컥 났다.

칼을 빼어 들고 말을 달려 곧 관공을 취했다. 말은 서로 어우러져 어흥 소리를 치며 허공으로 뛰달았다. 청룡도가 번뜩하며 흰 무지개를 뿜었다. 진기의 머리는 적토마 아래로 뚝 떨어졌다.

진기의 군사들은 어마뜨거라 하고 머리를 싸안고 달아났다.

관공은 달아나는 군사들에게 영을 내렸다.

"너희들은 놀랄 것 없다. 달아나지 마라. 나는 너희를 상치 아니하리라. 다만 배를 가져와서 우리 일행이 건너가도록 하라."

군사들은 급히 배를 끌어 강 언덕에 대었다.

관운장은 두 형수를 먼저 배에 오르게 한 후에 시자를 거느려 배에 올라 황하를 건너갔다. 이로부터 원소의 땅이었다. 두 부인은 비로소 안심이 되었다.

이때 관공이 조조한테 괘인掛印 봉금封金한 후에 단기로 천 리를 달려 형수를 모시는데 동령관東嶺關에서는 공수孔秀, 낙양관洛陽關에서는 맹탄孟坦, 한복韓福, 기수관沂水關에서는 변희卞喜, 형양관滎陽關에서는 왕식王植, 황하黃河 도구渡口에서는 진기秦琪를 베니 관운장은 청룡도 한 자루로 천 리에 뻗친 다섯 관문에 범 같은 장수 여섯 명을 벤 것이었다.

시인은 시를 지어 찬탄했다.

掛印封金辭漢相
尋兄遙望遠途還
馬騎赤兎行千里
刀偃青龍出五關
忠義慨然冲宇宙
英雄從此震江山
獨行斬將應無敵
今古留題翰墨間

한수 정후 인뒤응이와 만금의 황금덩이 헌신처럼 버린 후에
한 승상을 작별하고 형님 찾아 돌아간다.

말은 적토마요, 칼은 청룡도라.

천 리에 뻗친 다섯 관에 여섯 장수 목을 베다.

아하, 충의는 우주를 꿰뚫고

영웅의 기상, 강산을 뒤흔들다.

홀몸으로 장수 베어 대적이 없네.

아름다운 이름 천고에 전한다.

관운장은 홀로 마상에서 탄식했다.

"나는 연도沿途에서 사람을 많이 죽였구나. 부득이해서 한 노릇이지만, 조 승상이 알면 반드시 나를 배은망덕하는 사람이라 말하겠구나!"

탄식하며 형수의 수레를 호위하여 나갈 때, 홀연 북편에서 한 사람이 말을 달려 나오며 큰소리로 부르짖었다.

"관운장은 잠시 말을 멈추십시오."

관공이 눈을 들어 보니 바로 손건이었다.

관공은 반가웠다.

"여남汝南서 작별한 후에 일향 소식이 어떠하오?"

"자세한 말씀을 드리겠습니다."

손건은 말을 멈추고 대답했다.

"황숙 형님은 지금 어디 계시오?"

"여남에 계십니다."

주창을 만나다

관공은 유 황숙이 하북 원소한테 있는 줄 알았는데 여남에 있다 하니 의아했다.

"어찌해서 형님께서 여남에 계시오?"

손건한테 물었다.

"유벽과 공도는 장군께서 군사를 돌려 허도로 가신 후에 다시 여남을 뺏었습니다. 그리고 저를 하북으로 보내서 원소와 합세하고 현덕공과 의논해서 조조를 격파할 것을 의논하라 했습니다. 그러나 생각 밖에 하북 장사들은 결속이 아니 되어 서로 시새고 투기하여 전풍田豊은 아직도 옥중에 갇혀 있고 저수沮授는 쫓겨나서 써 주지 아니하고 심배審配와 곽도郭圖는 각기 서로 권세를 다투느라고 정신이 없습니다. 그런 중에 주장인 원소는 의심이 많은 사람이라, 주장을 세우지 못하고 있습니다. 그래서 저는 유 황숙과 상의하고 먼저 몸을 빼쳐 나오는 것이 상책이라 생각해서, 지금 황숙께서는 여남 유벽한테로 가셨습니다. 장군께서 이 사실을 모르시고 하북 원소한테로 가신다면 혹시 해를 당하실까 해서, 황숙께서는 저를 이곳으로 보내서 장군을 영접하게 한 것입니다. 이곳에서 장군을 만나 뵈오니 천만다행이올시다. 속히 여남으로 가시어 황숙과 만나십시오."

관운장은 손건의 자세한 말을 듣고 점두한 후에 손건을 두 부인께 절하여 뵙게 했다.

두 부인은 손건을 향하여 유 황숙의 안부를 물었다.

"황숙께서는 안녕하시오?"

손건은 유 황숙이 원소한테 두 번이나 죽음을 당할 뻔한 사실을 말한 후에,

"이제는 다행히 여남으로 탈신脫身해 가셨으니 염려가 없습니다. 두 부인께서 이번에 여남으로 가시면 반갑게 만나실 수 있습니다."

덧붙여서 이야기했다.

감 부인과 미 부인은 수건으로 낯을 가리며 울었다.

관공은 손건의 말을 좇아 하북으로 가지 아니하고 형수를 모시고 여남으로 향하여 갔다.

관운장의 일행이 앞을 바라보고 한동안 나갈 때, 홀연 등 뒤에서 티끌이 자욱하게 일어나면서 3백여 명이나 되는 한 떼 인마가 쫓아오는데, 앞에서 오는 대장은 하후돈이었다.

"관우는 닫지 말고 서 있으라!"

크게 부르짖었다.

관운장은 손건에게 두 분 부인의 수레를 보호하여 앞으로 나가게 하고, 자신은 말을 멈추고 고개를 돌려 칼 잡고 물었다.

"네가 나를 잡으려 하느냐? 조 승상의 넓은 도량을 손상시키는 일이다."

"너는 승상의 증빙 서류도 없이 길에서 무수한 장수를 죽였고, 또 내 부장을 살해했으니 너무나 방약무인한 무례한 행동이다. 나는 너를 잡아 승상께 바치고 처분을 기다리려 한다."

하후돈은 말을 마치자 창을 들고 말을 달려 관공한테로 덤벼들었다.

이때 돌연 한 사람이 말을 달려 뛰어들며 큰소리로 외쳤다.

"하후 장군은 관운장과 싸우지 마시오!"

관운장과 하후돈은 말고삐를 잡고 달려오는 사람을 바라보았다. 다른 사람이 아니라 조조의 사자였다.

조조의 사자는 급히 품 안에서 공문을 꺼내서 하후돈에게 주면서 말했다.

"승상께서 관 장군의 옛 주인을 생각하는 충의를 공경하시어, 혹시 길에서 수문장들이 막는 일이 있을까 하여 특별히 저를 보내서 막지 말라는 공문을 모든 곳에 돌리라 하셨습니다."

"관우가 길에서 수문장들을 함부로 죽인 일을 승상께서 아시느냐?"

"그것은 모르고 계실 것입니다."

사자가 대답했다.

"그렇다면 나는 관우를 잡아 가지고 승상께 보낸 후에 승상이 자의대로 처분하시라 하겠다."

하후돈이 사자한테 말했다.

관공은 하후돈의 말을 듣자 크게 노했다.

"괘씸한 놈이로구나. 내가 네까짓 하후돈쯤을 두려워하겠느냐!"

말을 마치자 관운장은 청룡도를 둘러 하후돈을 취하려 했다. 하후돈도 창을 잡고 관운장한테로 덤벼들었다.

관운장과 하후돈의 말이 네 굽을 모아 어흥 소리를 치며 어우러져서 10여 합을 싸울 때, 홀연 등 뒤에서 또 한 사람이 말을 달려 뛰어왔다.

"두 분 장군은 싸우지 마시오."

큰소리로 부르짖었다.

하후돈이 창을 비껴들고 바라보니 역시 조 승상의 사자였다.

"승상께서 관우를 사로잡으라 하시더냐?"

"아닙니다. 승상께서는 수문장들이 관 장군의 가시는 길을 막을까 해서 저에게 공문을 주시며 놓아 보내라 하셨습니다."

"관우가 오관 참장한 일을 아시느냐?"

"아마 모르실 것입니다."

"살인한 일을 모르신다면, 그대로 놓아 보낼 수 없다. 군사들은 관우를 포위하라!"

관공은 크게 노했다.

"이놈, 하후돈아. 네 너무 무례하구나!"

봉의 눈을 부릅뜨고 삼각수를 거슬러 대갈일성 꾸짖으며 청룡도를 둘러 하후돈을 취했다.

하후돈도 말을 달려 창을 비껴들고 관운장을 겨누었다.

이때 일원 대장이 급히 말을 채질해 달려오면서 큰소리로 외쳤다.

"관운장과 하후 장군은 잠깐 싸움을 정지하시오."

모두들 보니 장요였다.

관운장과 하후돈은 각기 창과 칼을 멈추고 바라보았다.

장요는 가까이 와서 말했다.

"승상께서, 관운장이 오관에서 참장했다는 말씀을 듣고 앞으로의 애로가 많을까 하여 특별히 나를 보내서 각처에 영을 전하여 가시는 길을 막지 말라 하셨습니다."

하후돈은 불쾌한 얼굴을 지어 대답했다.

"진기秦琪는 채양蔡陽의 조카올시다. 채 장군이 일부러 나한테 진기를 부탁했습니다. 뜻밖에 죽었으니 내 어찌 간섭을 아니하겠소."

"하후 장군, 참으시오. 채 장군도 생각이 있으리라. 이미 승상께서 너그러운 마음으로 운장을 보내시는 것이니 당신들도 승상의 뜻을 구기게 해서는 아니 됩니다."

하후돈은 하는 수 없었다. 3백 군마를 거느려 뒤로 물러갔다.

하후돈이 물러간 후에 장요는 관공께 말했다.

"그럼 장군은 하북 유현덕한테로 가시렵니까?"

"소문을 들으니 우리 형님께서는 지금 하북 원소한테 아니 계시다 하오. 장차 천하로 돌아다니며 형님을 찾으려 하오."

"현덕께서 원소한테 아니 계시다 합니까? 그렇다면 계신 곳을 알 때까지 다시 조 승상한테로 가시는 것이 어떻습니까?"

장요의 말을 듣자 관운장은 고개를 가로흔들며 대답했다.

"어찌 그렇게 할 수 있소. 문원이 승상께 가서 나를 대신하여 잘 말씀해 주오."

관운장은 말을 마치자 장요의 손을 잡아 작별했다.

장요는 하는 수 없었다. 하후돈과 함께 군사를 거느려 돌아갔다.

관공은 손건과 함께 두 형수의 수레를 모시고 장요와 수작하던 일을 이야기하면서 말고삐를 나란히 하여 나갔다.

길에 오른 지 두어 날이 되었다. 홀연 큰비를 만났다. 인마와 행리가 함빡 젖어서 물초가 되어 버렸다.

일행은 민망해서 어찌할지 모르고 있을 때, 멀리 산머리를 바라보니 한 채 장원莊園이 보였다.

관운장은 일행을 재촉하여 장원으로 가서 하룻밤 드새기를 청했다.

한 노인이 나와 맞이했다.

운상은 성명을 통하고 방을 빌려 쓸 것을 청하니, 노인은 관운장이란 말을 듣자 공경하여 읍하고 말했다.

"제 성은 곽郭가요, 이름은 상세常世라 합니다. 오래 이곳에 살아 존성대명을 익히 들었소이다. 뜻밖에 뵈옵게 되니 이런 다행이 없소이다."

노인은 말을 마치자 두 부인을 후당으로 인도하여 편안히 쉬게 한 후에 양¥을 잡고 술을 걸러 간곡하게 대접했다.

곽 노인은 모닥불을 피워 일행의 비에 젖은 행리를 쬐어 말리게 하고 한편으로 말과 소를 배불리 먹게 한 후에, 초당에 앉아 관공과 손건에게 술을 대접하고 있는데, 황혼 때나 되어 한 소년이 두서너 사람을 데리고 집으로 들어왔다.

곽 노인은 젊은 사람을 불렀다.

"이리 올라와서 장군께 뵙도록 해라."

소년은 관공한테 절을 했다.

"이 애는 제 어리석은 자식이올시다."

"어디를 갔다 옵니까?"

관공이 물었다.

"아마 사냥 갔다가 오는 모양입니다."

곽 노인이 대신해서 대답했다.

젊은 사람은 곧 서당에 내려갔다.

곽 노인의 눈에는 눈물이 글썽거렸다.

"노부는 농사짓고 글 읽으면서 이 자식 하나를 두었을 뿐인데, 이 자식이 본업本業은 힘쓰지 아니하고 사냥질만 하고 놀러 다니니 가문에 불행이올시다."

"지금은 어지러운 세상입니다. 사냥을 잘해서 무예에 정통하다면 역시 훌륭한 사람이 될 수 있습니다. 불행이라고 할 것이 없소이다."

관공은 노인을 위로했다.

관공의 말을 듣자 곽 노인이 탄식했다.

"저것이 진정 무예를 익힌다면야 무슨 걱정이 있겠습니까마는 전혀 방

탕해서 무소불위無所不爲의 짓만 하고 있으니 노부의 근심거리올시다."

"그래서야 어디 쓰겠소."

관공도 탄식하기를 마지아니했다.

밤이 깊으니 노인은 관공을 향하여 편히 쉬라 하고 인사한 후에 안으로 들어가고 관운장과 손건은 막 자리에 누워 취침하려 할 때 홀연 집 뒤에서 적토마의 울음소리가 나고, 사람들의 떠들썩하는 소리가 들렸다. 관공은 마부를 불렀으나 대답이 없었다.

관운장은 칼을 빼어 들고 손건과 함께 집 뒤로 친히 나가 보니, 아까 봤던 곽 노인의 아들이 땅에 거꾸러져 울부짖고 있고, 마부들은 장객壯客들과 어우러져서 치고 때리고 야단법석들이었다.

"웬 까닭이냐?"

관공은 마부들한테 물었다.

"저놈이 적토마를 도둑질하려다가 말 발길에 차여서 거꾸러졌습니다. 소인들은 울부짖는 비명 소리를 듣고 쫓아와 보니 저 자들은 도리어 우리를 때립니다. 모두 다 도둑놈들이올시다."

관운장은 노해서 꾸짖었다.

"쥐새끼 같은 놈들이 어찌 감히 나의 말을 도둑질하려 했느냐? 내 이놈들을 그대로 두지 아니하리라."

천둥같이 호령을 내렸다.

이때 안에서 곽 노인이 뛰어나왔다. 관공 앞에 엎드려 빌었다.

"불초한 자식이 죽을죄를 저질렀습니다. 민 빈 죽여 마땅히오니 노처가 이 자식을 가장 사랑합니다. 장군께서는 인자하신 마음으로 너그럽게 용서해 주시기 바랍니다."

"그 애가 과연 착하지 못하구려. 지자知子는 막여부莫如父라더니, 아까 당신의 한탄하던 말이 과연 옳구려. 노인과 노부인의 낯을 보아 용서하리다."

관공은 말을 마치자 마부들에게 분부하여 말을 잘 지키라 하고, 장객들을 꾸짖어 물리친 후에 손건과 함께 초당으로 돌아왔다.

다음 날 날이 밝자, 곽 노인의 부부는 초당 뜰 앞에 나와 간밤 일을 사례했다.

"못난 자식의 잘못한 짓을 용서해 주시니 장군의 태산 같은 은혜를 어찌 보답하올지 모르겠습니다."

"내가 바른말로 가르쳐 줄 테니 자제를 데리고 나오시오."

"허허, 그 자식은 새벽에 벌써 몇 놈 무뢰배들과 함께 어디론지 가 버렸습니다."

관공은 곽상의 부처를 작별한 후에 형수들을 수레에 모시고 손건과 함께 말 타고 산길로 나갔다.

30리 길을 채 못 갔을 때 홀연 등 뒤에서 백여 명의 인마가 말 탄 사람 두 명을 옹위하여 나왔다. 앞에 선 자는 머리에 누른 수건 쓰고 몸에 전포戰袍를 입었고, 그 뒤에 오는 자는 다른 자가 아니라 바로 간밤에 적토마를 도둑질해 가려 하던 곽상 노인의 못난 자식이었다.

누른 수건을 쓴 자가 관공을 향하여 큰소리로 외쳤다.

"나는 천공天公 장군將軍 장각張角의 부장이다. 거기 오는 자는 적토마를 내놓고 가거라."

관공은 껄껄 웃으며 대답했다.

"무지한 미친 도적놈아. 네가 장각을 따라 도적질을 했다 하니 유, 관, 장 삼 형제의 성명 세 자를 알았을 게다. 들어 보았느냐?"

도둑이 대답했다.

"나는 다만 얼굴이 붉고 수염이 긴 관운장의 장한 이름만 들었을 뿐, 얼굴을 보지 못했느니라. 너는 누구냐?"

관공은 말을 세우고 수염 주머니를 끌렀다.

길고 화사한 아름다운 삼각수가 바람에 펄펄 흩날렸다.

도둑은 말 위에서 퍼덕 뛰어내리자 곽 노인의 아들을 말 위에서 끌어내려 더수구니를 눌러 가지고 관공 앞에 함께 절했다.

"네 성명이 무엇이냐?"

관운장이 물었다.

"소인의 성은 배가요, 이름은 원소라 합니다. 황건적 장각이 죽은 후에 일향 주인이 없어 도둑들을 모아 가지고 이곳에 숨어서 생계를 해 오던 중, 젊은 곽가가 자기 집에 천리 준총을 타고 온 손님이 왔으니 겁탈하자고 하므로 쫓아왔더니 뜻밖에 장군을 만나 뵙게 되었으니 반갑기도 하고 황송도 합니다. 그저 죽을죄를 지었으니 살려 주시옵소서."

곽상의 아들도 손을 들어 싹싹 빌며 애걸했다.

"그저 죽을 때라 잘못했습니다. 장군께서 관공님이신 줄은 전혀 몰랐습니다."

관운장은 점잖게 꾸짖었다.

"내, 네 아비의 낯을 보아 목숨을 살려 주거니와 다시는 이따위 짓을 하지 말라."

곽 노인의 자식은 백배치사한 후에 머리를 싸안고 달아났다.

관공은 원소한테 물었다.

"네가 내 얼굴을 모른다 하면서 어찌 내 이름은 알았느냐?"

"여기서 한 이십 리쯤 가면 와우산臥牛山이란 산이 있고, 이 산속에 관서關西 사람 주창周倉이란 이가 살고 있습니다. 두 팔로 천 근을 드는 천하장사올시다. 떡 벌어진 어깨에 메기수염이 뻗쳤는데 형용이 장대합니다.

원래 황건적 지공地公 장군將軍 장보張寶의 부장으로 있었는데, 장보가 죽으니 녹림호걸들을 불러서 그곳에 둔취해 지냅니다. 주창이 항상 장군의 위대하신 말씀을 이야기하므로 항상 뵈옵고 싶었으나 길이 없어 뵈옵지 못했습니다."

"녹림총 중이란 곳은 호걸들이 발붙일 곳이 못되네. 이후부터는 나쁜 버릇을 버리고 바른길로 돌아가서 스스로 몸을 악한테 빠지지 않도록 하게."

관공은 도둑 원소를 타이르면서 이야기하고 있을 때, 멀리 산 아래에 먼지가 자욱하게 일어나며 한 떼 인마가 쏟아져 왔다.

"아마 주창이 오는가 봅니다."

원소가 말했다.

관운장은 말을 멈추고 앞을 바라보니 과연 한 장수가 앞에 서서 오는데, 떡 벌어진 어깨에 메기수염을 뻗쳤고 얼굴은 검고 키는 큰데, 창 잡고 말을 달려오다가, 앞에 서 있는 관공을 보자 한편으로 놀라고 한편으로 기쁜 빛이 얼굴에 가득했다.

"관 장군이 계시군!"

혼잣말하고 황망히 말에 뛰어내려 길옆에서 넙죽 절을 했다.

"주창이 뵈옵니다."

"장사는 어찌 나를 알아보는가?"

관공이 물었다.

"옛날 황건黃巾 장보張寶를 따라다녔을 때 일찍 존안을 뵈었습니다마는, 몸이 적군한테 매여 있으므로 모시지 못하는 것을 항상 한스럽게 생각하고 있었습니다. 오늘 다행히 절하여 뵙게 되었으니 원컨대 장군께서는 버리지 마시고 보졸步卒로 거두어 주신다면 조만간에 채찍을 들고 말을 몰아 모시기로 하겠습니다."

관공은 주창의 말을 듣자 뜻이 매우 정성스런 것을 짐작해 알았다.

"네가 만약 나를 따라온다면, 너희 수하 사람들은 어찌할 테냐?"

"허락만 해 주신다면 따라오겠다는 아이들은 다 데리고 가겠습니다."

주창의 말이 떨어지니 모든 보졸들은 일제히 청을 했다.

"저희들도 모시고 가게 해 주십시오."

관공은 말에 내려 두 분 형수의 수레 앞에 가서 품하였다.

"저 애들을 다 함께 데리고 가는 것이 어떠하올지 품하옵니다."

관공의 말을 듣자 감 부인은 도적의 떼를 데리고 가는 것이 마땅치 않다고 생각했다.

"아주버니께서 허도에서 독행 천리 하시어 여기까지 고생은 되시나 무사히 오셨습니다. 전에 요화가 모시겠다고 할 때도 물리치셨는데 이제 주창의 무리들은 용납하시려 하니 어찌한 뜻인지 모르겠습니다. 그러나 이것은 아녀자들의 소견이오니 아주버니께서 짐작하시어 처리하십시오."

"아주머님 말씀이 옳습니다."

관공은 형수 앞에서 물러나자 주창에게 일렀다.

"내가 정이 없어 그러는 것이 아니다. 두 분 형수께서 합당치 않게 생각하시니 너희들은 산중으로 들어갔다가 내가 다시 찾을 때를 기다려라."

주창은 머리를 조아 올리며 고했다.

"주창이는 어리석은 놈이라 생각이 주밀치 못하여 잘못 적당 속에 몸을 던졌다가 이제 장군을 뵈오니 다시 하늘을 뵌 듯합니다. 어찌 자마 도둑놈이 또 되겠습니까? 만약 여러 사람이 따라가는 것이 불편하시다면 부하들은 배원소한테 맡기고 저 혼자 단신으로 장군을 모시어 만 리라도 사양치 아니하고 따라가겠습니다."

관공은 다시 두 형수께 주창의 뜻을 품하였다.

"한두 사람쯤은 괜찮겠지요."

부인들이 승낙을 내렸다.

"그럼, 네 부하는 배원소한테로 넘겨라."

관공은 주창한테 분부했다.

망탕산 중의 장비 호통

배원소도 관운장을 따라가고 싶었다.

"나도 관공님을 따라가겠소."

주창한테 말했다.

주창이 손을 저어 말했다.

"자네가 만약 관공님을 따라간다면 여러 졸개들이 다 흩어질 테니 딱한 일 아닌가. 잠시 모든 졸개를 통솔하고 있어 주게. 내가 관공님을 모시고 갔다가 자리가 잡히거든 다시 와서 자네를 데려갈 테니 염려 말고 기다리게."

배원소는 더 우겨 댈 수 없었다. 좋지 않은 얼굴로 졸개들을 데리고 산으로 들어갔다.

주창은 관운장을 모시고 여남으로 향하여 두어 날 가노라니, 앞에 한 줄기 푸른 산이 보이고, 산 위에는 성이 있었다.

관공은 시골 사람한테 물었다.

"저기 보이는 저 산이 무슨 산이오?"

"저 산은 망탕산碭碭山이라 하는 산인데, 그 아래는 옛날 산성이 있습니다. 그래서 이곳 사람들은 고성古城이라 부르지요. 이 성 속에 두어 달 전부터 한 사람 무서운 장수가 와 있는데 성명은 장비라 합디다. 처음에 수십 기를 거느리고 와서 고을의 원을 쫓아내고 성을 점령한 후에 군사를 모집하고 양초와 말을 사들여서 지금은 사오천 명의 인마가 있는데, 사면에 대적할 사람이 없습니다."

관운장은 시골 사람의 말을 듣자 크게 기뻤다. 아우 장비가 와 있는 것이 분명했다.

"내 아우가 서주에서 흩어진 후에 어디로 간 것을 몰라 했더니, 누가 이곳에 있는 줄 꿈에나 생각했으랴!"

관공은 혼잣말하고 손건에게 당부했다.

"손 선생! 아우 장비가 이곳에 있구려. 이것 참 신기하오. 선생은 빨리 성안으로 들어가서 내가 두 분 아주머니를 모시고 온다고 통지하시고, 장비보고 두 분 형수를 영접해 모시라고 이르시오."

손건은 관운장의 분부를 받자 산성으로 향하여 말을 달렸다.

이때 장비는 서주에서 쫓긴 후에 유현덕과 관운장의 행방을 모르면서 망탕산 중으로 들어가 달포를 지냈다. 하루는 현덕의 소식을 탐지하러 밖으로 나왔다가 우연히 고성 앞으로 지나게 되었다.

장비는 성으로 들어가 원을 만나 보고 양식을 청하니 현관은 고개를 가로흔들고 말을 듣지 아니했다.

장비는 고리눈을 부릅뜨고 장팔사모창을 들어 원을 찌르려 하니 현관은 혼비백산이 되어 달아나 버렸다.

장비는 현인縣印을 빼앗아 성을 점령한 후에 군사를 모집하고 양식을 저축하여 뒷날을 기다리고 있는 판이었다.

손건은 말을 달려 고성 안으로 들어가 장비한테 절하고 뵌 후에 현덕이 지금 원소한테서 떠나서 여남으로 간 것이며, 관운장이 허도에서 두 분 형수를 모시고 여기까지 온 일을 자세히 이야기한 후에,

"장군께서는 빨리 마중을 나가십시오."

권했다.

장비는 손건의 말을 듣자 검다 희다 말이 없이 급히 갑주 투구로 몸을 단속한 후에, 창 잡고 말에 올라 1천 군마를 거느리고 북문으로 달려 나갔다.

손건은 의아하게 생각했다. 그러나 물어볼 수도 없었다. 뒤를 따라 성밖으로 나갔다.

관공은 성 밖에서 장비가 오는 것을 보자 반가움을 이기지 못했다.

얼른 칼을 주창한테 넘긴 후에 장비한테로 나갔다.

장비는 관공을 보자 둥그란 표범의 눈을 야무지게 뜨고 호랑이 수염을 빳빳하게 뻗친 채 벽력같은 소리로 호통을 치면서 장팔사모창을 번쩍 들어 관운장을 찌르려 했다.

관운장은 깜짝 놀랐다. 마음속으로,

'이놈이 환장했나!'

하고, 급히 말 머리를 돌려 몸을 피하며 큰소리로 물었다.

"아우야, 이게 무슨 짓이냐? 도원桃園에서 결의한 것을 네가 벌써 잊었느냐?"

장비도 마주 호령을 했다.

"더럽다, 의리 없는 놈아, 무슨 낯짝을 들고 나를 보러 왔느냐?"

"내가 어째 의리가 없단 말이냐?"

관운장은 분했다. 지지 않고 마주 소리를 쳤다.

"뻔뻔스런 더러운 놈아! 너는 형님을 배반하고 조조한테 항복한 후에 좋은 벼슬을 받았으니 더러운 놈이 아니고 무엇이냐. 무슨 까닭에 나를 보러 왔느냐? 내 오늘 네 놈을 죽이고 말겠다!"

장비한테 욕을 당하는 관운장은 기가 막히고 어처구니가 없었다.

"네가 원래 나의 일을 자세히 모르고 오해하는구나. 두 분 아주머니께서 여기 계시니, 내가 의리부동한 놈인가 아닌가 여쭈어 보아라!"

이때 감 부인, 미 부인이 장비와 관운장이 다투는 소리를 듣자 손을 들어 수레에 늘인 발을 걷고 장비한테 말을 보냈다.

"셋째 아주버니, 왜 이러시오. 고정하시고 말씀을 들어 보시오!"

"두 분 아주머께서는 잠깐만 기다리십시오. 내 이 의리부동한 놈을 죽여 버린 후에 성안으로 모시오리다."

"둘째 아주버니께서는 황숙과 아주버님의 가신 곳을 몰라서 잠깐 조조한테 몸을 의탁했던 것인데, 이제 형님께서 여남에 계시다는 말씀을 듣고 험난한 길을 무릅쓰고 우리들을 호위하여 이곳까지 오셨는데 셋째 아주버님께서 오해를 하신 모양입니다."

감 부인이 변명했다.

"둘째 아주버니께서 허도에 계셨던 일은 참말 만부득이해서 계신 일입니다. 오해하지 마셔요."

미 부인도 한마디 했다.

장비는 고개를 가로흔들었다.

"아니올시다. 두 분 아주머니께서는 저놈의 속임수에 넘어가셨습니다. 충신은 죽는 한이 있더라도 욕을 당하지 않는 법입니다. 대장부로 태어나서 어찌 두 주인을 섬길 수 있습니까?"

"아우는 너무 나를 얕잡아 보지 말라!"

관운장은 분연히 한마디 했다.

옆에 있던 손건도 그대로 있을 수 없었다.

"장 장군! 운장께서, 장군이 이곳에 계시단 말씀을 들으시고 특별히 와서 찾으신 것인데 너무나 심하십니다."

장비는 버럭 손건을 꾸짖었다.

"개똥 같은 수작 말아라! 저 자는 지금 나를 잡으러 온 것이다."

장비의 말을 듣자 관운장은 껄껄 웃었다.

"내가 만약 너를 잡으러 왔다면 홀몸으로 오겠느냐? 군사를 거느리고 올 것이지."

장비는 골을 벌컥 내며 손을 들어 관운장의 등 뒤를 가리켰다.

"저기 오는 것이 군사들이 아니고 무엇이냐!"

관운장은 고개를 돌이켜 바라보니, 과연 티끌이 자욱하게 일어나는 곳에 한 떼 군마가 쏟아져 오고 바람에 펄펄 날리는 깃발은 확실히 조조 군사의 기호旗號였다.

장비는 대로했다.

"이래도 네가 아니라고 할 테냐?"

장비는 장팔사모창을 번쩍 들어 관운장을 찌르려 했다.

운장은 황망히 손을 저어 막으며 말했다.

"아우야, 저기 오는 조조의 군사는 나를 잡으러 오는 군사다. 나는 적장의 목을 베어 올 테니 잠깐만 기다려라."

"네가 과연 진심이라면 내가 북을 세 번 울릴 테니 마지막 북소리가 끝나기 전에 적장의 목을 베어 와야 한다."

"염려 마라. 못 베어 오면 군법 시행을 해라!"

관운장은 쾌하게 승낙하고, 주창한테 넘겨주었던 청룡도를 받아 든 후에, 천리 준총 적토마를 달려 적진으로 향했다.

이때 쫓아오는 조조 군사의 앞을 서서 오는 대장은 채양蔡陽이었다. 칼을 앞으로 뻗쳐 들고 말을 달려오다가 관운장을 향하여 큰소리로 꾸짖었다.

"네 이놈, 관우야, 너는 내 생질 진기秦琪를 죽이고 이곳으로 도망쳐 왔구나. 나는 조 승상의 특명을 받들어 너를 잡으러 왔다!"

관운장은 대답도 아니하고 청룡도를 번쩍 들어 창공을 향하여 춤추었다.

이때 건너편에서 장비는 친히 북채를 잡았다.

장비의 북채는 북을 향하여 힘차게 갈겼다.

"둥!"

북소리가 여음을 일으켜 채 끊어지기 전에, 채양의 머리는 푸른 무지개를 허공에 그리는 청룡도 칼 아래 붉은 피를 살대같이 뿜으면서 뚝 떨어졌다.

채양의 군사들은 으악 소리를 치며 산 아래로 달아났다.

운장은 등에 인기認旗를 꽂고 달아나는 보졸 한 명을 사로잡아 가지고 물었다.

"너희들은 왜 나를 잡으러 왔느냐?"

"채 장군은 장군께서 그의 생질 진기를 죽였단 말씀을 듣고 분함을 못 이겨 곧 하북으로 쫓아와 장군과 싸우려 하니, 조 승상이 허락을 아니하시고 여남의 유벽을 치라 하신 것인데 생각 밖에 이곳에서 장군을 만난 것입니다."

운장은 곧 소졸을 데리고 장비한테로 가서 조조의 군사가 쫓아온 까닭을 말했다.

장비는 관운장이 허도에 있을 때 조조에게 대해서 어떠한 행동을 취했던 것을 꼬치꼬치 군사한테 물었다.

조조의 군사는 관공의 의로운 일을 들은 대로 본 대로 자초지종을 일일이 이야기했다.

장비는 비로소 관공에 대한 의심이 풀리기 시작했다.

한동안 이야기하고 있을 때 돌연 성문 지키던 군사가 뛰어와 보했다.

"남문 밖에서 십여 기를 거느린 장수가 달려와서 긴히 장군께 뵙고 말

쓸할 일이 있다 합니다."

장비는 또다시 의심이 버썩 들었다. 급히 말을 달려 남문으로 나가 보니, 과연 수십 기가 경궁단전輕弓短箭으로 성문 앞에 모여 섰다.

장비가 눈을 들어 자세히 보니, 앞에 서 있는 사람은 별 사람이 아니라 미축과 미방 형제였다.

장비는 반가웠다. 성문을 열게 하고 말에 내려 서로 대했다.

미축이 눈물을 머금고 말했다.

"서주에서 일단 흩어진 후에 저희 형제는 고향으로 돌아가 있었습니다. 사람을 원근으로 놓아서 수소문해 보니 관운장은 조조한테 항복했다 하고 황숙께서는 하북 원소한테 계시다 하며, 간옹簡雍 또한 하북으로 갔다 합니다. 다만 장군의 소식만 몰라서 답답하던 차에, 어제 노상에서 여러 사람의 길손을 만나 우연히 이야기하다가 장 씨 성을 가진 장군 한 사람이 고성을 점령하고 있다 하므로 반드시 장군일 거라 생각하고 찾아왔더니, 이제 장군을 만나 뵈어 이런 다행이 없습니다."

"두 분 애 많이 쓰셨소. 지금 이곳에는 운장 형과 손건이 아주머님들을 모시고 도착이 되어서 형님의 계신 곳을 알게 되었소. 참 잘 만났소!"

장비는 얼굴에 희색이 가득했다.

"그렇습니까. 누님도 오셨습니까? 참 잘되었습니다."

미축과 미방도 크게 기뻤다.

장비와 함께 성안으로 들어와 관운장과 두 부인을 뵈었다.

장비는 두 분 형수를 내아內衙로 모시었다. 두 부인은 비로소 관운상의 지난 일을 일일이 설파했다.

장비는 비로소 목을 놓아 크게 울면서 관운장에게 넙죽 절을 했다.

"아우의 불공不恭했던 죄를 용서해 주십시오."

관운장은 말없이 눈시울을 적시며 장비의 손을 잡았다.

옆에 있던 미축 형제와 손건도 눈물이 글썽글썽 눈시울에 넘쳐 옷깃 위로 떨어졌다.

장비도 자기의 지낸 일을 일장 설파한 후에, 한편으로 크게 잔치를 벌여 오랜만에 단취團聚한 정을 풀어 즐거운 하룻밤을 보냈다.

다음 날 장비는 관운장과 함께 여남으로 가서 현덕을 만나려 하니 관운장이 말했다.

"아우는 두 분 형수를 보호하여 아직 이곳에 있으라. 나는 손건과 함께 형님의 소식을 자세히 알아보고 돌아오리라."

장비도 쾌하게 응낙을 했다.

유비·관우·장비·조운이 다시 모이다

관운장은 고성古城에서 두 분 형수와 장비를 작별한 후에, 손건과 함께 두어 기를 거느리고 여남으로 달렸다.

유벽과 공도는 관운장을 반갑게 맞이했다.

관운장은 현덕의 소식을 물었다.

"형님을 뵈러 왔는데, 어디 계시오?"

"유 황숙께서는 이곳에서 수일 묵으시다가 군사가 적은 것을 보시고 하북 원소한테로 다시 가셨습니다."

관공은 낙담이 되었다. 마음이 울적해서 얼굴빛이 좋지 아니했다. 손건이 관공을 위로하였다.

"운장께서는 심려하지 마십시오. 괴롭지만, 다시 하북으로 가서 황숙을 만나 뵌 후에 함께 고성으로 가시면 좋지 않습니까?"

관공은 손건의 말이 옳다고 생각했다.

유벽, 공도를 작별한 후에 고성으로 돌아가 장비와 의논하니, 장비도 함께 가자 했다.

관운장은 장비한테 말했다.

"이만한 성을 가진 것도 우리한테는 크나큰 도움이 되는 안식처일세. 가볍게 성을 버려서는 아니 되네. 내가 손건과 함께 원소한테로 가서 형님을 찾아뵙고 이곳으로 모시고 올 테니, 그동안 아우는 이 성을 굳게 지켜 주기 바라네."

"형님께서 원소의 장수 안량, 문추를 죽이셨는데 어떻게 하북으로 가시겠소?"

장비가 물었다.

"관계치 아니하이. 내가 저곳에 가서 견기이작見機而作[26]을 하면 되지 않겠나?"

말을 마친 관공은 곧 주창을 불렀다.

"와우산 배원소한테 군사가 몇 명이나 되겠느냐?"

주창이 대답했다.

"한 사오백 명가량은 되겠습니다."

"나는 지금 지름길로 형님을 찾아뵈러 갈 테니, 너는 와우산으로 가서 군사를 불러 가지고, 큰길에서 만날 수 있게 하겠느냐?"

"분부대로 거행하겠습니다."

주창은 관운장의 명을 받들고 와우산으로 향했다.

관운장은 손건과 함께 20여 기를 서느리고 하북으로 날려서 경계선에 당도했다.

손건이 관공한테 말했다.

"장군께서는 얼른 들어가지 마십시오. 제가 먼저 들어가 황숙을 뵈온 후에 상의해 가지고 오리다."

관운장은 손건의 말이 옳다고 생각했다.

"그럼 손 선생이 먼저 갔다 오시오."

관공은 손건을 보낸 후에 멀리 앞을 바라보니 길 아래 마을이 있고 마

---

26) 견기이작 : 기회를 보아 적당히 처리한다는 말.

을 안에 한 채 정갈한 집이 보였다.

관운장은 그 집에 내려가 하룻밤 쉬고 싶었다.

동네로 내려가 문을 두드리니 한 사람의 백발노인이 지팡이를 끌고 나왔다.

관운장은 노인한테 공손히 인사를 했다.

"나는 관우란 사람이올시다. 하룻밤만 드새고 가게 해 주십시오."

노인은 반가운 얼굴빛으로 대답했다.

"그렇다면 천하 명장 안량, 문추를 베시고 오관에 참육장을 하신 관운장이십니까? 이거 반갑소이다. 존성대명을 우렛소리 듣듯 했습니다. 이 사람도 성이 관가올시다. 관정關定이라 합니다."

"그러하십니까? 바로 제가 관운장이올시다. 허허, 오늘 다행히 일가 어른을 만나 뵙게 되니 참말 기쁩니다."

관 노인은 운장을 청하여 사랑으로 모신 후에 아들들을 불렀다.

두 아들이 나와 절하고 뵈었다.

관 노인은 아들들에게 관운장의 시자들을 불러서 안돈시키라 명하고, 저녁밥을 지어 관공의 일행을 정중하게 관대했다.

한편으로 손건은 필마단기匹馬單騎로 기주에 들어가 현덕을 뵌 후에, 모든 지난 일을 가지가지로 이야기했다.

현덕은 손건의 말을 자세히 들은 후에,

"간옹簡雍도 여기 있으니 가만히 청해서 상의하기로 하세."

현덕은 심복을 불러 간옹을 청했다.

조금 있다가 간옹이 들어왔다. 손건과 함께 반갑게 대한 후에 탈신脫身할 계책을 의논했다.

간옹이 먼저 말을 꺼냈다.

"주공께서는 내일 원소를 찾아보시고 조조를 치기 위하여 유표를 만나보러 형주로 간다고 말씀하십시오. 그래 가지고 고성으로 가시면 아무 문제도 없습니다."

"그것 묘한 계교요. 그러나 당신도 나를 따라오겠소?"

"염려 마십시오. 저도 목을 빼쳐 달아날 계책이 있습니다."

의논을 정한 후에 다음 날 현덕은 원소를 찾아보았다.

"유표는 형주와 양주 등 아홉 골을 거느리고 있어 군사는 정예하고 양식은 풍부합니다. 서로 약조를 하여 조조를 칠만 합니다."

"내가 전에도 사람을 보내서 조조를 치자 했건만 그 사람은 말을 아니 들었습니다."

원소가 대답했다.

"유표는 저와 동종同宗이올시다. 제가 가서 말하면 아니 듣지 못할 것입니다."

"만약에 유표를 우리 편으로 만들기만 한다면 유벽보다는 훨씬 낫지. 그럼 가 보시구려!"

원소는 현덕의 가는 것을 허락하고 또다시 말했다.

"이 사이 들으니 관운장은 조조의 곁을 떠나서 이곳 하북으로 온다는 소문이 짜아 하니 오기만 하면 내가 죽여서 안량, 문추의 원한을 갚겠소!"

현덕은 얼굴빛을 부드럽게 하여 물었다.

"전에 명공께서는 운장을 불러서 쓰겠다 하시므로 불렀는데, 이제 죽인다 하시니 웬 말씀입니까?"

"아니야, 그놈을 죽여야 해! 그래야 내 직성이 풀리겠어."

원소는 질자배기 깨뜨리는 목소리로 괄하게 대답했다.

현덕은 또다시 목소리를 부드럽게 하여 말했다.

"안량, 문추를 동물에 비한다면 기상이 좋은 사슴이올시다. 그러나 관운장은 범이올시다. 명공께서는 두 마리 사슴을 잃은 대신 한 마리의 범을 얻으셨는데, 어찌해서 범을 죽이려 하십니까?"

현덕의 말을 듣는 원소는 껄껄 웃었다.

"그래, 실상 나는 관우를 사랑하는 까닭에 한번 농담을 해 본 것이야. 공은 사람을 보내서 운장을 빨리 오라 하시오."

원소는 금방 마음이 달라졌다. 주책없이 지껄였다.

"그러면 손건을 보내서 운장을 불러오겠습니다."

원소는 마음이 상쾌했다.

"그래, 그래, 빨리 불러오게 하오."

현덕이 나오니, 간옹이 원소한테로 들어갔다.

"유현덕이 이번 가면 다시는 아니 돌아옵니다. 그러하니 제가 함께 가서 한편으로는 유표를 달래고 한편으로는 현덕을 잘 감시해야 하겠습니다."

원소는 간옹의 말을 듣자 손뼉을 쳤다.

"옳아, 좋은 의견이야. 그럼 자네가 현덕과 함께 동행하도록 하게."

간옹이 나온 후에 원소의 모사 곽도郭圖가 들어가 간하였다.

"유비는 앞서 유벽을 달래러 갔다가 성사를 못하고 돌아왔습니다. 이제 또 간옹과 함께 유표를 달래러 간다 하니 성공을 못할 뿐 아니라 반드시 돌아오지 아니할 것입니다."

"너는 의심이 너무 많아서 탈이다. 유비가 아니 온다면 간옹은 식견이 있는 사람이니 잘 조처하겠지."

곽도는 슬펐다.

"아아, 탈이다!"

탄식하고 나왔다.

한편 현덕은 손건에게, 유표한테 가는 일을 관공한테 연통하게 하고 한편으로 간옹과 함께 원소한테 들어가 작별 인사를 한 후에 성안에서 나와 기다리고 있는 손건과 함께 관정關定의 집으로 찾아갔다.

관공은 문에 나와 현덕을 맞이하여 절한 후에 목을 놓아 통곡했다. 현덕도 관운장을 얼싸안고 울었다.

관정이 두 아들을 거느리고 나와 초당 앞에서 절하여 뵈었다.

현덕이 성명을 물으니 관공이 대신 대답했다.

"이 사람은 아우와 성이 같은 관정이온데 두 아들을 두었습니다. 큰애는 관녕關寧이라 하는데 문학을 공부하고 둘째 애는 관평關平이라 하는데 무예를 배웠다 합니다."

옆에서 관정이 아뢰었다.

"저의 어리석은 소견에는 둘째 자식을 관 장군께 드려서 모시고 다녔으면 하는데, 용납해 주실는지 모르겠습니다."

"나이 몇 살이오?"

현덕이 물었다.

"열여덟 살이올시다."

관 노인이 대답했다.

현덕은 미연히 웃으며 관정을 향하여 말했다.

"내 동생 관운장은 아직 아들이 없으니, 자제로 아우의 아들을 삼게 합시다."

관정은 크게 기뻤다. 관평關平에게 명했다.

"절해 뵈어라. 관공님은 오늘부터 너의 아버지가 되셨고 유 황숙께서는 너의 백부님이 되셨다. 잘 받들어 모시어라."

관평은 관공과 유현덕한테 절하여 뵈옵고, 아버지와 큰아버지라 불렀다.

현덕은 원소의 추격이 있을 것을 생각하니 더 오래 지체할 수 없었다.

행리를 수습하여 일어나니 관평은 관공을 모시어 뒤따르고 노인 관정은 한 마장까지 나가서 전송하고 돌아왔다.

관운장은 와우산臥牛山을 향하여 나가는데, 주창이 수십 명의 인마를 거느리고 앞에서 왔다. 웬 까닭인지 몸에 상처를 입어 팔과 다리를 싸매고 오는 것이었다.

관운장은 주창을 현덕한테 절해서 뵙게 한 후에 황망히 물었다.

"네 몸에 상처가 두어 곳이나 있으니 웬일이냐?"

관공이 묻는 말에 주창이 대답했다.

"소인은 장군님의 말씀을 받들어 와우산으로 배원소의 무리를 데리러 갔습니다. 소인이 당도하기 전에 어떤 장수 한 명이 필마단기匹馬單騎로 뛰어들어 배원소를 한 창에 찔러 죽이고, 군사를 모조리 항복 받아 산채를 뺏어 점령했습니다. 소인은 분함을 참을 수 없었습니다. 당장 침입한 장수한테로 쫓아가서 싸움을 청했습니다. 그러나 이 장수는 보통 장수가 아닌 효용이 절륜한 자였습니다. 두 번 싸움에 세 번을 졌습니다. 이리하여 제 힘으로는 어찌할 수 없사와 급히 돌아와 품합니다."

현덕이 물었다.

"그 사람의 생긴 모습은 어떠하고, 성명은 무어라 하더냐."

"몸집이 극히 크고 웅장한데 성명은 미처 알아보지 못했습니다."

"그놈이 어떤 놈이란 말이냐?"

관공은 말을 놓아 앞으로 달렸다. 현덕이 뒤에 따르고 주창은 와우산 아래서 호통을 쳤다.

"나의 진터를 뺏은 도둑놈은 빨리 나오너라. 천하 명장들이 너를 잡으러 가신다.”

저편에서도 일원 대장이 군사를 거느리고, 창을 비껴들고 말을 몰아 나왔다.

현덕이 채찍 둘러 앞으로 달리다가 가만히 바라보니 낯이 익었다. 큰소리로 부르짖었다.

“앞에 오는 장수는 조자룡趙子龍이 아닌가?”

저편에서도 현덕을 바라보자 급히 말에서 내려 길가에 엎드렸다.

모두 보니 과연 상산常山 땅의 명장 조자룡이었다.

현덕과 관운장은 반가움을 이기지 못했다.

급히 말에서 내려 답례하고 물었다.

“조 장군은 어떻게 해서 이곳까지 오셨소?”

조자룡이 일어나 일장 경과를 이야기했다.

“조운趙雲이 한번 사또를 이별한 후에 공손찬公孫瓚한테로 갔으나, 공손찬은 저의 말을 듣지 아니하고 원소한테 실패해서 자살해 죽었습니다. 그 뒤에 원소는 여러 차례 저를 불렀습니다마는 가만히 생각해 보니, 원소는 역시 사람을 쓸 줄 모르는 인물입니다. 그래서 가지 아니했습니다. 뒤에 사또께서 서주에 계시다는 말씀을 듣고 사또한테로 가려 했더니 한편 소문을 들으니, 서주가 조조의 땅이 되고 운장도 조조한테로 가셨고 사또는 원소한테 의지하신다 하지 않습니까? 몇 번인지 사또를 따라가고 싶었으나 원소가 이상하게 알까 보아 가지를 못했습니다. 이쯤 되고 보니 조운 이 몸은 사해로 떠다녀야 할, 몸 둘 곳이 없는 몸이 되었습니다. 며칠 전에 우연히 이곳으로 지나는데 배원소란 자가 산에 내려와서 나의 말을 뺏으려 했습니다. 조운은 원소를 죽여 버리고 잠시 용신을 하고 있었습니다.”

“아하, 그러하오. 이곳에서 장군을 만날 줄 과연 몰랐구려.”

현덕은 이같이 말하자 자기의 지난 일을 일장 설파했다.

관운장도 두 분 형수를 보호하기 위하여 잠시 조조한테 머물러 있다가 원소의 명장 안량, 문추를 목 베고 오관에 참육장하던 일을 낱낱이 이야기했다.

조운은 감탄하기를 마지아니했다.

조운이 다시 말을 꺼냈다

"요사이 이곳에서 소문 들으니 장익덕이 고성에 있다 하는데, 참인지 아닌지 몰라서 아직 가지 못했습니다. 이제 다행히 사또를 만났으니 함께 가시는 것이 어떠하겠습니까?"

관공이 또 장비 만난 일을 일장 설파했다.

"자아, 그럼 모두 다 우리 고성으로 가십시다."

조운은 기쁨을 이기지 못했다.

현덕도 기뻤다.

"나는 처음 자룡을 만나 보고 차마 놓을 수 없어서 연연한 정을 금할 수 없었는데 이제 다행히 서로 만나 보게 되니, 이런 기쁠 데가 없소이다."

"조운은 사방으로 분주하면서 좋은 주인을 가려 섬기려 했는데 아무리 보아도 사또 같으신 분이 없습니다. 이제는 사또를 위하여 간과 뇌를 땅에 바른다 해도(肝腦塗地) 한이 없습니다."

조운은 당일로 도둑의 소굴인 산채에 불을 지른 후에 모든 사람들을 거느리고 현덕을 따라 고성으로 향했다.

일행이 온다는 소문을 듣자 장비, 미축, 미방은 고성에서 나와 현덕을 영접했다.

모두 다 성에 들어가니 감 부인과 미 부인도 애망갈망 만나고 싶었던 남편 현덕을 만났다.

현덕과 부인들의 반가움이야 이루 다 붓끝으로 형용해 그릴 수 없다.

부인들은 눈물을 흘리며 관운장이 조조한테 지내던 일을 일일이 현덕한테 이야기했다. 현덕은 감탄하기를 마지아니했다.

강동 손책의 최후

장비는 기쁨을 이기지 못하여 소와 말을 잡아 하늘과 땅에 제사 지내 감사한 뜻을 표한 후에 모든 군사를 초치하여 크게 잔치를 베풀었다.

유현덕은 부인과 형제가 다시 단취되고 장수들도 빠짐없이 모인 중에 또다시 조자룡 같은 명장을 얻었고, 관공 또한 관평과 주창 두 사람을 얻게 되니 즐거움을 이길 수 없었다.

두어 날을 두고 술 마시며 좋아했다.

이때 현덕, 관우, 장비, 조운, 손건, 간옹, 미축, 미방, 관평, 주창이 거느린 군사는 마병과 보병을 얼러서 모두 4천~5천 명이나 되었다.

고성古城을 버리고 좀 더 넓은 천지 여남으로 가려 하는데 때마침 여남에 있는 유벽과 공도가 사람을 보내서 와 달라고 청했다.

현덕은 모든 장수와 의논한 후에 군사를 움직여 여남으로 가서 새로 군사를 모집하고 말을 사서 더욱 군세를 확장시키고 있었다.

한편 원소는 현덕이 돌아오지 않는 것을 보고 크게 노했다. 군사를 일으켜 치려 하니 곽도가 간하였다.

"유비는 족히 염려할 것이 없으나 조조는 강적입니다. 세거하지 아니할 수 없습니다. 그리고 유표劉表가 비록 형주荊州를 차지하고 있다 하나 족히 이를 것이 없고 강동의 손백부孫佰符는 위엄이 삼강三江에 떨쳤는데 땅은 여섯 골에 연해 있습니다. 여기다가 모신謀臣과 무사가 극히 많으니,

사람을 보내서 동맹한 후에 조조를 치는 것이 상책이올시다.”

원소는 곽도의 말을 좇았다.

곧 글월을 지어 진진陳震으로 사신을 삼아 손책한테로 보냈다.

이때 손책은 강동에 패권覇權을 잡은 후에 군사는 정예하고 양식은 풍족했다.

건안 4년에 여강廬江을 습격하여 태수 유훈劉勳을 패하게 하고 예장豫章에 격서를 보내니, 예장 태수 화흠華歆이 항복했다.

이로부터 손책의 명성은 더욱 떨치게 되었다.

손책은 장굉張紘을 허창許昌에 보내서 표를 황제께 올려 이긴 것을 아뢰니, 조조는 손책의 강성한 것을 보고 탄식했다.

“사자獅子 같은 아이와 다투기 어렵구나!”

말한 후에 조카 조인曹仁의 딸로 손책의 아우 손광孫匡의 아내를 삼게 하여 혼인을 하게 하고, 사신으로 왔던 장굉은 허도에 머물러 두었다.

손책은 조정에 청하여 대사마大司馬 장군將軍의 칭호를 내려 달라 하니, 소소는 고개를 가로흔들었다.

“아직 젊은 사람이 대사마 장군이 무어냐. 과람하다.”

손책은 조조가 말을 아니 듣는 것을 보자 분해서 벌렀다.

“두고 보아라. 언제든지 한 번 혼이 나리라!”

허도를 한번 쳐부술 마음을 먹고 있었다.

손책이 조조에 대하여 울분해하는 것을 보자 오군 태수 허공許貢은 가만히 조조한테 편지를 올렸다.

“손책은 날쌔고 용맹스런 품이 초한楚漢 때 항적項籍과 같은 장수올시다. 조정에서는 특별히 영화스런 높은 벼슬을 주시어 서울로 불러들이십시오. 밖에 있게 한다면 반드시 후환이 있을 것입니다.”

일은 공교롭게 되느라고 허공이 조조한테 보내는 밀서가 강을 지키는 장수한테 발견이 되어 편지 가지고 가는 사람은 손책한테로 넘겨졌다.

손책은 조조한테 가는 허공의 밀서를 보고 크게 노했다.

편지 가지고 가는 사신의 목을 베고, 허공한테 의논할 일이 있으니 잠깐 와 달라고 청했다.

허공은 멋도 모르고 손책한테로 갔다.

손책은 허공의 편지를 내어 보이며 크게 꾸짖었다.

"이놈! 나를 사지死地로 보내려 하느냐? 저놈을 죽여 버려라."

무사들은 허공을 잡아내어 목매어 죽였다.

허공의 가족들은 풍비박산이 되어 달아났다.

가객家客 세 사람은 허공을 위하여 원수를 갚으려 했으나 길이 없는 것을 한탄하고 있었다.

하루는 손책이 군사를 거느리고 단도丹徒 서산西山으로 사냥을 나갔다.

앞에는 큰 사슴 한 마리가 뛰었다. 손책은 말을 급히 달려 사슴을 쫓았다.

한참 손책이 사슴을 쫓을 때, 우거진 푸른 숲 속에는 세 사람의 괴한이 창을 잡고 활을 가지고 있었다.

손책은 급히 달리는 말을 멈추고 물었다.

"너희는 누구냐?"

세 사람은 공손히 대답했다.

"저희들은 부장 한당韓當의 군사올시다. 이곳에서 사슴을 잡으려 하고 있습니다."

손책은 마음을 놓았다. 말고삐를 잡고 두어 걸음 나갔을 때 별안간 한 사람이 비호처럼 뛰어나와 창으로 손책의 왼편 넓적다리를 콱 찔렀다.

손책은 크게 놀랐다. 급히 칼을 빼어 들고 마상에서 창 잡은 사람을 찍으려 했다.

공교로운 일이었다. 후리치는 바람에 칼은 쑥 빠져 버리고 손책의 손에는 자루만 남아 있었다.

이 모양을 보자 자객 한 사람은 활을 당기어 손책의 얼굴을 향하여 쏘았다. 살은 손책의 볼을 콱 맞혔다.

손책은 급히 면상의 살을 빼고 한편으로 활을 당겨 자객을 쏘았다.

자객은 살을 맞고 쓰러져 버렸다.

나머지 두 사람이 급히 창을 들어 손책을 향하여 난자질하며 큰소리로 꾸짖었다.

"우리들은 허공의 가객이다. 특별히 와서 주인의 원수를 갚는 것이다."

손책은 어찌하는 수가 없었다. 다만 손에 든 활로 두 사람의 창을 막으며 달아났다.

괴한들은 죽음을 각오하고 손책을 쫓아가며 난자질했다.

손책은 온몸에 상처를 입고, 그의 탄 말도 여러 곳 상했다.

손책은 당장 곧 죽게 되었다. 마침 정보가 두어 사람을 거느리고 사슴을 쫓다가 당도했다.

"사람 살리오. 도적놈을 죽여라!"

손책은 정보를 보자 큰소리로 외쳤다.

정보는 급히 군사를 거느리고 자객들을 쫓아 난도질 쳐 죽였다.

이때 손책은 피가 흘러 얼굴에 가득하고 몸에 찔린 상처도 중했다. 정보는 급히 옷을 찢어 상처를 동인 후에, 오吳 땅으로 돌아왔다. 급히 의사 화타華陀를 청했으나 그는 벌써 중원으로 가서 없고 그의 제자만이 강동에 있었다.

화타의 제자는 손책의 상처를 진찰한 후에 모든 사람에게 말했다.

"살에 독약을 발라 쏘았으므로 독기가 골수까지 들어갔습니다. 백 일을 정양한 후라야 비로소 마음을 놓을 수 있습니다. 만약 노기가 격동한다면 창상이 재발될 테니 그때 가서는 고치기 어렵습니다. 조심하십시오."

손책은 성미 급한 사람이었다. 당장 곧 낫지 못하는 것이 한스러웠다.

손책은 20일가량 치료하여 병세가 약간 차도가 있었다.

이때 허도에 가 있던 심복 장굉한테서 사람이 와서 문안을 드렸다.

손책은 조조의 근황을 물었다.

"조조는 요사이 어찌하고 있더냐?"

"조조는 주공을 매우 두려워합니다. 조조뿐 아니라 그의 막하에 있는 모사들도 모두 다 주공을 공경하고 무서워하는데, 다만 곽가郭嘉란 자만 주인어른께 불복합디다."

"곽가란 자가 무슨 말을 하더냐?"

심부름 온 사람은 주뼛주뼛 얼른 말을 못했다.

"왜 말을 못하느냐? 어서 들은 대로 말을 해라!"

손책은 큰소리로 꾸짖었다.

심부름 온 사람은 하는 수 없어 실토해서 대답했다.

"곽가가 조조한테 말하기를, 주인어른을 족히 두려울 것이 없다 했습니다. 성품이 가벼워서 준비성이 없고 성미는 급한데 꾀가 적으니 필부匹夫의 용맹밖에 아니 된다 합디다. 다른 날 반드시 변변치 못한 인물의 손에 죽을 것이라 합디다."

손책은 크게 노했다.

"아무것도 모르는 필부 놈이, 감히 어찌 나를 비평한단 말이냐. 내 맹세코 허창許昌을 취하리라!"

손책은 말을 마치자, 모든 장수를 불렀다.

"군사를 일으켜 허도를 치게 하라!"

모사 장소張昭가 간하였다.

"의사가 주공께 백 일을 정양하시라 했습니다. 이제 일시의 분하신 생각으로 만금 같은 몸을 가볍게 해서는 아니 되십니다."

이야기할 때 원소한테서 사신 진진이 왔다 했다.

손책은 곧 원소의 사신 진진陳震을 불러들였다.

"진 모사는 어찌해 오셨소?"

"저희 주인께서는 동오東吳의 장군과 동맹하시어 조조 치시기를 원하십니다."

손책은 크게 기뻤다.

곧 모든 장수를 성루城樓 위에 모이게 하고 잔치를 열어 진진을 관대했다.

한참 술을 마시고 있을 때 모든 장수들은 수군수군 지껄이면서 다투어 누 아래로 내려갔다.

손책은 괴이쩍게 여겼다.

"왜들 그러느냐?"

좌우가 대답했다.

"신선神仙이란 자가 지금 누 아래에 지나가므로 모든 장수들이 절을 하러 내려갑니다."

손책은 몸을 일으켜 난간에 의지하여 누 아래를 바라보니 과연 한 도인이 몸에 학창의鶴氅衣를 입고 손에 청려장青藜杖을 짚어 길 앞으로 지나가는데, 백성들은 일제히 길가에 엎드려 분향재배焚香再拜하고 있었다.

손책은 괘씸하다고 생각했다.

"어떤 요망한 사람이 신선이라고 한단 말이냐. 빨리 가서 잡아 오너라!"

좌우가 아뢰었다.

"그 사람의 성은 우于요, 이름은 길吉이라 합니다. 동방東方에 우거寓居하여 오회吳會 땅으로 왕래하면서, 부적과 물을 주어 만 가지 병을 고쳐 주는데 영검이 대단하여 백발백중 병을 고쳐 줍니다. 이러므로 당세에서는 신선이라고 부릅니다. 함부로 모독冒瀆할 수 없습니다."

"무슨 놈의 소리냐? 요망스런 놈이다. 빨리 가서 잡아 오너라. 만약에 영을 어기는 자가 있다면 참하리라!"

좌우는 부득이해서 누 아래로 내려가 우길于吉을 옹위하여 누상으로 올랐다.

손책은 우길을 향하여 꾸짖는데,

"미친 광도狂道가 어찌 감히 민심을 고혹시키느냐!"

우길이 점잖게 대답했다.

"빈도貧道는 낭야궁瑯琊宮 도사로서, 순제順帝 때 일찍이 산에 들어가 약을 캐다가 신서神書를 곡양천수曲陽泉水 위에서 얻었는데, 『태평청령도太平青領道』라 하는 책입니다. 대개 백여 권인데 모두 다 사람의 질병을 다스리는 방술方術이올시다. 빈도는 이 책을 얻은 후에 다만 하늘을 대신하여 만 사람의 생명을 구하는 것으로 힘을 쓰고 있습니다. 그러나 일찍이 털 끝만 한 물건도 사람한테 취한 일이 없습니다. 어찌 인심을 선동하고 고혹한다 하시오?"

손책은 계속해서 우길을 꾸짖었다.

"네 만약 털끝만치도 사람의 물건을 취하지 아니했다면 너의 의복과 음식은 이디시 생겼디린 말이냐? 너는 곧 횡긴黃巾 징각張角과 같은 무리들이다. 이제 만약 베지 아니하면 반드시 후환이 있을 것이다. 네 저 자를 잡아내려 목 베어라!"

손책이 우길의 목을 베라고 호령이 추상같으니 모사 장소가 간하였다.

"우于 도인道人은 강동에 있은 지 수십 년에 아무 민폐도 없습니다. 죽여서는 아니 됩니다."

"저런 요망한 놈은 개돼지를 잡듯 해도 상관이 없다. 기어코 죽여야 한다."

여러 사람들이 일제히 간하였다.

"죽이실 것이 없습니다. 놓아 보내십시오."

손으로 왔던 진진도 간하였다.

"내버려 두십시오."

손책의 노염은 그래도 풀리지 아니했다.

"우선 옥에 내려 가두어라."

시자들은 우길을 누 아래로 내려 옥으로 옹위해 갔다.

모든 사람들은 흩어지고 진진도 객관으로 돌아갔다.

손책이 집으로 돌아오니, 이때 책의 어머니 오태吳太 부인夫人은 내시들한테 소문을 들어 알았다.

부인은 손책을 후당으로 불렀다.

"들으니 너는 신선 우길을 옥에 가두었다 하니 사실이냐? 그 사람은 백성들의 병을 많이 치료해서 군민이 경앙敬仰하는 사람이다. 해치지 못하리라."

"그 자는 요망한 놈이올시다. 요술로 백성들을 고혹시킵니다. 제거시키지 아니하면 아니 되겠습니다."

"그래도 그렇지 않다. 내놓아 주어라."

노 부인은 여러 차례 권하였다.

"어머님께서는 바깥사람들의 망령된 말을 듣지 마십시오. 제가 적당히 처리하겠습니다."

손책은 사랑으로 나온 후에 옥리를 불렀다.

"옥에 가둔 우길이란 놈을 데리고 나오너라."

이때 옥리들은 모두 우길을 존경했다. 옥에 가둘 때 칼을 벗기고 사슬을 끌렀다가, 끌어내라는 분부를 받자 비로소 머리에 칼 씌우고 손발에 사슬을 채워 고랑을 질렀다.

이리하느라고 시각이 지체되었다. 손책은 눈치를 채었다. 크게 노했다.

"네, 저 옥리 놈부터 되게 쳐라!"

손책은 어머니의 말씀을 순히 하여 우길을 내놓으려다가 옥리들의 태도를 보자 격분했다.

"저놈의 목에 칼 씌우고 항쇄족쇄를 질러서 다시 옥에 가두어라!"

옥리들은 벌벌 떨며 우길을 다시 옥에 내려 가두었다.

장소 등 수십 명은 연판장을 써서 손책한테 바치고 우길의 구명 운동을 했다.

손책은 장소를 불러 꾸짖었다.

"그대들은 다 글 읽은 사람들이다. 어찌해서 생각이 투철하지 못한가. 옛적에 교주 자사 장진張津은 너무나 사교를 좋아해서 북 치며 향을 사르고 머리에는 붉은 수건을 써서 출병할 때마다 신의 힘을 빌려 군세를 떨친다 하더니 마침내 적군한테 죽은 바 되었다. 이런 일은 모두 다 무익한 일이다. 내가 우길을 죽이려 하는 것은 엄하게 사교를 금해서 미신을 없애자는 작정이오."

모사 여범呂範이 아뢰있다.

"우길이는 바람을 일으키고 비를 비는 술법을 가졌다 합니다. 지금 날이 몹시 가물어 백성들은 한탄하고 있습니다. 우길에게 비를 빌라 하시어 속죄시키시는 것이 어떠하겠습니까?"

"어디 하는 꼴을 두고 보자."

손책은 허락했다.

옥리들은 우길을 옥에서 끌어내어 칼과 사슬을 끄르고 단에 올라 비를 빌게 했다.

우길은 목욕하고 새 옷 입고 하늘을 향하여 분향 사배한 후에, 스스로 자기 몸을 쨍쨍 내리쬐는 뙤약볕 아래 결박 지었다.

구경하는 백성들은 백차일 치듯 인산인해를 이루어 길을 메우고 동네가 터질 지경이었다.

우길은 단 위에서 큰소리로 높이 떠들었다.

"나는 지상에 삼척三尺이 괴도록 단비를 빌어서 만백성을 구할 것이다. 그러나 마침내 죽음을 면치 못하게 된다!"

모든 사람들이 위로하여 대답했다.

"만약 영험만 보이신다면 우리 주공께서 우 선생을 우대하시리이다."

우길이 대답했다.

"이미 기수氣數가 다했으니 피할 도리가 없을 거요!"

조금 있다가 손책은 친히 단에 올라 우길한테 영을 내렸다.

"만약 해가 오정午正 때가 되어도 비가 아니 내린다면 곧 너를 불살라 죽이리라."

우길은 사람을 시켜서 마른 섶나무를 산더미같이 쌓아 놓고 기다리게 했다.

과연 한낮이 되자 광풍이 크게 일며 사면팔방에서 검은 구름장이 뭉게뭉게 모여들기 시작했다.

손책은 손을 들어 우길을 꾸짖었다.

"오정 때가 되었건만 구름만 일어나고 비는 오지 아니하니 너는 요망한 놈이다. 저놈을 끌어내어 섶나무 위에 놓고 불을 질러라!"

군인들은 우길을 끌어다가 섶나무 위에 놓고 불을 질렀다. 사면에서 불길이 일어나면서 검은 연기가 하늘을 찔렀다.

이때 홀연 검은 연기 속에서 번개가 번쩍하고 일어나면서, 우렛소리 천지를 진동하며 댓줄기 같은 비가 쏟아지기 시작했다.

모두들 송구한 생각이 들면서 놀랍고 기쁜 마음이 뒤범벅되어 일어났다.

비는 계속하여 쏟아졌다.

거리와 저자는 물이 창일하고 개울과 계곡은 뿌듯하게 넘쳐흘러서, 땅위에는 석 자의 단비가 괴었다.

우길은 섶 위에서 대갈일성 부르짖었다. 별안간 구름은 걷히고 비는 그치면서 햇빛이 쨍쨍하게 다시 갰다.

모든 관리와 백성들은 다투어 우길을 섶나무에서 부축해 내리고, 결박진 것을 풀어 주며 물로 뛰어들어 머리를 조아려 나배羅拜를 올렸다.

손책은 관리와 백성들이 흙탕물 속에서 의복이 젖는 것도 관계치 아니하고 넙죽 절들을 하는 것을 보자, 불끈 성이 났다.

손책은 모든 사람을 꾸짖고 무사에게 명령을 내렸다.

"비가 오고 개는 것은 천지의 정한 이치다. 너희들은 요망한 자한테 심취되어 어째 이리 허겁지겁하느냐? 무사는 빨리 우길의 목을 베어라."

"그저 우길을 살려 주십시오."

모든 관리들이 또다시 애걸했다.

손책은 발을 구르며 호통을 쳤다.

"너희 놈들은 우길을 도와서 반란을 일으킬 작정이냐?"

모든 관리들은 꿉실했다. 다시는 살려 주란 말을 못했다.

"무사는 어서 빨리 우길의 목을 베어라!"

손책은 또 한 번 땅방울같이 얼렸다.

무사는 하는 수 없었다.

칼을 번쩍 들어 우길을 갈겼다.

한칼에 목은 떨어지면서 한 줄기 푸른 기운이 동북東北 쪽으로 뻗치며 사라졌다.

손책은 우길의 시체를 저자에 조리돌려 혹세무민惑世誣民하는 죄를 밝혔다.

이날 밤에 바람과 비가 강했다. 새벽녘에 시체를 지키던 군사가 보니, 괴상한 일이었다. 우길의 시체는 온데간데없었다.

시체를 지키던 군사는 깜짝 놀라 손책에게 고했다.

손책은 노해서 시체 지키던 군사를 죽이려 할 때 땅 앞으로 한 사람이 의젓이 걸어왔다. 손책이 보니 다른 사람이 아니라 바로 우길이었다. 죽은 귀신이 분명했다.

손책은 크게 노했다. 번쩍 칼을 빼어 찍으려 할 때 정신이 아찔하면서 땅에 쓰러져 버렸다.

좌우는 급히 부축하여 안에 들어가 뉘인 지 반나절에 비로소 정신이 들어 소생이 되었다. 어머니 되는 오태 부인이 급히 쫓아와서 아들의 병세를 살핀 후에 한탄했다.

"우리 아이가 신선을 죽이더니 이런 화를 당하는구나!"

손책이 웃으며 대답했다.

"소자는 어려서부터 아버님을 따라다니며 전쟁에 참예해서, 사람 죽이기를 풀 베듯 했습니다. 어찌 요망한 자를 죽인 것이 화가 되겠습니까? 이제 요사스런 자를 죽였으니 큰 화가 없어졌습니다. 화될 것이 없습니다."

어머니 오태 부인은 아들을 달렸다.

"네가 내 말을 믿지 아니하고 그런 짓을 하더니 이 모양이 되었다. 이제부터는 좋은 일을 많이 해서 복을 빌어라."

"소자의 병은 하늘에 달렸습니다. 결코 요망한 자가 재앙을 줄 수 없을 것입니다."

어머니는 하는 수 없이 시녀들을 시켜서 아들 모르게 굿을 하고 복을 빌었다.

이날 밤 이경二更 때쯤 해서 손책이 안에 누워 있으려니 홀연 음풍陰風이 일어나면서 등불이 꺼지려 하다가 다시 밝아졌는데, 우길이 우뚝 침상 앞에 섰다.

손책은 큰소리로 귀신을 꾸짖었다.

"나는 평생에 요망한 무리를 죽여서 천하를 바로잡으려고 결심했다. 네 귀신이 어찌 감히 내 앞에 서 있느냐!"

말을 마치자 대검을 들어 우길한테 던졌다.

귀신 우길은 손책이 던지는 칼을 받자 홀연 사라지고 말았다.

어머니 오 씨는 이 소문을 듣고 크게 근심병이 생겼다.

손책은 어머니가 병환이 나셨다는 말을 듣고 성치 못한 몸을 억지로 일으켜 어머니를 위로하러 들어갔다.

"어머님, 공연한 염려를 하시어 병환까지 나셨습니다. 과히 근심하지 마십시오."

아들의 문안을 받는 어머니 오 씨는 도리어 아들을 타일렀다.

"성인께서도 귀신이라는 것을 인정하시어 그 덕이 크다고 말씀한 일이 있고, 또 상하신기上下神祇와 귀신에게 빈다는 글도 있지 아니하냐? 네가 우 선생을 죽였으니 어찌 보복이 없겠느냐. 내가 사람을 옥청관玉淸觀에 보내서 기도를 하라 했으니 네가 친히 가서 절을 하도록 해라. 그렇게만

하면 자연히 액이 소멸되고 안돈이 될 것이다. 이 늙은 어미의 말을 우습게 생각하지 말고 꼭 가서 절을 하도록 해라.”

손책은 어머님의 말씀을 어기기 어려웠다.

강잉히 교자를 타고 옥청관에 당도하니 도사는 손책을 전각으로 맞아들여서 향을 사르고 절을 하라 권했다.

손책은 향은 살랐으나 절하기는 싫었다. 빳빳이 서 있으려니 홀연 향로 속에서 푸른 연기 한 줄기가 일어나면서 연기는 스러지지 않고 일산日傘 모양으로 변하자 귀신 우길이 단정히 일산 위에 앉아 있었다.

손책은 크게 노했다. 큰소리로 꾸짖었다.

“요망한 귀신이 어찌 감히 장난을 하느냐!”

침 뱉어 꾸짖으면서 전각을 떠나려 하니 귀신 우길은 홀연 전각 문 앞에 우뚝 서서 노한 눈으로 손책을 흘겨보았다.

손책은 분함을 이길 수 없었다. 좌우를 돌아보며 물었다.

“너희들의 눈에도 우길이 보이느냐?”

“아니 보입니다.”

좌우들이 대답했다.

손책은 칼을 빼어 귀신 우길한테 던졌다.

한 사람이 칼을 맞고 쓰러졌다.

옆에 사람들이 급히 쫓아가 보니 칼을 맞고 쓰러진 사람은 다른 사람이 아니라 바로 일전에 우길의 목을 베어 참형에 처했던 졸아치 군사였다.

손책의 칼은 군사의 뇌를 뚫어서 칠규七竅27)로 피를 흘리고 쓰러져 죽었다.

---

27) 칠규 : 눈, 코, 귀 여섯 구멍에 입을 합하여 일곱 구멍이 된다.

손책은 시체를 끌어내어 장사 지내게 하고 옥청관에서 막 나오려 하는데 또다시 귀신 우길이 관문 앞으로 천천히 걸어 들어오는 것이었다.

손책은 너무나 귀신의 장난이 괘씸하다고 생각했다.

다시 옥청관으로 들어가 무사들에게 명령을 내렸다.

"이 옥청관이란 곳은 요사스런 귀신을 감춘 곳이다. 헐어 버려라!"

손책의 엄명이 떨어지니, 무사 5백 명은 일제히 옥청관을 부수기 시작했다.

무사들은 먼저 지붕에 올라 기와를 벗기려 하니 귀신 우길이 지붕에 나타나 마구 기왓장을 던졌다. 아귀토가 날고 기왓장이 날려서 무사들은 손을 댈 수가 없었다.

손책은 대로했다.

"본관의 도사를 내친 후에 불을 질러 태워 버려라!"

무사들은 옥청관 도사를 끌어내고 불을 질렀다.

불은 삽시간에 전각을 집어삼켰다.

그러나 화염이 하늘을 찌를 듯한 불꽃 위에 귀신 우길이 단정히 도사리고 앉아 있었다.

손책은 더 어찌하는 수 없었다.

부중으로 자비를 돌려 돌아오니 귀신 우길은 또 문 앞에 우뚝이 서 있었다.

손책은 부중으로 들어가지 아니하고 성 밖에 진을 치고 삼군을 점고한 후에 모든 장수를 불러 의논했다.

"지난번에 원소가 진진陳震을 보내서 조조를 함께 치자 했는데 이번에 출병하기를 결단했으니 제장들은 청령하라."

모든 장수들이 일제히 간하였다.

"불가합니다. 주공의 옥체가 아직 쾌하지 못하신데 가볍게 움직여서는 아니 되십니다. 좀더 쾌하신 후에 출병을 해도 늦지 아니합니다."

손책은 뜻을 결정하지 못하고 진중에 묵고 있었다.

이날 밤에 귀신 우길은 머리 풀어 산발하고 또다시 손책 앞에 나타났다.

손책은 밤새도록 귀신 우길을 소리쳐 꾸짖었다.

이 소문은 오태 부인한테도 들어갔다.

다음 날 오태 부인은 사람을 보내서 부중으로 들어오라 권하니, 손책은 어머니를 뵈오러 본부로 들어갔다.

어머니 오 부인은 손책의 얼굴을 바라보니 며칠 사이에 얼굴이 말이 아니었다. 형용이 초췌해서 뼈만 앙상하게 남았다.

어머니 오 씨는 울면서 말했다.

"우리 아이의 얼굴이 말이 아니로구나!"

손책은 어머니 앞에서 물러난 후에 사랑채로 나왔다.

어머니의 말씀이 마음에 걸렸다. 거울에 대하여 바라보니 과연 자기 얼굴은 십분이나 말랐다. 자기 자신이 놀랄 지경이었다.

옆에 사람을 돌아보며 한탄했다.

"내 얼굴이 어째 이리 야위었단 말인가!"

말을 채 끝마치기 전에 귀신 우길이 거울 속에 또 나타나서 노한 눈으로 손책을 흘겨보았다.

손책은 큰소리로 우길을 꾸짖으며 주먹을 들어 거울을 갈겼다. 순간 손책은 살을 맞았던 금창金瘡이 터지면서 땅에 혼절昏絶해 쓰러져 버렸다.

좌우는 황황해서 붙들어 일으켰으나 인사불성이었다.

어머니 오 부인이 급히 나와 아들을 떠메어 안으로 들어가 편안히 뉘었다.

얼마 만에 손책은 크게 한 번 한숨을 짓고 소생이 되었다. 눈에 눈물이 글썽글썽했다. 기운 없이 스스로 탄식하는 말을 보냈다.

　"내 명이 아마 그만인가 보다! 모든 사람들을 불러라."

　좌우에 명했다.

　모사 장소와 대장들이 모여들고 아우 손권이 황황히 들어왔다.

　손책은 모든 사람들을 가까이 오라고 손짓해 불렀다.

　여러 사람들은 손책의 누운 앞으로 가까이 갔다.

　손책은 추연히 유언을 내렸다.

　"천하가 바야흐로 어지러운데, 오월吳越의 많은 인구와 삼강三江의 천험 지대를 우리는 가졌으니 한번 큰 사업을 할 만하다. 여러분들은 내 아우를 잘 도와주라!"

　손책은 말을 마치자 인수印綬를 아우 손권한테 넘겨주며 말했다.

　"강동의 많은 인재를 가지고 조조와 유비를 대항하여 천하를 다투는 일은 네가 필시 나만 못할 것이다. 그러나 어진 사람을 적재적소에 발탁해 써서 자기의 힘을 다하도록 하여 강동 땅을 보전하는 일은 내가 너만 못할 것이다. 너는 항상 부형들의 창업하기 어려웠던 일을 생각해서 천하 일을 잘 도모하라!"

　손권은 울면서 형님이 주는 인수를 받았다.

　손책은 다시 어머니께 말씀을 드렸다.

　"아이의 천년天年은 이미 다했습니다. 늙으신 어머니를 받들어 봉양하지 못하고 먼저 가는 불효자를 용서해 주십시오. 시금 보시는 바와 같이 인수를 동생에게 전했습니다. 어머니께서는 아침저녁으로 아우를 훈계하시어 부형들이 부리던 옆 사람들을 가볍게 하지 않도록 신칙해 주십시오."

　어머니는 울면서 대답했다.

"어찌하면 좋단 말이냐? 네 아우가 아직 나이 어려서 큰일을 맡기가 어려울 터인데……."

손책이 대답했다.

"어머님, 과히 염려 마십시오. 아우의 재주는 저보다 십 배나 낫습니다. 큰 임무를 맡을 만합니다. 만약에 안의 일에 대하여 어려운 일이 있거든 장소張昭한테 물어서 결정케 하시고 바깥일에 대해서 어려운 일이 있거든 주유周瑜한테 의논해서 결정케 하신다면 실패가 없을 것입니다. 지금 주유가 이곳에 없어서 면대해서 부탁하지 못하니 이것이 한스럽습니다."

손책은 또다시 모든 아우들을 불러 일렀다.

"내가 죽은 후에 너희들은 함께 작은형을 도와서 큰일을 성공하도록 하라. 만약 종족 중에 감히 딴마음을 먹는 자가 있다면 함께 토멸해서 조종祖宗의 분묘墳墓 앞에 장사 지내지 못하게 하라."

모든 아우들은 울면서 유언을 받았다.

손책은 또다시 부인 교喬 씨氏를 불러 유언을 했다.

원래 교 씨는 형제가 있는데 큰딸은 손책의 아내가 되었고 작은딸은 주유의 아내가 되었던 것이다.

손권이 강동의 주인이 되다

"나는 당신과 함께 백년해로를 하지 못하고 중도에 손을 나누게 되니 한스럽기 그지없는 일이오. 그러나 명이 하늘에 달렸으니 어찌하겠소. 당신은 어머님을 잘 받들어 모시어 주시오. 조만간에 처제가 올 테니 주랑周郎한테 말을 잘해서 내 아우를 잘 도와주어 평일의 지기의 벗이었던 맑은 정리를 저버리지 말라 당부해 주오."

손책은 말을 마치자 눈을 감고 숨을 거두었다. 이때 책의 나이는 겨우 26세였다.

시인은 글을 지어 손책의 죽음을 조상했다.

獨戰東南地　人稱小霸王
運籌如虎踞　決策似鷹揚
威鎭三江靖　名聞四海香
臨終遺大事　專意囑周郎

혼자 힘으로 동남 땅에 싸우다.
세상 사람들 소패왕이라 불렀다.
산대를 놓아 싸움을 계획하니 범이 쭈그려 앉은 듯하고,
판가름하여 꾀를 결단하니 매처럼 빠르다.

위엄은 삼강을 눌러 평안하고,

이름은 사해에 떨쳐 향기롭다.

임종에 남겨 놓은 크나큰 사업

오로지 주유한테 부탁을 하네.

손책이 이미 죽으니 손권은 상 앞에 쓰러져 땅을 치며 구슬피 통곡했다.

장소가 손권을 위로하며 말했다.

"장군께서 울기만 하고 계실 때가 아닙니다. 한편으로 백씨 장군의 장사를 다스리시고 한편으로는 군국軍國의 대사大事를 장악하셔야 합니다."

손권은 눈물을 거두고 일어나 앉았다.

장소는 손권의 숙부 손정孫靜을 시켜서 초상을 다스리게 하고 손권을 청하여 정당正堂에 앉게 한 후에 문무백관의 인사를 받게 했다.

원래 손권의 모습은 턱이 밭고 입이 크며 눈이 푸르고 수염이 빨갛다.

전에 한漢의 사신 유완劉琬이 오吳에 와서 손 씨의 여러 형제들을 본 후에 사람에게 말했다.

"내가 손 씨의 여러 형제를 보니 모두 각기 재주가 빼어나서 영특하고 똑똑하나, 수명들이 길지 못할 것 같은데 다만 손권만은 얼굴이 비범하고 골격이 비상하니 크게 귀하게 될 상이오. 또 오래 살기도 하겠소."

하고 관상론을 이야기한 적이 있었다.

손권이 백관들의 인사를 받은 후에 모든 부서를 정하려 할 때 주유는 파구巴丘로부터 군사를 거느리고 오 땅으로 돌아왔다. 손권은 주유가 왔다는 말을 듣고,

"주공근周公瑾이 돌아왔으니, 이제 나는 근심이 없게 되었다."

마음 놓는 한숨을 쉬었다.

공근은 주유의 자였다.

원래 주유는 파구 땅을 지키고 있다가 손책이 살을 맞아 상했다는 소문을 듣고 문후를 하러 오다가 오군 땅에 당도하여 손책의 슬픈 부음을 듣고 주야배도해서 분상奔喪해 온 것이었다.

주유는 오부吳府에 당도하자 손책의 영구 앞에 나가 통곡하고 배례를 올렸다.

오태吳太 부인夫人이 주유가 왔다는 말을 듣고 안에서 나와서 맞이하며 손책의 유언을 울면서 전했다.

주유는 오태 부인께 땅에 엎드려 절한 후에 무릎을 꿇어 대답했다.

"주유가 비록 불민하오나 견마犬馬의 힘을 다하여 유언을 받들겠습니다."

이때 손권이 들어왔다.

주유는 손권한테 복제 인사를 드려 절을 했다. 손권도 황망히 마주 절하며 주유한테 눈물을 머금고 당부했다.

"원컨대 공은 선형先兄의 유명遺命을 잊지 마십시오."

주유는 머리를 조아려 대답했다.

"간과 뇌를 땅에 발라 지기知己해 주시던 은혜를 갚겠습니다."

손권이 눈물을 소매로 씻고 말했다.

"이제 불초한 사람이 부형의 유업을 계승하게 되었습니다. 어떠한 대책을 세워야 잘 수성守成을 하겠습니까?"

주유가 대답했다.

"예로부터 득인得人하는 사람은 그 사업이 창성하고, 실인失人하는 사람은 망하는 법입니다. 지금 계획하실 것은, 모름지기 높고 맑게 멀리 보는 사람을 구하여 보필하는 임무를 맡기신다면 강동을 가히 안정시킬 것입니다."

"선형의 유언하신 말씀에, 안의 일은 장소한테 물어 결정하고 밖의 일은 주공근께 여쭈어 보라 하셨습니다."

손권이 은근히 주유를 바라보아 말하니 주유는 겸사하는 말을 보냈다.

"장자포張子布는 어질고 통달한 사람이니 족히 대임大任을 맡을 만합니다. 그러나 유는 재목이 부족한 사람이올시다. 중대한 부탁을 다하기 어렵습니다. 제가 한 사람을 천거하여 장군을 돕도록 하겠습니다."

"어떤 사람이오니까?"

손권이 물었다.

"성은 노魯요, 이름은 숙肅이요, 자는 자경子敬이라 하는 임회臨淮 동천東川 사람입니다. 이 사람은 배포가 크고 지모가 겸전한 사람입니다. 어려서 아버님을 여의고 홀어머님을 섬기는데 효자 이름이 자자했습니다. 집안이 넉넉해서 항상 재물을 흩어 간구한 사람들을 구제해 주는 것으로 낙을 삼고 있습니다. 제가 거소居巢의 장으로 있을 때, 수백 인을 데리고 임회臨淮 땅을 지날 때 양식이 그만 떨어졌습니다. 노숙의 집 두 곳간에 쌀이 삼천 휘(斛)씩 쌓여 있다는 소문을 듣고 찾아서 도움을 청했더니, 노숙은 선뜻 한 곳간 쌀 삼천 휘를 내준 일이 있습니다. 이만큼 이 사람은 마음이 크고 강개慷慨한 사람입니다. 평생에 말 달리고 칼 쓰기를 좋아합니다. 곡아曲阿 땅에 우거하다가 그의 할머니가 돌아가시니 동성東城에 돌아가 장사를 지냈습니다. 그의 친구 유자양劉子楊이 소호巢湖로 가서 정보鄭寶에게 의탁하자 했으나 노숙은 아직 주저하고 가지 아니하고 있습니다. 지금 곧 불러서 쓰십시오."

노숙을 천거하는 주유의 말을 들은 손권은 크게 기뻤다.

"그렇다면 공근께서 노숙을 청해서 데려오십시오."

주유는 곧 손권의 명을 받들고 예물을 갖추어 노숙을 찾았다.

노숙은 반갑게 주유를 대했다.

"지금 강동의 손권이, 그의 형님의 뒤를 이어 대업을 성취하려 합니다. 노 선생의 어지신 말씀을 듣고 주유를 보내서 선생을 맞이하라 했습니다. 한번 도와서 천하를 차지하는 큰 사업을 성취시키는 것이 어떠하겠습니까?"

"근자에 유자양이 나와 함께 소호巢湖로 가자고 약속을 했습니다. 친구의 약속을 어기기도 난처해서 방금 그곳으로 가 볼까 하는 중입니다."

"옛적에 마원馬援이란 명장이 광무光武 황제한테 말하기를, 당금 세상에는 임금이 신하를 선택할 뿐 아니라 신하도 임금을 선택해야 한다고 말했습니다. 지금 우리 손 장군은 어진 이를 친하고 선비를 예로 대접하며 특이한 재주를 받아들이고 기발한 사람을 우대하는, 세상에 드문 분입니다. 족하足下께서는 불계하시고 나와 함께 강동으로 가서 동오東吳에 몸을 의탁하시는 것이 좋을 것 같습니다."

노숙은 주유의 말을 들었다. 함께 강동으로 가서 손권한테 뵈었다.

손권은 노숙을 경대해서 종일 담론하며 세상일을 이야기했다.

날이 저물어 모든 벼슬아치들이 흩어지니 손권은 노숙을 만류하여 술을 함께 마시며 자리를 나란히 하여 누웠다.

밤이 깊어 손권은 노숙한테 물었다.

"당금에 한실은 위태롭고 천하는 어지러운데 외로운 이 몸은 부형의 여업餘業을 이어받아 책임이 실로 너무 크오이다. 한번 제齊 환공桓公과 진晉 문공文公의 일을 본받아 패업을 이루려 생각하는데 노공은 장차 나를 어떠한 방향으로 인도하겠소?"

노숙이 대답했다.

"옛적에 한漢 고조高祖는 의제義帝를 높여서 섬기려 했으나 항우項羽는 마침내 의제를 시살해서 좋은 뜻을 이루지 못했습니다. 지금의 조조는 마치 항우와 같은 자올시다. 이러하니 장군께서 무슨 도리로 제 환공이나 진 문공이 되실 수 있겠습니까? 노숙의 생각에는, 한실은 다시 부흥을 시킬 수 없고 조조를 또한 조련히 제거할 수 없습니다. 다만 장군을 위해서 말씀을 드린다면 솥발같이 강동에 서 있어 천하의 틈을 살필 것입니다. 지금 북방엔 일이 많습니다. 먼저 황조黃祖를 없애 버리고 나아가서 유표를 공격하여 장강長江을 경계로 하여 지킨 연후에, 칭제稱帝 건호建號를 해서 천하를 도모한다면 이것은 한 고조의 대업을 이루는 것이나 매일반이올시다."

손권은 노숙의 말을 듣자 크게 기뻤다. 이불을 헤치고 일어나 사례했다.

다음 날 날이 밝자 손권은 노숙에게 후한 예물을 내리고 또 그의 어머니께 의복과 방장房帳 등 노인을 대접하는 예물을 보냈다.

노숙은 다시 한 사람을 손권한테 천거했다.

"한 사람 훌륭한 사람이 있습니다. 주공께서 한번 써 보십시오. 박학다재博學多才하고 어머니를 지성껏 섬기는 효자올시다. 성은 복성複姓인데 제갈諸葛이요, 이름은 근瑾이라 합니다. 이름은 자유子瑜라 부르는데 낭야琅邪 사람이올시다."

손권은 노숙의 말을 들어 곧 제갈근을 초빙하고 상빈上賓을 삼았다.

제갈근은 손권에게 건의를 했다.

"원소하고는 통하지 마시고, 조조한테는 순하게 보이십시오. 그러한 연후에 편한 것을 따라서 큰일을 도모하십시오."

손권은 제갈근의 말이 옳다고 생각했다.

진진陳震이 돌아가는 편에 글을 보내서 원소를 끊었다.

한편 조조는 손책이 이미 죽었다는 소식을 듣고 군사를 일으켜 강남으로 내려가려 하니 본시 손책의 사람이었던 시어사侍御史 장굉張紘이 간곡하게 간하였다.

"남이 슬픈 일을 당했을 때 군사를 일으켜 치는 일은 의거義擧라 할 수 없습니다. 만약 쳐서 이기지 못한다면 원수만 되고 말 것입니다. 좋게 대우하는 것만 같지 못합니다."

조조는 장굉의 말을 옳다고 생각했다.

곧 황제께 아뢰어 손권으로 장군 겸 회계會稽 태수太守를 봉하고 장굉으로 회계會稽 도위都尉를 삼아 인수印綬를 싸 가지고 강동으로 돌아가게 했다.

손권은 장굉이 돌아오는 것을 보자 크게 기뻤다. 장소와 함께 나라 정사를 맡겨 다스리게 했다.

장굉이 또 한 사람을 손권한테 천거했다.

"제가 한 사람을 장군께 천거하겠습니다. 성명은 고옹顧雍이요, 자는 원탄元嘆이란 사람이온데 죽은 중랑장中郎將 채옹蔡邕의 제자올시다. 사람됨이 정대正大하고 엄숙한데다가 말도 적고 술도 아니 마십니다."

손권은 곧 장굉의 말을 들어, 고옹을 채용하여 승행丞行 태수太守의 일을 보살피게 했다.

이로부터 손권의 위엄은 강동에 진동하고 백성들의 칭송을 얻어서 튼튼한 오국吳國의 터전을 더한층 강대하게 이룩했다.

한편 원소의 사자 진진은 원소한테로 돌아가 손책이 죽은 후에 아우 손권이 뒤를 이어 주인이 되고 조조는 천지께 아뢰어 장군을 봉힌 후에 외응外應이 되게 했다는 소식을 전했다.

원소는 진진의 전하는 말을 듣고 크게 노했다.

결연히 청주, 유주, 병주 등의 군마를 일으켜 허도를 다시 치려 하니 총

수가 70여 만이나 되었다.

　강남江南의 싸움터가 조금 조용하려 하니 기북冀北의 천지가 또다시 소란했다.

　원소는 큰 군사를 몰아 관도官渡를 바라보고 치달리니 변방을 지키던 하후돈은 장계를 띄워 허도로 급한 사유를 올렸다.

　조조는 순욱으로 허도를 지키게 하고 스스로 7만 군사를 거느려 원소를 대적하러 앞으로 나왔다.

조조와 원소의 관도 대전

원소는 70만 대군을 휘동하여 떠나려 하니 억울하게 옥중에 갇혀 있는 원소의 모사 전풍田豐이 글월을 올려 간하였다.

"모사 전풍이 비록 참소를 입어 옥에 갇혀 있사오나 한 말씀 아니 올릴 수 없소이다. 듣자오니 주공께서는 칠십만 대병을 일으켜 허도의 조조를 친다 하시니 사실입니까? 이것은 불가한 일이올시다. 지금은 고요히 지켜서 천시天時를 기다릴 때올시다. 망령되이 큰 군사를 일으키시면 불리할 것입니다."

전풍의 글월이 들어가니 같은 모사 봉기逢紀는 전풍을 참소했다.

"주공께서 의로운 군사를 일으켜 역적 조조를 치려 하시는데, 전풍이 저와 같은 상서롭지 않은 말을 하니 괴이한 일이올시다."

원소는 봉기의 간언을 듣고 전풍을 베려 했다.

모든 관리들이 원소한테 간하였다.

"전풍이 비록 상서롭지 못한 말씀을 했습니다마는 악의에서 나온 말이 아니올시다. 죽음을 면케 해 주십시오."

원소는 여러 사람의 뜻을 꺾기 어려웠다.

"내 조조를 파한 후에 돌아와 죄를 밝히리라."

원소는 곧 군사를 재촉하여 행군하니, 기치창검은 만산편야에서 햇빛을 가려 나갔다.

대군이 양무陽武 땅에 당도하자, 책柵을 둘러 진을 치니 모사 저수沮授가 원소한테 아뢰었다.

"우리 군사는 그 수가 많다 하나 용맹하기 조조의 군사만 못하고 조조의 군사는 정예하다 하나 양식이 우리만 못합니다. 저편은 양식이 없으니 급히 싸워야 이로울 것이요, 우리는 양식이 넉넉하니 느직이 지켜서 날짜를 끈다면 조조의 군사는 싸우지 아니해도 자멸할 것입니다."

원소는 크게 노했다.

"저수도 전풍과 똑같은 자로구나. 우리 군사가 어찌 조조의 군사보다 약하단 말이냐. 내가 승전고를 울리고 돌아오는 날, 두 놈을 함께 목 베겠다. 저수를 영창에 잡아넣어 가두라!"

원소는 명령을 내려 저수를 가둔 후에 70만 대군을 동서남북으로 벌여 영채를 세우니 원소의 군사는 90리에 뻗쳐 있었다.

조조 편 탐보는 관도로 말을 달려 원소 편 군사의 행동을 보고하니, 새로 당도한 조조의 군사는 모두 다 두려워하는 빛이 얼굴에 가득했다.

소소는 여러 모사들을 보아 의논하였다.

"우리 군사는 적고 원소의 군사는 칠십만이나 되니 어찌하면 좋을꼬? 모든 장수와 모사는 의견을 말하라."

모사 순유가 아뢰었다.

"원소의 군사가 비록 많다 하나 족히 두려울 것이 없습니다. 우리 군사는 모두 다 날랜 군사입니다. 한 사람이 넉넉 열 명씩은 당할 것입니다. 다만 한 가지 유의할 일은, 급히 싸워야 합니다. 시일을 천연遷延한다면 양식이 부족할 것입니다."

조조는 순유의 말을 듣다 무릎을 쳤다.

"옳은 말이오. 내 뜻도 똑같소."

조조는 말을 마치자 장졸들에게 영을 내려 북 치며 떠들고 나가니 원소의 군마도 지지 아니하고 마주 나와 진을 치고 대결하는 태세를 취했다.

원소의 모사 심배審配는 궁노수弓弩手 만 명을 좌우편에 매복시키고 궁전수弓箭手 5천 명을 중군中軍에 있는 문기門旗 안에 매복시켰다.

대포 소리가 일제히 터지고 북소리가 세 번 울리자, 원소는 황금 투구에 황금 갑옷을 입고 다시 그 위에 금포를 덧입고 옥대를 띤 후에 말을 진문 앞에 세우고 섰다. 좌우에는 장합張郃, 고람高覽, 한맹韓猛, 순우경淳于瓊 등 날랜 장수들이 벌여 섰는데 정기旌旗와 절월節鉞이 매우 엄숙하고 정제했다.

조조의 진에서도 문기門旗가 열리는 곳에 조조가 말을 달려 나오고 허저許褚, 장요張遼, 서황徐晃, 이전李典 등 맹장이 제각기 병기를 들고 앞뒤로 조조를 옹위해 나왔다.

조조는 채찍을 번쩍 힘차게 들어 원소를 꾸짖었다.

"나는 천자께 아뢰어 너에게 대장군의 지위를 유지하게 했는데, 너는 무슨 까닭에 조정과 천자를 배반하느냐?"

조조의 꾸짖는 말을 듣자 원소는 크게 노했다.

"네 이놈, 너의 명호는 비록 한의 승상이라 하나 실상인즉 한의 역적이다. 죄악이 하늘에 가득 차서 왕망王莽, 동탁董卓보다도 심한 놈이다. 네 도리어 나더러 반했다고 모함하느냐?"

큰소리로 조조를 꾸짖었다.

조조도 지지 않고 대답했다.

"나는 이제 천자의 조서를 받들어 너를 치는 것이다."

"이놈, 나는 천자의 밀조인 의대조衣帶詔를 받들어 역적 네놈을 토멸하는 것이다."

원소도 지지 않고 대거리했다.

원소의 꾸짖는 말을 듣자 조조는 왈칵 성이 났다.

"장군 장요는 나가서 원소의 목을 베어라."

조조는 장요에게 출전 명령을 내렸다.

장요는 조조의 명을 받자 급히 말을 달려 나오니 원소의 진에서도 장합이 말을 채쳐 달려 나왔다.

두 편 장수는 모두 다 일등 명장들이었다.

칼과 창으로 싸운 지 40여 합에 승부가 결정되지 않았다.

조조는 바라보면서 마음속으로, '잘들 싸운다!' 하고 칭찬했다.

허저가 칼을 두르며 말을 달려 나와 장요를 도우려 하니, 원소 진에서는 고람高覽이 창을 들어 허저를 가로막았다.

네 사람의 장수는 한 쌍씩 어우러져 치고 찌르고 피하고 덤벼들어 어지럽게 시살했다.

조조는 또다시 영을 내렸다.

"하후돈, 조홍도 나가서 돌격하라!"

하후돈과 조홍은 제각기 3천 군마를 거느리고 좌우편으로 갈라져 원소의 진을 찔렀다.

원소 편 모사 심배는 하후돈, 조홍이 군사를 거느려 돌격하는 것을 보자, 번쩍 붉은 기를 높이 들어 흔들었다.

일성 포향이 원소의 진에서 일어나면서 1만 명의 궁노수들은 만 발의 쇠뇌를 일제히 쏘면서 양편으로 짓쳐 나오고, 중군 안에 있던 궁전수 5천 명도 일제히 화살을 쏘면서 물밀듯 쏟아져 나왔다.

만 발의 쇠뇌는 불을 뿜어 비 오듯 쏟아지고 5천 명 궁전수들은 쉴 새 없이 화살을 쏘아붙였다. 조조의 군사는 쓰러져 죽는 자가 부지기수였다.

조조의 부하에는 이름난 맹장이 많았으나 원체 군사 수가 부족했다.

7만 군사로 원소의 70만 대병을 당해 낼 도리가 없었다. 조조의 군사는 멀리 달아나기 시작했다.

조조는 장수와 군사를 거느리고 남편 하늘을 바라보고 급히 달아났다.

원소의 대군은 조조의 군사를 추격하니 조조의 군사는 관도官渡까지 쫓겨 달아나고 원소는 일진을 크게 이겼다.

원소는 조조를 계속하여 추격하여 관도 가깝게 진을 치고 있었다.

모사 심배가 원소한테 의견을 말했다.

"빨리 군사 십만을 조발해서 관도를 지키게 하시고, 한편으로 조조의 영문 앞에 토산土山을 높이 쌓게 한 후에 군사로 조조의 진을 굽어보며 화살을 쏘게 한다면 조조는 이곳을 버리고 갈 것입니다. 그리된다면 우리는 이 애구隘口를 얻게 됩니다. 다음에 허도를 취하기는 여반장입니다."

원소는 심배의 의견을 좇았다.

정예한 군사를 영문마다 뽑아서 조조의 진 앞에 토산을 높이 쌓았다.

조조의 진에서는 원소의 군사가 토산 쌓는 것을 보자 나가서 훼방하려 했으나 심배가 인후咽喉 같은 요로要路에 궁노수들을 배치해 놨으니 앞으로 나가 방해할 수가 없었다. 열흘이 채 못되어 토산은 50여 좌나 이루어졌다.

위에다가 높은 사다리를 세우고 궁노수들을 배치시켜서 쇠뇌와 활을 어지럽게 쏘아붙이니 조조의 군사는 크게 두려웠다. 모두 머리에 차전패遮箭牌를 쓰고 있었다.

원소의 군사는 토산 위에서 조조의 군사가 나서기만 하면 목탁 소리를 군호로 하여 화살을 비 오듯 쏘아붙이니 조조의 군사들은 방패를 머리에 쓰고 땅에 찰싹 엎드려 버렸다.

원소의 군사들은 고함쳐 웃으며 조롱했다.

조조는 군사들의 황란한 것을 보자 모사들을 불러 의논하였다.

"어찌하면 저 자들의 장난을 막겠나?"

모사 유엽劉曄이 계교를 내어 아뢰었다.

"발석거發石車를 만들어 쏘면 저 자들의 장난을 막을 수 있습니다."

"발석거! 그것 묘한 궁리다. 거식車式을 들이라."

유엽은 즉석에서 발석거의 설계도를 그려 바쳤다.

조조는 칭찬한 후에 곧 밤을 도와 발석거 수백 차를 만들어 각 영문 담 안에 배치해 놓았다.

원소 편 토산 위에 있는 구름사다리와 조조 편 영문 안에 있는 발석거 는 서로 대해서 놓여 있었다.

원소 편에서는 조조의 진에 이상한 물건이 놓여진 것을 보자 군사들은 목탁을 치면서 화살을 쏘아붙였다.

조조의 진에서는 발석거를 움직여 쏘니 포석砲石은 벼락 치는 소리를 내면서 하늘로 날아 구름사다리 위에 있는 궁노수들을 때렸다.

죽고 상하는 자가 무수했다.

원소의 군사들은 조조의 발석거에 어찌 혼이 났던지 벽력거霹靂車라 불 렀다.

이후로부터 원소의 군사는 감히 토산에 올라 활을 쏘지 못했다.

심배는 또 한 가지 계교를 생각해 냈다.

군사들로 삽과 곡괭이를 들고 땅을 파서 굴을 뚫어 조조의 진에 통하게 하고 이 군사들을 굴자군掘子軍이라 불렀다.

조조의 군사들이 바라보니 원소의 군사가 토산 뒤에서 굴을 파고 있 었다.

급히 조조한테 보했다.

"원소의 군사들이 토산 뒤에서 굴을 파고 있습니다."

조조는 유엽을 청하여 물었다.

"원소의 군사가 산 뒤에서 굴을 파고 있다 하니 무엇을 하자는 것이겠소?"

유엽이 대답했다.

"그것은 별 계획이 아닙니다. 밝은 곳에서 공세를 취하지 못하게 되니 굴을 파고 어둔 곳으로 침범해 들어오려 하는 것입니다."

"어찌하면 막겠소?"

"어렵지 않은 일입니다. 우리는 영채 주위에 둥그렇게 참호를 파서 둔다면 저것들이 백 군데 굴을 판다 해도 아무 소용이 없을 것입니다."

조조는 밤을 도와 군사를 시켜서 영문 주위에 둥글게 참호를 파 놓았다.

원소의 군사들은 죽을힘을 다하여 두더지 모양 굴을 파고 들어왔으나 조조의 진 앞에 참호가 나타나고 보니 보초 보는 군사한테 단번에 들키게 되었다.

목을 움씰하고 굴속으로 돌려 달아나 버렸다. 원소의 군사는 공연히 군력만 허비하고 조조의 진을 침범할 수 없었다.

조조가 관도에 8월서부터 9월까지 장장 두 달 동안이나 있게 되니 군력은 소모되고 양식은 계속되지 아니했다. 관도를 버리고 허창으로 돌아가고 싶었다. 그러나 지의해서 얼른 결단하지 못했다.

사람을 허창으로 보내서 순욱한테 의견을 물었다.

순욱은 곧 딥시를 초하여 조조한테 바쳤다.

진퇴進退하는 일을 결정하라는 존명尊命을 받들어 삼가 어리석은 소견을 말씀 드립니다. 원소는 많은 군사를 함빡 관도官渡에 집결시켜서 명공께 한

번 승부를 결단하려 하는데, 명공께서는 지극히 약한 군사로 지극히 강한 군사를 대항하게 되셨으니 만약 제어하지 못하신다면 반드시 원소한테 제압을 당하시게 되는 것이니, 이것은 천하의 대기大機입니다. 그러나 원소는 군사가 비록 많다 하나 능히 용병하는 수단을 다하지 못할 것입니다. 명공의 신무명철神武明哲하신 자질로 어디를 간들 성공하지 못할 리 만무합니다. 지금 비록 군사가 적다 하나, 초楚와 한漢이 형양滎陽과 성고成皐에서 싸울 때보다 오히려 낫습니다. 명공께서 지경을 지키시고 인후지지咽喉之地를 꽉 누르시어 원소로 하여금 나오지 못하게 한다면 반드시 장차 변화가 있을 것입니다. 이때 기奇를 써서 때를 잃지 마십시오. 명공은 재량하시어 살피시옵소서.

조조는 순욱의 답서를 읽자 용기가 백배나 솟구쳤다. 장사들에게 영을 내려 관도를 사수하라 했다.

이때 원소의 군사는 40리가량 물려서 진을 치고 있었다.

조조는 장수들을 영문 밖에 내보내서 밤마다 순행을 돌게 했다.

서황徐晃의 부장에 사환史渙이란 장수가 순행을 돌다가 원소의 염탐꾼을 잡아 가지고 서황한테 바쳤다.

서황이 원소의 군중의 허실을 물으니 염탐꾼이 대답했다.

"조만간에 대장 한맹韓猛이 양식을 가지고 오는데 우리들로 먼저 길을 알고 오라 해서 이곳까지 왔던 것입니다."

서황은 이 사실을 곧 조조한테 보고했다.

조조 옆에 있던 모사 순유가 아뢰었다.

"한맹이란 필부의 용맹밖에 없는 장수입니다. 만약 우리 편 장수에게 날렵한 군사 수천 명을 주어 중로에서 양식 실어 가는 수레를 뺏는다면 원소의 군사는 자중지란이 날 것입니다."

"누구를 보내면 좋겠소?"

조조가 물었다.

"서황을 보내시면 가할 것입니다."

조조는 곧 서황에게 부장 사환을 대동하여 소속 부대를 거느려 나가게 하고 뒤를 이어 장요, 허저로 군사를 이끌고 나가서 뒤를 받쳐 주게 했다.

이날 밤에 한맹은 곡식 실은 수레 수천 달구지를 거느리고 원소의 진으로 향하여 나갈 때, 돌연 산골 속에서 서황과 사환이 군사를 거느리고 곡식 수레의 나가는 길을 끊었다.

한맹은 급히 말을 달려서 서황을 꾸짖으며 시살하니 사환은 군사를 몰아 인부를 죽이고 곡식 실은 수레에 불을 질렀다.

한맹은 당해 낼 수 없었다. 말을 채쳐 달아났다.

서황은 군사를 몰아 사환과 합세하여 곡식 실은 수레에 불을 질렀다.

원소의 진중에서 바라보니 서북편에 화광이 충천하는데 무슨 불인지 알 수가 없었다.

의심하고 있을 때, 패잔병이 급히 들어와 보했다.

"조조의 장수 서황과 사환이 한 장군이 영거하고 오던 양곡 수천 달구지를 빼앗아 불을 지르고 있습니다."

원소는 깜짝 놀랐다. 급히 장합과 고람을 보내서 한맹을 구하라 했다.

장합과 고람은 큰길에서 양식에 불을 지르고 돌아오는 서황과 마주치게 되었다.

칼을 들어 싸우려 할 때 뒤에서 허저와 장요가 군사를 거느리고 양편으로 고함치며 짓쳐들어왔다.

원소의 군사는 대패하지 아니할 수 없었다.

서황, 사환, 허저, 장요 네 장수는 원소의 군사를 쾌하게 이긴 후에 한 곳에 모여 관도로 돌아오니 조조의 기쁨은 형용할 수 없었다.

크게 기뻐서 거듭거듭 네 장수와 군사들에게 후한 상을 준 후에 다시 군사를 영채 앞에 배치하여 쇠뿔 형세를 이루어 다음 기회를 기다리고 있었다.

곡식을 잃어버린 패군지장 한맹韓猛이 영문으로 돌아오니 원소는 크게 노했다. 곧 한맹을 군법에 부쳐 목 베려 하니, 모든 사람들이 만류하여 목숨을 보전했다.

심배가 원소한테 권했다.

"행군하는 데는 양식이 가장 중합니다. 오소烏巢를 힘써 방비하셔야 하겠습니다. 그곳은 양식을 많이 쌓아 둔 곳이니 많은 군사로 지키십시오."

"나도 이미 생각을 정했으니 오소의 일은 염려하지 말고, 그대는 업도鄴都로 돌아가서 양곡을 감독하여 군량미의 결핍이 없도록 하라."

심배는 원소의 명을 받들어 업도로 돌아갔다.

원소는 대장 순우경淳于瓊으로 복원진睦元進, 한거자韓莒子, 여위황呂威璜, 조예趙叡 등 아장과 함께 군사 2만 명을 거느려 오소를 지키게 했다.

저 순우경이란 사람은 성미가 몹시 강한데다가 술을 좋아하니 군사들은 모두 다 두려워했다. 오소에 당도하자 모든 장수를 데리고 온종일 술을 마시는 것으로 일을 삼았다.

이때 조조는 군량미가 떨어지게 되었다. 급히 편지를 써서 사자를 허도에 있는 순욱에게 보내어 군량미를 빨리 조판해서 보내라 했다.

편지를 가지고 가던 사자는 20리를 채 못 가서 원소의 군사한테 잡혔다. 모사 허유한테로 결박 지어 끌려갔다. 원래 허유는 젊었을 때 조조와 친한 벗이었으나 지금 원소한테 있어서 모사가 되었다.

허유는 조조의 사자가 허도 순욱한테로 가지고 가는 편지를 읽어 보자 곧 원소한테 들어가 고했다.

"조조가 관도에 군사를 둔쳐서 우리와 상지한 지 오래니 지금 허도는 비었을 것입니다. 만약에 한 떼 군마를 나누어 밤을 도와 허도를 습격한다면 허도를 두려뺏고 조조를 사로잡을 것입니다."

"글쎄, 조조는 속임수가 많은 사람일세. 우리를 유인하는 계교가 아니겠나?"

원소는 의심하기를 마지아니했다.

"지금 만약 공격하지 아니하시면 뒤에 도리어 큰 해를 입으십니다."

허유가 재삼 권할 때 업도로 갔던 심배審配가 사자를 보내서 글을 올렸다.

편지에는 허유를 중상하는 사연이 적혀 있었다.

허유가 기주에 있을 때 백성들의 재물을 많이 긁어 들였고, 또 자질子姪들을 시켜서 세전稅錢과 군량을 흠뻑 빼돌린 일이 발각되어서 지금 그 자질들을 모조리 잡아 가두었습니다.

원소는 편지를 보자 발연히 노했다. 소리를 높여 허유를 꾸짖었다.

"탐관오리가, 네 어찌 감히 내 앞에서 계교를 들이느냐? 너는 본시 조조하고 친한 놈이다. 오늘 조조의 뇌물을 받고 나를 해치는 것이 분명하다. 당장 네놈의 목을 벨 것이로되 아직 붙여 두는 것이니 빨리 눌러가라. 이후엔 다시는 서로 보지 아니하리라!"

조조는 명사 허유를 얻고

허유는 기가 막혔다. 물러 나오며 하늘을 우러러 탄식했다.

"충언忠言이 역이逆耳라더니 궐자하고는 말할 수 없구나. 내 아들과 조카가 심배란 자한테 욕을 당해서 옥에 갇혔다 하니 내 무슨 낯으로 다시 기주 사람들을 대할 것이냐!"

허유는 장탄 일성에 칼을 빼어 목을 찌르려 했다.

옆에 사람들이 급히 칼을 뺏으며 권했다.

"공은 어찌 목숨을 이다지 가볍게 여기시오. 원소는 바른말을 받아들이지 아니하니 반드시 조조한테 사로잡히고 말리다. 공은 본시부터 조조와 안면이 두터우시니 어찌해서 어둔 곳을 버리고 밝은 곳으로 가지 아니하시오?"

어둔 곳을 버리고 밝은 곳으로 가라는 말에 허유는 황연히 깨달았다.

허유는 밤이 되자 가만히 영문을 나와 조조의 진으로 향했다.

어둔 곳에서 보초를 보던 군인이 허유를 잡았다.

"누구냐?"

칼을 뽑아 들고 큰소리로 물었다.

허유는 헌앙하게 대답했다.

"나는 본시 조 승상의 옛 친구다. 빨리 가서 남양 허유許攸가 뵈러 왔다고 여쭈어라."

보초 보던 군사는 황망히 영채 안으로 뛰어 들어갔다.

이때 조조는 옷을 벗고 막 자려 하다가 허유가 왔다는 말을 듣고 크게 기뻤다. 신도 신을 틈이 없었다. 맨발로 땅 아래 뛰어내렸다. 멀리 들어오는 허유를 바라보자 큰소리로 외쳤다.

"이거, 허 선생, 웬일이시오?"

얼굴에 가득 웃음빛을 띠고, 허유의 손을 덥석 받들어 잡고 손바닥을 어루만지며 당에 오르자 넙죽 허유한테 먼저 절을 했다.

허유는 황망했다. 조조를 붙들어 일으켰다.

"이거 망령이십니다. 공은 한의 승상이시고 허유는 한 사람, 베옷 입은 선비올시다. 어찌 이리 겸손하십니까?"

조조는 미연히 웃으며 대답했다.

"공은 조조의 옛 친구입니다. 어찌 벼슬 계제로 위아래를 따지겠소?"

허유가 옷깃을 바로잡고 대답했다.

"허유는 주인을 잘못 택해서 원소한테 몸을 굽혔더니 계교를 쓰지 않고 말을 듣지 아니합니다. 이제 버리고 옛 친구를 찾아왔으니 원컨대 거두어 주신다면 다행일까 합니다."

조조는 진정 기쁨을 이기지 못하는 모양이었다.

"자원子遠이 나를 찾아 자진해 오셨으니 이제는 내 일이 펴이게 되었소이다. 원컨대 나한테 원소 파할 계책을 가르쳐 주시오."

허유가 빙긋 웃으며 대답했다.

"나는 원소한테 가벼운 기병騎兵으로 승상이 아니 계신 틈을 타서 허도를 치라 했소이나. 그러나 원소는 내 계책을 쓰지 아니했습니다. 참으로 원소는 바보올시다."

조조는 허유의 말을 듣자 깜짝 놀라는 빛이 얼굴에 선연했다.

"원소가 만약 자원의 말을 들었던들 내 일은 결딴이 날 뻔했구려!"

조조는 가만히 한숨을 지었다.

허유가 조조한테 물었다.

"지금 명공께서는 군량미를 얼마나 지니고 계십니까?"

"일 년쯤은 지탱하겠지요."

조조가 대답했다.

허유가 빙긋 웃으며 말했다.

"모르면 모르되 그렇지는 못할걸."

"반년쯤은 되겠지."

조조가 대답했다.

허유는 벌떡 일어나 소매를 떨치고 장 밖으로 나가며 말했다.

"나는 정성껏 당신을 도우려고 왔는데 공은 이처럼 나를 속이니 나의 소망하던 바가 아니오."

조조는 황망히 일어나 허유의 소매를 잡았다.

"자원은 노하지 마시오. 내 실상을 말하오리다. 진중의 양식은 석 달쯤은 지냈하셨소이다."

허유는 빙긋 웃으며 말했다.

"세상 사람들이 말하기를, 맹덕孟德은 간웅奸雄이라 하더니 이제 보니 과연 간웅이로군."

조조도 웃으며 대답했다.

"영공은 병불염사兵不厭詐란 말을 듣지 못했소? 병가에는 원래 속임수가 많은 법이오. 하하하."

조조는 말을 마치자 허유의 귀에 입을 대고 목소리를 낮추어 가만히 말했다.

"꼭 바른대로 말하리다. 군중에는 이 달 양식밖에 없소이다."

허유는 큰소리로 외쳤다.

"나를 속이지 말라. 당신의 군중에는 양식이 이미 떨어졌다!"

조조는 얼굴빛이 변하며 깜짝 놀랐다.

"어떻게 알았소?"

허유는 소매 속에서 조조가 순욱한테 보냈던 편지를 꺼내 들었다.

"이 편지는 누가 쓴 것입니까?"

조조가 받아 보니 바로 자기가 보낸 그 편지였다.

"이 편지를 어디서 얻었소?"

허유는 원소의 진에서 사자를 잡은 전말을 이야기했다.

조조는 허유의 손을 탁 잡았다.

"자원은 옛 친구를 생각해서 일부러 왔으니 좋은 방책을 가르쳐 주시오."

"명공이 칠만의 외로운 군사로 열 배 되는 칠십만 대병을 대항하는 데는 급히 공격할 방도를 취하지 아니했으니 이것은 스스로 죽음을 취하는 길이외다. 내 한 계교가 있는데 불과 사흘 안에 원소의 백만 대병을 싸움 아니하고 이길 길이 있소이다. 명공이 내 계획을 들어주시겠소?"

허유는 정색하고 말했다.

조조는 기뻤다.

"원컨대 좋은 계책을 들려주시오."

"원소의 군량과 치중輜重은 지금 모조리 오소에 있는데 순우경이란 자를 보내서 지키고 있습니다. 그런데 순우경이란 자는 술을 좋아하여 아무런 방비도 없소이다. 가만히 정병을 보내서 원소의 장수 장기蔣奇의 군사라 한 후, 틈을 타서 양식과 치중에 불을 지른다면 원소의 군사는 사흘이 채 못 가서 자중지란이 일어나리다."

조조는 크게 기뻤다. 허유를 우대하여 진중에 묵게 하고 다음 날 조조는 친히 기병과 보병 5천 명을 뽑아서 오소로 갈 것을 준비했다.

장요가 조조한테 아뢰었다.

"원소의 양식을 저축한 곳에 어찌 방비가 없겠습니까? 승상께서는 허유의 말씀을 너무 믿지 마십시오. 거짓이 있을까 두렵습니다."

"그렇지 않아. 허유가 이번에 온 것은 하늘이 원소를 패하게 하자는 장본일세. 지금 우리는 군량이 얄팍얄팍하여 오래 상지할 수 없네. 만약에 허유의 계교를 아니 쓴다면 앉아서 곤경을 당하게 되네. 허유가 만약 거짓이 있다면 어찌 우리 진 속에 머물러 있을 리 있겠나. 그뿐 아니라 나 역시 오래 전부터 이러한 계획을 차렸던 것일세. 이번 겁채劫寨하는 일은 꼭 한 번 해야만 하네. 자네는 과히 근심하지 말게."

조조는 장요를 타일렀다.

"그래도 우리 편 방비는 단단히 해 두어야 합니다. 반대로 원소가 우리를 습격해 온다면 곤란합니다."

"다 이미 요량해서 정해 놓았네. 너무 염려하지 말게."

조조는 말을 마친 후에 순유, 가후, 조홍에게 명해서 새로 온 허유와 함께 본진을 지키게 하고 하후돈, 하후연으로 일지 군마를 거느려 좌편에 매복하고 조인, 이전으로 일지 군마를 거느려 우편에 매복하여 뜻밖에 일어나는 일이 없도록 준비하게 했다.

그리고 장요, 허저는 앞에 있어 선봉이 되게 하고 서황, 우금은 뒤에 있어 후군이 되게 한 후에 조조 자신은 중군中軍이 되어 나가니 군사는 모두 5천 명이었다.

군사마다 원소의 '원袁' 자 기호를 높이 들고 말에는 나무와 섶(薪)을 가득 실어 재갈 먹인 후에 황혼 때 오소로 향하여 나가니 이날 밤에 하늘은 맑아 별빛이 찬란했다.

이때 원소의 모사 저수沮授는 바른말로 원소를 간하다가 영창에 갇힌 몸이 되었다.

하늘에 별빛이 하도 찬란하니 옥졸에게 청했다.

"밖에 나가 천문을 좀 보도록 해 주게."

옥졸은 허락했다.

저수는 뜰에 나가 하늘을 바라보니 태백금성太白金星이 거꾸로 역행하여 두우성斗牛星 곧, 북두성北斗星과 견우성牽牛星 사이를 범했다.

저수는 깜짝 놀랐다.

"큰일 났구나!"

탄식한 후에 옥리에게 말하여 원소를 만나게 해 달라 청했다.

이때 원소는 술이 취해서 누워 있다가 저수가 비밀히 아뢸 일이 있다는 말을 듣고 곧 불러들였다.

"무슨 일이 있는가?"

"제가 옥중에서 천문을 보니 태백성이 유성柳星과 귀성鬼星 간으로 역행해서 흐르는 빛이 두우斗牛를 범했습니다. 반드시 적군의 겁탈이 있을 것입니다. 빨리 정병을 오소烏巢로 보내서 조조를 막으십시오."

원소는 아직도 술이 깨지 아니했다.

저수의 천문 이야기를 듣자 버럭 성을 내서 꾸짖었다.

"너는 죄를 지은 놈으로 어찌 감히 요망스런 말을 지어내어 군심을 어지럽게 하느냐?"

다시 옥리를 꾸짖었다.

"너는 어찌해서 명령 없이 저수를 옥에서 내놓아 어지러운 말을 하게 하느냐?"

원소는 무사를 불러 옥리의 목을 베게 하고 다른 옥리로 저수를 압령하여 다시 옥에 가두게 했다.

저수는 끌려 나오면서 비 오듯 흐르는 눈물을 손으로 가리고 탄식했다.

"우리 군사는 아침이 아니면 저녁에 망하겠으니 나의 시체를 거둘 길이 없구나!"

한편 조조는 한밤중에 군사를 거느리고 원소의 별채別寨 앞으로 지나갔다. 보초 서던 군사가 누구냐고 물었다.

"장기蔣奇 장군의 명을 받들어 오소의 양곡을 보호하러 가오."

하고 대답했다.

원소의 군사들은 자기네 기호旗號를 보고 다시 더 의심하지 아니했다.

이같이 하기를 여러 곳에서 했다. 그러나 한번도 실패를 하지 아니했다.

조조의 군사가 오소에 당도하니 밤중 사경 때가 지났다. 조조는 급히 명령을 내렸다.

군사들은 일제히 홰에 불을 켜 들고 고함을 지르며 돌격을 시작했다.

이때 순우경은 여러 아장들과 함께 밤새도록 술을 마시다가 장중에 취해 누웠나.

별안간 일어나는 북소리와 들레는 소리를 듣자 깜짝 놀라 일어났다.

"이거 왜 이리 떠들어 대느냐!"

소리쳐 물을 때, 조조의 군사는 벌써 뛰어들어 요구창으로 순우경을 낚아 꼭꼭 결박 지어 놓았다.

순우경과 함께 오소를 지키고 있던 목원진, 조예 두 장수는 양식을 운반해 주러 나갔다가 돌아오는 길에 앞을 바라보니 오소에 화광이 충천했다. 급히 군사를 몰아 달려왔다.

조조의 군사가 달려와 조조한테 고했다.

"목원진과 조예가 뒤에서 군사를 거느리고 옵니다."

모든 장수들은 군사를 나누어 뒤에 오는 목원진의 군사를 막으려 했다.

조조는 큰소리로 진두에서 지휘했다.

"너희들은 다만 앞을 바라보고 싸울 뿐이다!"

모든 장수들은 힘을 다하여 오소를 공격했다.

삽시간에 화염은 사방에서 일어나고 연기는 하늘에 자욱했다.

이때 목원진과 조예는 말을 달려 쫓아 들었다.

조조는 말 머리를 돌려 두 장수를 막아 싸웠다.

두 장수는 당해 낼 수가 없었다.

모두 다 조조의 군사한테 죽음을 당하고 양식과 곡초를 태워 버렸다.

적장 순우경淳于瓊은 포로가 되어 조조 앞에 끌려 나왔다.

"그놈의 코와 귀와 손가락을 베어 결박 진 후에 원소의 진으로 돌려보내라!"

군사들은 조조의 명령대로 거행하여 순우경을 욕뵈어 원소의 진으로 돌려보냈다.

한편 원소는 장중帳中에 있다가 정북正北편에 화광이 충천하는 것을 보자 오소에 일이 일어난 것을 짐작했다.

급히 문무 관원들을 모아 놓고 오소로 구원병 보낼 것을 의논했다.

부장 장합이 아뢰었다.

"제가 고람과 함께 가서 구원하겠습니다."

곽도郭圖가 말했다.

"불가하오. 오소를 구하러 갈 것이 아니라 조조의 본진을 무찌르는 것이 속하오. 지금 조조는 필연코 스스로 곡식을 뺏으러 친히 갔을 터이니, 조조의 본진은 비어 있을 것이 분명하오. 이 틈을 타서 조조의 본진을 찌른다면 조조는 오소를 버리고 급히 돌아올 것입니다. 이것은 손빈孫臏이

위魏나라를 포위하여 한韓나라를 구하던 계책입니다."

장합이 반대했다.

"안될 말씀이오. 조조는 꾀가 많은 사람입니다. 밖에 나왔을 때 반드시 안을 지키는 방비를 하고 나왔을 것입니다. 지금 만약 조조의 본영을 공격하는 경우, 때가 늦어서 순우경은 포로가 되고 우리들은 함빡 잡힐 것입니다."

곽도가 반박했다.

"조조는 단지 양식을 겁탈하기에 전력을 다했을 테니, 어느 틈에 군사를 본진에 머물러 두었겠소. 두말 말고 겁채를 합시다."

재삼 청했다.

원소는 마침내 두 곳으로 군사를 내기로 결정했다.

장합과 고람에게는 군사 5천 명을 주어 관도官渡로 가서 조조의 본진을 치게 하고, 장기蔣奇한테는 군사 만 명을 주어 오소를 구원하라 했다.

한편 조조는 순우경의 군사를 살상한 후에 갑옷과 기치를 빼앗아 자기 군사들한테 입혔다. 마치 순우경의 패잔병이 본진으로 돌아가는 것같이 꾸며 가지고 나오다가 산골짜기에서 장기가 거느리고 오는 원소의 군사와 만났다.

"어느 군사냐?"

장기가 물었다.

"오소의 패잔병이올시다."

대답했다.

장기는 의심치 아니하고 놓아 보냈다.

몇 걸음을 채 아니 가서 패잔병들은 일제히 창을 돌려 잡고 발길을 돌렸다.

"장기는 달아나지 말라."

대갈일성에 장요, 허저 두 장수가 말을 달려 뛰어나왔다.

장기는 채 손을 놀릴 틈이 없었다.

장요의 칼 한 번 휘두르는 곳에 장기의 목은 말 아래 떨어졌다.

장요는 군사를 원소한테 보내서 거짓 보고를 하게 했다.

"장기는 패해서 자살하고 오소의 군사는 다 흩어져 달아났습니다."

원소는 오소를 단념해 버리고 관도로만 군사를 더 보냈다.

저수와 전풍은 의리에 죽다

한편 장합과 고람은 원소의 명을 받들어 조조의 본진을 치러 나가니 좌편엔 하후돈이 나오고 우편에서는 조인이 나오고 중로에서는 조홍이 나와서 일제히 장합과 고람의 군사를 공격했다.

원소의 군사는 여지없이 크게 패했다.

마침 원소의 본진에서 구원병이 왔으나 조조가 군사를 거느려 등 뒤를 시살하니 장합, 고람은 몇 번인지 죽을 뻔하다가 겨우 길을 뚫고 달아나 버렸다.

오소의 패잔병들은 비 맞은 용대기가 되어 후줄근하게 기운 없이 돌아왔다.

원소가 보니 순우경의 귀와 코와 손과 발이 다 없어졌다.

원소는 기가 막혔다.

"대관절 어찌하다가 오소를 잃었느냐?"

오소의 패잔병들이 대신 대답했다.

"순우경이 술을 마시고 정신을 못 차리는 판에 적병이 쳐들어와서 이 꼴이 되었습니다."

원소는 노기가 충천했다.

"그놈을 당장 목을 베어 죽여라!"

독부獨夫 원소는 마침내 독한 명령을 내렸다.

술 좋아하던 순우경의 목은 귀와 코가 떨어진 채 영원히 목숨을 잃어버렸다.

곽도는 장합과 고람이 돌아와서, 공연히 곽도가 우겨 대서 조조의 본진을 공격했다가 참혹하게 패했다고 증언할까 겁이 났다. 먼저 원소한테 참소질을 했다.

"장합과 고람은 주인어른께서 패하신 것을 보고 마음속으로 무한히 기뻐합니다."

"그게 무슨 말인가!"

원소가 물었다.

"두 사람은 본디부터 조조한테 항복할 뜻이 있었습니다. 이번에 조조의 본진을 쳐서 이기지 못한 것은 일부러 고의로 힘을 쓰지 아니한 때문이올시다. 그래서 공연히 아깝게 군사들만 죽였습니다."

원소는 곽도의 참소를 듣자 크게 노했다.

급히 사람을 보내서 두 사람을 불러 죄상을 묻기로 했다.

곽도란 자는 이 틈을 타서 장합과 고람한테 앞질러 사람을 보냈다.

"원 장군께서 장차 당신네들을 죽이려 하니 조심하시오."

고람과 장합은 깜짝 놀랐다.

이때 원소의 사자가 정식으로 왔다.

"장군께서 두 분을 청하십니다."

고람이 사자에게 물었다.

"장군께서 어찌해서 우리를 부르시더냐?"

사자는 왜 부르는지 까닭을 몰랐다. 바른대로 대답했다.

"모르겠습니다."

"이놈, 모르다니."

고람은 칼을 빼어 사자의 목을 후려쳤다.

장합이 깜짝 놀랐다.

"원소의 사자를 죽여 놨으니 장차 어찌할 작정이오?"

"원소는 밤낮 참소만 듣고 일을 판단하지 못하니 필경엔 조조한테 망하고 말 것이오. 우리들은 앉아서 죽음을 기다릴 수는 없소이다. 조조한테 가는 것만 같지 못하오."

조조한테로 간다는 고람의 말을 듣자 장합도 찬성하는 뜻을 표했다.

"나도 그 생각을 가진 지 오래였소."

두 사람은 곧 수하 군마를 거느리고 조조의 진으로 가서 항복하기를 청했다.

하후돈이 조조한테 아뢰었다.

"장합과 고람이 항복하기를 청합니다마는 진가를 알 수 없습니다."

"내가 저 사람들을 은혜롭게 대접한다면 비록 딴맘을 먹었다 해도 저절로 변해질 것일세."

조조는 대답한 후에 곧 문을 열어서 두 사람을 받아들였다.

장합과 고람은 갑옷을 벗고 무기를 던진 후에 땅에 엎드려 항복했다.

조조는 얼굴에 가득 기쁜 빛을 띠고 말했다.

"만약 원소가 두 분 장군의 말씀을 잘 들었던들 오늘날 저다지 패하지 아니했을 것입니다. 이제 두 분이 홀연 나를 찾아오시니 이것은 마치 미자微子가 은殷을 버리고, 한신韓信이 한漢으로 돌아온 옛일과 흡사하오이다."

조조는 두 장수를 흠뻑 치켜세운 후에, 장합으로 편장군偏將軍 도정후都亭侯를 봉하고 고람으로 편장군 동래후東萊侯를 삼으니 두 사람은 더할 나위 없이 크게 기뻐했다.

원소의 진에서는 허유가 가고 장합, 고람을 또 잃은 데다가 오소의 양식은 결딴이 나고 보니 군심은 크게 어지러웠다.

허유는 다시 조조한테 계교를 올렸다.

"항복한 장수 장합과 고람으로 선봉을 삼으시어 빨리 원소를 공격하십시오."

조조는 허유의 말을 좇았다.

곧 장합과 고람으로 군사를 거느려 원소의 진을 습격하라 했다.

이날 밤 삼경 때 두 장수는 세 길로 군사를 출동시켜 원소의 진을 공격하여 밝을 때까지 싸우니 원소의 군사는 반 이상이나 꺾여 버렸다.

조조의 모사 순유가 또 꾀를 드렸다.

"지금 말 내놓기를, 한편으로는 군사를 내어 산조酸棗를 취한다 하고 한편으로는 업군을 공격한다 하고 한편으로는 여양黎陽을 취해서 원소의 돌아갈 길을 끊는다 하면 원소는 깜짝 놀라서 군사를 나누어 우리를 막을 것이올시다. 우리는 원소의 군사가 움직일 때를 타서 일시에 쳐들어간다면 단번에 파할 것입니다."

조조는 순유의 계교를 들었다.

모든 군중에 네 길로 진군한다는 소문을 퍼뜨렸다.

이 소문은 원소의 귀로 들어갔다. 원소는 깜짝 놀랐다.

급히 원상袁尙에게 5만 군사를 주어 업군을 구하게 하고 신명辛明에게 5만 군사를 주어 여양을 구하라 했다.

조조는 원소의 군사가 움직였다는 소식을 듣자 곧 군사를 일으켜 여덟 길로 나누어 원소의 진을 무찔러 들어갔다.

원소의 군사는 조조의 대병이 홍수같이 밀려 들어오니 싸울 마음을 잃었다. 크게 뭉그러지며 사방으로 흩어져 달아났다.

원소는 황망했다. 갑옷을 입을 겨를도 없었다. 복건幅巾 쓰고 직령 입은 채 말을 타고 달아났다. 젊은 아들 원상袁尙이 뒤에 급히 따르고 장요, 허저, 서황, 우금 네 장수가 군사를 이끌어 창황히 뒤를 쫓았다.

원소는 급히 강을 건너야만 했다. 도서圖書와 수레와 금은보화며 산더미같이 쌓인 비단 필들을 다 버리고 황황하게 하수를 건너가니 뒤따르는 군사는 겨우 8백여 기뿐이었다.

조조의 군사는 뒤를 쫓았다. 원소가 버리고 간 금은보화를 모두 얻은 후에 적병을 죽이니, 그 수는 무려 8만여 명이나 되었다. 피는 흘러 개울이 뿌듯했고 강물에 빠져 죽는 군사도 그 수를 헤아릴 수 없었다.

조조는 완전히 쾌하게 이긴 후에 금은보화와 비단들을 장수와 군사들에게 고루 나누어 주니, 사기는 더한층 용솟음쳤다.

원소가 버리고 간 도서 속에는 한 뭉텅이 편지가 쏟아져 나왔다.

차례차례 조사해 보니 허도와 군중에 있는 사람들이 원소한테 군사의 비밀을 암통暗通한 서신들이었다.

시자들은 조조한테 고했다.

"원소한테 비밀을 누설한 자들의 이름을 일일이 적어서 군법을 시행해 죽이십시다."

조조는 잠깐 생각하다가 껄껄 웃으며 대답했다.

"한창 원소의 세력이 강성할 때 나 같은 사람도 보존하기가 어려웠는데 항차나 이하의 모든 사람들일까 보냐. 목숨을 보존키 위하여 그리한 짓이니 편지를 다 태워 버리고 불문에 부쳐라."

조조의 부하들은 혀를 둘러 탄복했다. 과연 일세一世 간웅奸雄의 큼직한 배짱이었다.

원소가 패해 달아난 후에 원소의 진에 구금되어 있던 모사 저수沮授는 옥에서 뛰어나와 달아나다가 조조의 군사한테 잡혔다.

군사는 저수를 조조한테 꿇려 놓았다.

조조와 저수는 원래 안면이 있는 터였다.

저수는 조조 앞에 고개를 숙이지 아니했다.

군사는 강제로 머리를 숙이게 하니 저수는 큰소리로 부르짖었다.

"저수는 항복하지 아니한다!"

조조는 친히 뜰에 내려 저수의 결박을 끄르며 말했다.

"원소는 무모하여 그대의 말을 듣지 아니하고 구박이 자심해서 가두기까지 한 사람 아닌가? 내가 만약 진작 그대를 만났던들 천하를 얻는데 아무런 근심이 없었겠소!"

조조는 말을 마치자 친히 저수의 결박을 끄르고 시자에게 명을 내렸다.

"이분을 특별한 방에 거처케 하여 후히 대접해 드려라."

시자는 저수를 인도하여 군중에 머물러 두게 하고 후하게 대접했다.

그러나 저수는 만족치 아니했다.

한밤중에 마구간에 매어 둔 말을 훔쳐 타고 원소한테로 가려다가 군사한테 잡혔다.

군사는 조조한테 고했다.

"승상께서 저수를 그토록 후히 대접하셨건만 밤에 말을 훔쳐 타고 제 주인한테로 돌아가다가 저희들한테 잡혔습니다."

"그놈 죽여 버려라."

저수는 군사한테 끌려 나와 참형을 당하게 되었다. 그러나 얼굴빛을 변하지 아니하고 태연히 말하며 죽었다.

"내가 내 주인을 찾아가는데 아무런 부끄러움도 없다!"

조조는 죽여 놓고 탄식했다.

"내 그릇, 충의지사忠義之士를 죽였구나! 후하게 장사 지내 주어라."

군사들은 예법을 차려 저수의 시체를 염하여 거둔 후에 황하黃河 도구渡
□에 안장하고 무덤 앞에는 충렬忠烈 저군지묘沮君之墓의 글을 새겨 비석을
세워 주었다.

시인은 시를 지어 예찬했다.

河北多名士　忠貞推沮君
凝眸知陣法　仰面識天文
至死心如鐵　臨危氣似雲
曹公欽義烈　特與建孤墳

하북에 명사가 많지만,
충정으로 저군을 친다.
눈동자 모아 생각하면
진법을 짐작하고,
고개 들어 하늘 보면
천문도 아네.
죽음을 당해도
마음은 철석같구나.
목숨이 위태롭건만
기백은 펄펄 나는
흰 구름장이다.
조공은 의열을 공경하여 적이건만,
외로운 무덤 이루어 주었네.

한편 조조는 원소가 대패한 기회를 타서 다시 군마를 정돈하여 멀리 원소를 추격해 나갔다.

이때 원소는 복건幅巾에 홑옷 입고 패군지장 8백여 기를 거느려 여양 북편 언덕에 당도하니 대장 장의거蔣義渠가 나와 영접했다.

원소는 패전한 사유를 의거한테 일장 설파했다. 의거는 방을 붙여 흩어진 군사를 다시 불러들였다. 패잔병들은 원소가 여양에 있다는 말을 듣고 개미 떼처럼 다시 모여들었다. 군세는 점점 정돈이 되었다. 원소는 장의거와 의논하고 본고장인 기주로 돌아갈 것을 결정했다.

행군을 해 나가는 다음 날 밤, 군사들은 황산荒山이란 곳에서 야영을 하고 있었다.

원소는 한밤중에 장중帳中에 누워 있으려니 곡성이 들려 왔다.

마음이 선뜻했다.

가만히 장 밖으로 나와서 울음소리 처량한 곳을 찾아갔다.

원소가 곡성 나는 곳을 찾아 가만히 가 보니 모두 다 패한 군사들이 한데 모여서 신세타령들을 하며 통곡을 하는 것이었다.

"나는 이번 싸움에 삼 형제가 다 붙들려서 전쟁터로 끌려 나왔는데 형도 죽고 아우도 죽고 나 혼자만 외톨이 되어 남았소. 이런 놈의 기막힌 신세가 또 있겠소?"

"나는 부자가 다 한꺼번에 전쟁터로 끌려 나왔는데 자식이라고는 천금 같은 그 자식 하나뿐이었소. 이번 싸움에 이 자식이 죽어 났으니 장차 이 일을 어찌한단 말이오. 늙은 놈의 신세기 딱하게 되었소."

"원 장군이 딱합니다. 모사 전풍 선생의 말씀을 들었던들 아무 일도 없었을 것을 도대체 이것이 무슨 짓이란 말이오. 칠십만 대병이 한목에 다 죽어 버리고 팔백여 명만 남았으니 이 꼬락서니가 무엇이오?"

군사들은 제 가슴을 두드려 치면서 아프게 통곡하며 자기를 원망하는 것이었다.

원소는 창자가 쥐어짜지는 듯했다. 크게 뉘우치는 마음이 울연히 솟아일어났다.

"내가 공연히 전풍의 말을 듣지 아니해서 병패兵敗 장망將亡이 되었으니 이제 돌아가 무슨 면목으로 전풍을 대할 것이냐?"

마음이 흠뻑 구슬펐다.

다음 날 말에 올라 다시 행군하는데 봉기逢紀가 일지 군마를 거느리며 영접했다.

원소는 반가웠다.

"내가 전풍의 간하는 말을 듣지 아니하고 공연히 전쟁을 일으켰다가 오늘 이 지경을 당했네. 무슨 낯을 들고 전풍을 만나는지 모르겠네."

봉기는 별안간 시기하는 마음이 생겼다.

전풍을 중상했다.

"허허, 전풍은 옥중에서 주공께서 패했다는 소식을 듣자 손뼉을 지면서 내 요량이 틀림없다고 비양거려 깔깔 웃었다 합니다. 어디 이런 법이 있습니까?"

봉기의 이 말을 들은 원소의 마음은 금방 돌아섰다. 발끈 노해서 얼굴이 홍당무같이 되었다.

"더벅머리 선비 놈이 감히 나를 비웃는단 말이냐! 내 이놈을 기어코 죽이리라!"

원소는 곧 허리에 찬 보검寶劍을 빼어 사자에게 주었다.

"너는 이 칼을 가지고 먼저 기주 옥으로 가서 전풍을 참하라!"

이때 전풍은 기주 옥중에 갇혀 있는데 하루는 옥리가 들어와 인사하고 말했다.

"별가別駕께 축하를 드립니다."

"무슨 기쁜 일이 있어 축하를 한단 말인가?"

전풍이 옥리한테 물었다.

"원 장군께서 크게 패해서 돌아오십니다. 별가님의 말씀이 맞으셨습니다. 앞으로 별가님께서 중용되실 것입니다."

옥리의 말을 듣고 전풍은 껄껄 웃었다.

"허허, 나는 이제 죽었네!"

옥리가 깜짝 놀라 물었다.

"그게 무슨 말씀이오니까. 사람들은 모두 별가님을 위하여 기뻐하는데 별가님께서는 왜 그런 사위스런 말씀을 하십니까?"

전풍은 천천히 대답했다.

"원 장군은 밖으로는 너그러운 듯하나 안으로는 몹시 좁은 분일세. 이런 까닭에 바른말을 잘 들어 주지 아니하네. 지금 만약 전쟁에 이겼다면 기뻐서 나를 놓아줄지 모르지만 이제 싸움에 패해 났으니 부끄러울 것일세. 나는 살아날 가망이 없네."

"그럴 리가 있습니까?"

옥리는 미덥지 아니했다. 반신반의하고 물러갔다.

얼마 아니 되어 홀연 사자가 원소의 명령을 받들고 와서 칼을 전했다.

옥리는 비로소 깜짝 놀랐다. 전풍의 요량이 틀림없는 것을 알았다.

전풍은 원소가 보낸 칼을 받았다.

"내 반드시 죽을 줄 알았소!"

옥리들은 딱했다. 모두들 눈물을 흘렸다.

전풍은 칼을 받아 들고 말했다.

"대장부가 천지간에 태어났다가 그 주인을 가릴 줄 모르고 섬겼으니 이것은 지혜가 없는 무지한 사람이다. 오늘날 내가 죽은들 누구를 원망하며 누구를 한하랴. 내가 애당초 사람을 잘못 본 것이다. 그러나 주인을 배반할 수는 없다!"

말을 마치고 스스로 목을 찔러 죽었다.

뒷사람은 시를 지어 탄식했다.

昨朝沮授軍中死　今日田豊獄內亡
河北棟樑皆折斷　本初焉不喪家邦

어제 아침 저수는 군중에서 죽더니
오늘날 전풍은 옥 안에서 죽었네.
하북 땅, 도리 기둥, 다 쓰러졌네.
원소, 어찌 아니 망하고 배겨 내겠소.

전풍이 죽었다는 소문이 퍼지니 듣는 사람들은 모두 다 그를 위하여 탄식하고 아깝게 여겼다.

원소는 기주로 돌아온 후에 마음이 산란하고 일마다 짜증을 내어 정사를 다스릴 수 없었다. 아내 유劉 씨氏는 그에게 후사後嗣를 세우라 권했다.

원소는 아들 셋을 낳았는데 장자는 원담袁譚인데 자는 현사顯思라 불렀다. 청주青州 태수太守가 되어 밖에 나가 있고 둘째 아들은 원희袁熙인데, 자는 현혁顯奕이다. 유주幽州 태수太守로 나가 있고 셋째 아들은 원상袁尙인데 자는 현보顯甫라 하는데 후처 유 씨의 소생이었다. 날 때부터 용모가 준수하고 기걸했다. 원소는 매우 사랑하여 항상 신변에 머물러 두었다.

관도에서 대패해 돌아온 후에 후처 유 씨는 자기 아들 상으로 후사를 정하게 하라고 항상 졸라 댔다.

원소는 부하 심배審配, 봉기逢紀, 신평辛評, 곽도郭圖 네 사람을 불러 상의했다.

원래 봉기, 심배는 원상의 편이요, 신평, 곽도는 원담의 편이었다. 네 사람은 각각 주장이 달라서 의견이 합치되지 않았다.

원소는 네 사람을 불러 의논하였다.

"지금 밖의 근심이 끊일 사이 없으니 불가불 안의 일을 일찍이 정해서 후사를 세워야 하겠소. 큰아이 담은 성정이 강해서 사람 죽이기를 좋아하고 둘째 아들 희는 위인이 나약하여 성공하기 어렵고 셋째 아들 상은 영웅의 기상이 있는 데다가 어진 이를 대접하고 선비를 공경하여 인망이 많으니, 이 애로 후사를 정하는 것이 어떠하겠소?"

조조는 원소를 창정에서 대파하고

곽도가 대답했다.

"세 분 자제 중에 담譚이 제일 맏이로서 지금 밖에 있습니다. 주공께서 만약 장자를 폐하시고 셋째로 후사를 정하신다면, 이것은 난을 일으키는 싹이 됩니다. 목하에 군사의 위엄이 많이 꺾이고 적병이 압경壓境을 하는 이 마당에 어찌 다시 부자 형제들이 스스로 서로 다투게 하십니까? 주공께서는 적을 막을 방책을 생각하시고 후사 정하는 일은 아직 의논치 마시는 것이 좋을 것 같습니다."

원소는 주저하고 결단을 못하고 있을 때 홀연 원희袁熙는 군사 6만을 이끌고 유주幽州에서 오고 원담袁譚은 군사 5만을 거느려 청주青州에서 들어오고 외생外甥 고간高幹은 군사 5만을 인솔하여 병주幷州에서 와서, 기주冀州에 집중되어 아버지 원소를 도와주려 한다는 보고가 들어왔다.

원소는 기뻤다. 다시 인마를 정돈하여 조조와 싸울 것을 준비했다.

이때 조조는 전승한 군사를 하수河水 위에 벌여서 진을 치니 토박이 백성들은 단사호장簞食壺漿[28]으로 조조의 군사를 맞이했다.

조조는 환영 나온 부로父老들을 살펴보니 수염과 머리털이 모두 다 호

---

28) 단사호장簞食壺漿 : 대광우리에 밥을 담고, 병에 마실 것을 담아서 정의正義의 군인을 환영하는 데 쓰는 문자. 맹자孟子 양혜왕편梁惠王篇에 '단사호장簞食壺漿으로 이영왕사以迎王師'라 함. 여기에서는 '食'의 음을 '사'라 읽는다.

호백발이었다.

청하여 장중에 앉게 한 후에 노인들한테 물었다.

"노인장들의 춘추는 얼마나 되셨습니까?"

"모두 다 백 세가 가깝게 되었습니다."

한 노인이 대답했다.

"우리 군사들이 너무나 귀향貴鄕을 소란케 해서 미안하기 짝이 없소이다."

조조는 미안하다고 인사를 했다.

"환제桓帝 때 황성黃星이 초楚와 송宋 사이에 나타났는데, 그때 요동遼東 사람 은규殷馗는 천문에 달통한 사람입니다. 마침 밤에 이곳에서 묵다가 노한老漢들을 보고 말하기를 황성이 건상乾象에 나타나 이 땅을 비췄으니 앞으로 오십 년이 지나면 반드시 진인眞人이 양패지간梁沛之間에 나타나리라 했습니다. 올해 햇수를 따져 보니 바로 틀림없는 꼭 오십 년이올시다. 원소는 백성들을 달달 볶아서 중한 세금을 긁어 들이니 백성들의 원망이 대단합니다. 이제 승상께서는 어질고 의로운 군사를 일으키시어 백성을 어루만지시고 죄 있는 자를 치시어 관도 한 번 싸움에 원소의 백만 대병을 깨치셨으니, 정히 당시 은규의 예언이 맞나 봅니다. 백성들은 이제야 태평세월을 누리게 되나 보오이다."

조조는 마음속으로 무한 기뻤다. 빙긋 웃으며 대답했다.

"과분한 말씀이오이다. 어째 노장老丈의 말씀을 감당하오리까?"

조조는 곧 술과 음식과 비단과 피륙을 노인들에게 내린 후에 삼군에 호령했다.

"만약 촌에 들어가 백성들의 닭과 개를 노략질하는 자가 있다면 살인 죄와 동등하게 처단하리라."

조조의 영이 한번 내리니 장수와 군사들은 떨면서 복종하고 조조의 자

부하는 마음은 더한층 푸르렀다.

이때 파발은 말을 달려 조조한테 고했다.

"원소는 청주, 유주, 병주, 기주 네 곳 군사를 합세하여 이삼십만의 큰 병력으로 창정倉亭에 집결하여 진을 치고 있습니다."

"그래? 나도 진군을 해야 하겠다."

조조는 곧 영을 내려 출전하는 태세를 취했다.

다음 날 원소의 진에서 싸움을 돋우는 격문이 왔다.

조조는 곧 회신을 띄웠다.

"오늘 당장 승부를 결단하리라."

두 편에서는 제각기 포진한 후에 일제히 북 치고 고함치면서 조조는 모든 장수를 거느려 나가고, 원소도 세 아들과 생질을 앞세운 후에 문무백관을 거느려 대장기를 바람에 펄펄 날리며 말을 달려 나왔다.

조조는 큰소리로 원소를 꾸짖었다.

"원소야, 똑똑히 들어라! 너는 계궁역진計窮力盡했건만, 아직도 항복할 생각을 아니하니 네 목에 칼이 얹혀진 연후에야 비로소 항복을 할 테냐? 두말 말고 빨리 항복하라. 그때 가서 뉘우쳐도 소용이 없으리라."

원소는 벌컥 성이 났다. 좌우를 돌아보며 물었다.

"누가 나가서 저놈 조조의 목을 베어 가지고 오겠느냐?"

셋째 아들 원상袁尙이 아버지 앞에서 한 번 무예를 자랑하고 싶었다.

"소자가 나가겠습니다."

원상은 말을 마치자 쌍도雙刀를 춤추어 말을 달려 나갔다.

"저 젊은 장수는 누구냐?"

조조가 바라보며 물었다.

"바로 원소의 셋째 아들 원상이올시다."

얼굴을 짐작하는 장수가 대답했다.

말이 채 떨어지기 전에 조조 편에서 한 장수가 창을 두르며 말을 달려 나갔다.

조조가 보니 서황의 부장 사환史渙이었다.

두 장수는 말을 달려 어우러져 싸운 지 3합에 원상은 사환의 말을 찌르는 체하다가 별안간 말 머리를 돌려 달아났다.

사환은 달아나는 원상을 급히 쫓았다. 홀연 원상은 몸을 돌리면서 활에 가득히 살을 메겨 사환을 향하고 쏘았다.

앗 소리가 일어나면서 살은 사환의 왼편 눈알을 쏘아 맞히고 사환은 말 아래로 가로 떨어져 죽었다.

원소는 아들이 쾌하게 이긴 것을 보자 신명이 났다. 채찍을 둘러 친히 군사를 지휘하니 수십만 대병은 홍수같이 밀리면서 한나절을 어울려 싸웠다.

밤이 늦어 두 편에서는 제각기 쟁을 쳐 군사를 거두고 조조는 모든 장수를 모아 의논하였다.

정욱이 조조한테 십면十面 매복埋伏의 계책을 올렸다.

"하수 위로 퇴군을 한 후에 군사를 열 군데로 나누어 복병을 하여 원소의 군사를 유인한다면 우리 군사는 배수진을 쳐서 물러갈 길이 없게 됩니다. 장수와 군사들은 반드시 힘을 다하여 사전死戰을 할 테니, 원소를 사로잡고 말 것입니다."

조조는 손뼉을 치며 입이 벙긋 벌어졌다.

"좋은 세교일세!"

조조는 황하黃河의 하상河上으로 군대를 물리고 곧 매복의 명령을 내렸다.

장수들은 일제히 군사를 좌우편으로 갈라 행동을 개시했다.

좌편 제1대는 하우돈이요, 제2대는 장요요, 제3대는 이전이요, 제4대는 악진이요, 제5대는 하후연이었다.

우편 제1대는 조홍이요, 제2대는 장합이요, 제3대는 서황이요, 제4대는 우금이요, 제5대는 고람이었다.

다시 중군中軍엔 허저가 선봉이 되었다.

다음 날 연대의 군마를 좌우 양편으로 매복한 후에 이날 밤에 조조는 중군 선봉 허저에게 비밀히 명령을 내렸다.

"너는 원소의 진으로 급히 가서 거짓 겁채하는 체하고 돌아오라!"

허저는 한밤중에 군사를 이끌고 고함을 높이 질러 겁채하는 시늉을 했다.

원소의 다섯 진 군사가 일제히 일어났다.

허저는 급히 군사를 거두어 회군하니 원소의 군사는 함성을 지르며 뒤를 쫓았다.

허저는 패해 달아나는 체 자꾸 달렸다. 원소의 군사는 의기양양해서 함성 소리 드높게 더욱 쫓았다.

동이 환하게 텄다. 원소의 군사는 조조의 군사를 하상河上까지 쫓았다.

조조의 군사의 뒤에는 시퍼런 강물이 파도를 치며 흘렀다. 갈 길이 없었다.

조조는 큰소리로 외쳤다.

"앞으로 나갈 길은 없다. 다만 만 길이나 되는 푸른 강물이 있을 뿐이다. 물에 빠져 죽으려느냐? 싸워서 이기려느냐? 이기면 살고 지면 죽는다!"

달아나던 조조의 군사들은 함빡 몸을 돌이켰다. 짧은 칼을 잡고 이를 악물며 원소의 군사를 찔렀다. 허저는 앞으로 말을 달려 수십 장수의 목을 베었다.

원소의 군사는 조조의 군사를 당해 낼 수가 없었다.

원소는 급히 쟁을 쳐 군사를 돌렸다. 허저는 소리쳐 칼을 두르며 쳐들어갔다. 원소의 군사는 크게 어지러웠다. 등 뒤에서는 조조의 군사가 도리어 원소의 군사를 쫓았다. 함성은 천지를 진동했다.

원소의 군사는 앞을 바라보고 죽을힘을 다하여 달아났다. 홀연 북소리가 요란스럽게 울리면서 좌편에서는 하후연이 군사를 거느려 나오고, 우편에서는 고람이 군사를 거느려 나왔다.

원소는 다급했다. 급히 세 아들과 생질을 거느리고 혈로血路를 뚫어 죽음을 피해 달아났다.

땀을 뻘뻘 흘리며 달아날 때 10리를 채 못 가서 일성 포향이 천지를 진동하면서 티끌이 자욱하게 일어났다. 좌편에서는 악진이 나오고 우편에서는 우금이 나타나 호통 치며 쫓았다.

원소의 군사는 죽어 쓰러지는 자가 부지기수였다.

시체는 들에 깔려 즐비하고 피는 흘러 내를 이루었다.

원소는 목이 타고 눈이 아물거렸다. 죽을힘을 다하여 달릴 때 또다시 북소리가 두리둥둥 나면서, 좌편에서 군사가 쏟아져 나오고 우편에서 군사가 고함치며 대들었다. 좌편 대장은 이전이요, 우편 대장은 서황이었다.

원소의 군사는 또 한 진이 뭉그러졌다.

원소의 부자는 담이 떨어지고 정신이 산란했다. 모두 다 배가 고팠다.

급히 본진으로 돌아와 군사들의 밥을 지으라 했다.

원소의 상수와 군사들은 밥 나오기를 기다리고 있을 때 돌연 함성이 천지를 진동하면서 좌편에서는 장요가 군사를 거느려 쳐들어오고 우편에서는 장합이 일대 군마를 휘동하여 짓쳐들어왔다.

원소는 황망히 말에 올라 앞을 바라보고 창정倉亭으로 달아났다. 조금

숨을 돌려 쉬려 할 때, 후면에서는 조조의 대군이 홍수 밀리듯 쏟아져 들어왔다.

원소는 혼비백산이 되어 다시 달아났다. 얼마 동안 정신없이 달릴 때 우편에서,

"이놈 원소야 닫지 마라!"

조홍이 소리치며 나오고,

"네 어디로 가려 하느냐!"

하후돈이 천둥같이 얼러 대며 가는 길을 막았다.

원소는 호위하는 군사들에게 호통을 쳤다.

"죽기를 결심하고 싸우라! 그렇지 않으면 모두 다 사로잡혀 죽는다!"

원소의 군사들은 죽음을 각오하고 조조의 군사에 대항하여 두 겹 세 겹 에워싼 진을 뚫고 달아났다.

이 통에 원희와 고간은 살을 맞아 중상을 당하고 군사와 말들은 거의 다 죽어 버렸다.

원소는 세 아들을 껴안고 일장통곡하다가 그대로 혼절昏絶이 되어 쓰러졌다.

좌우들은 황황히 원소를 붙들었다. 원소는 입으로 붉은 피를 토하여 그칠 줄 몰랐다.

"내가 역전歷戰 수십數十 장場에 오늘날처럼 낭패해 본 일이 없다. 이것은 하늘이 나를 망하게 하는 것이다. 너희들은 각기 본곳으로 돌아가서 군세를 정돈한 후에 맹세코 조적曹賊과 자웅을 결단케 하라!"

말을 마치자 신평辛評과 곽도郭圖에게 큰아들 원담을 따라 청주로 가서 군세를 정돈하게 하고 둘째 아들 원희는 조조가 범경하기 쉬우니 빨리 유주로 돌아가 지키게 하고 생질 고간은 병주로 돌아가 인마를 수습하여 뒷

날에 쓰도록 하고 자기는 셋째 아들 원상을 데리고 기주로 돌아가 병 치료를 하면서, 심배審配와 봉기逢紀에게 셋째 아들 원상을 도와 잠시 군사를 관장하게 했다.

한편 조조는 창정에서 원소를 쾌하게 이긴 후에 크게 삼군三軍을 상 주어 호궤하고 가만히 염탐을 기주로 보내어 원소의 허실을 살피게 했다.

염탐꾼이 돌아와 보했다.

"원소는 병이 나서 누웠고, 원상과 심배는 성문을 굳게 닫아 지키고 있으며 원담, 원희, 고간은 모두 다 본고장으로 돌아갔습니다."

좌우의 장수들은 조조에게 권했다.

"시기를 놓치지 말고, 급히 기주를 무찌르시는 것이 좋겠습니다."

조조는 고개를 가로흔들었다.

"기주에는 양식이 풍부한 데다가 모사 심배는 기모機謀가 있는 사람이라 얼른 함락이 되지 않을 것일세. 지금 한창 논에 곡식이 익을 때라 농사가 결딴나면 민폐가 클 테니 잠시 추성秋成되기를 기다려서 공격을 해도 늦지 않을 것일세."

조조는 너그럽게 백성 걱정을 하고 있을 때 허도에서 순욱이 편지를 보내 왔다.

유비는 지금 여남에서 수만 군사를 거느리고 있는데 승상께서 하북으로 출정하신 소문을 듣고 빈틈을 타서 허도를 치러 들어옵니다. 승상께서는 빨리 돌아와 막으십시오.

현덕은 형주의 유표에게 의탁하다

조조는 순욱의 편지를 보고 깜짝 놀랐다.

급히 조홍을 불러 하상河上에 일지 부대를 거느려 허장성세虛張聲勢로 둔병을 하게 한 후에 조조는 스스로 큰 군사를 거느리고 여남으로 나가 유비의 군사를 맞았다.

한편 유현덕은 관우, 장비, 조운 등과 함께 군사를 거느려 허도를 습격하려 하여, 양산 지방에 당도했을 때 조조의 군사와 만났다.

현덕은 양산 아래 진을 친 후에, 군사를 세 대로 나누어 관운장은 양산 동남각東南角에 진을 치고 장비는 서남각西南角에 진을 치고 현덕은 조운과 함께 정남正南에 진을 치고 있었다.

조조의 군사가 당도하니 현덕의 군사는 납함하여 들레며 쏟아져 나왔다.

조조도 진을 친 후에 말 타고 전문 앞에 나타나 채찍을 들어 현덕을 꾸짖었다.

"나는 너를 상빈으로 대접했는데 너는 어찌해서 배은망덕을 하느냐?"

현덕도 지지 않고 조조를 꾸짖었다.

"너는 한漢 승상丞相이라 하면서 실상인즉 국적國賊의 짓을 하니 괘씸하기 짝이 없다. 나는 한실 종친으로 천자의 밀조를 받들어 반적인 너를 치는 것이다."

현덕은 말을 마치자 마상에서 천자께서 내린 의대조衣帶詔를 낭랑히 읽었다.

조조는 크게 노했다.

"나가서 싸우라!"

허저한테 명령을 내렸다. 허저가 말을 달려 뛰어나오니 현덕의 등 뒤에서는 상산의 조자룡이 창을 잡고 말을 달려 나왔다.

두 장수는 서로 어우러져 30여 합을 싸웠으나 승부가 나지 않았다.

홀연 함성이 크게 일어나면서 동남각 편에서 관운장이 청룡도를 휘두르며 말을 달려 나오고, 서남각 상에서는 장비가 고리눈을 부릅뜨고 장팔사모창을 휘둘러 뛰어나왔다. 삼군이 일제히 움직이니 멀리 온 조조의 군사는 피곤하여 저당할 수가 없었다. 대패해서 달아났다. 현덕은 일전을 쾌히 이긴 후에 영채로 돌아갔다.

다음 날 현덕은 조자룡을 내보내 싸움을 돋우었다. 그러나 조조는 진문을 굳이 닫고 꿈쩍도 하지 아니했다.

이같이 하기를 열흘 동안이나 했다. 현덕은 다시 장비를 시켜서 싸움을 돋우었다. 그러나 조조는 역시 군사를 내보내지 아니했다.

현덕은 의심하고 있을 때 홀연 군사가 보했다.

"공도龔都가 양곡을 운반하여 가지고 오다가 조조의 군사한테 포위되었습니다."

현덕은 급히 장비한테 공도를 구원해 주라 영을 내렸다.

이때 또 급한 보고가 들어왔다.

"조조의 장수 하후돈이 지름길로 돌아서 여남을 점령했습니다."

현덕은 깜짝 놀랐다.

"그렇다면 나는 등과 배로 적을 받아서 돌아갈 곳이 없게 되었구나!"

현덕은 탄식한 후에 급히 관운장을 불러 여남을 구하게 했다.

장비와 관운장이 떠난 뒤에 하루가 채 못 가서 파발은 또다시 급한 보고를 올렸다.

　"하후돈이 여남을 함락하니 유벽은 성을 버려 달아나고 관운장은 지금 포위를 당하고 있습니다."

　현덕은 또 한 번 크게 놀랐다.

　숨을 채 돌리기 전에 또 파발마가 방울 소리 요란하게 흔들며 급한 일을 보했다.

　"장비 장군이 공도를 구하러 갔다가 포위를 당하고 있습니다."

　현덕은 급히 군사를 거두어 돌아가고 싶었으나 조조의 군사가 돌아가는 길을 엄습할까 두려웠다. 주저하여 생각하고 있을 때 밤중이 되자 진문 밖에서 조조의 장수 허저가 싸움을 돋우었다.

　현덕은 응전하지 아니하고, 날이 환하자 밥을 지어 군사들을 배불리 먹인 후에 보군步軍은 먼저 떠나고 마군馬軍은 뒤를 따르게 했다.

　영문 안에 몇 명의 군사를 남겨 두어 헛 종鐘을 치게 했다.

　현덕의 군사들은 진을 떠나 누어 마장 가서 산모퉁이를 돌았을 때, 산마루에 화광이 충천하면서 조조의 군사들이 쏟아져 내려오며 큰소리로 외쳤다.

　"승상께서 여기서 기다리신 지 오래다. 유비는 달아나지 말라!"

　현덕은 황망했다. 급히 지름길을 찾아 달아났다.

　조자룡이 현덕을 위로했다.

　"주공께서는 너무 근심하지 마십시오. 저만 따라오십시오."

　조자룡은 창을 잡고 말을 달려 조조의 군사를 무찌르고 나갔다. 현덕도 쌍자루 칼을 두르며 조자룡의 뒤를 따라 조조의 군사를 헤치고 쫓아 나갔다.

한참 뚫고 나갈 때, 앞에서는 허저가 큰소리치며 달려오고, 뒤에서는 우금, 이전이 벽력같은 호통을 치며 쫓아 들었다. 조자룡은 쌍창을 비껴들어 앞뒤로 적을 막을 때, 현덕은 형세가 불리함을 보고 급히 말을 몰아 샛길로 달아났다.

현덕은 목숨을 구하여 단기로 심산궁곡을 바라보며 밤새도록 달렸다.

동이 환하게 트일 무렵 산골 속에서는 별안간 한 떼 군마가 쏟아져 나왔다.

현덕은 혼비백산이 되었다. 깜짝 놀라 앞을 바라보니 다른 군사가 아니라 유벽이 패한 군사 천여 기를 거느리고 현덕의 집안 식구들을 호송해 오는데 손건, 간옹, 미방도 따라왔다.

현덕은 반가웠다.

"어찌 된 셈이오?"

유벽한테 물었다.

"하후돈의 군세를 당해 낼 도리가 없어 성을 버리고 나오는 길입니다. 뒤에서 계속해서 조조의 군사가 쫓아오니 관운장이 막아서 몸들을 빼쳐나오는 길입니다."

"운장은 지금 어찌 되었소?"

"빨리 가십시다. 조조의 군사가 뒤를 쫓습니다. 운장의 일은 차차 알아보기로 합시다."

유벽은 대답하고 현덕과 함께 급히 말을 달려 나갔다.

현덕과 유벽은 몇 마장을 나가지 못했을 때, 돌연 앞에서 북소리가 요란하게 일어나면서 한 떼 군마가 길을 가로막았다. 모두들 보니 앞에 선 대장은 원소의 장수로 조조한테 항복한 장합이었다.

장합은 유현덕을 향하여 큰소리로 외쳤다.

"유비는 쾌하게 말에 내려 항복하라."

현덕은 황망했다. 급히 말을 달려 뒤로 물러가려 할 때, 또다시 산마루에서 붉은 깃발이 펄럭이면서 일대 군마가 쫓아 내려오는데 머리에 서서 달리는 대장은 원소의 대장으로 장합과 함께 조조에게 항복한 고람高覽이었다.

현덕은 진퇴양난進退兩難이 되었다. 앞으로 나갈 수도 없었다.

하늘을 우러러 크게 탄식했다.

"하늘이 나로 하여금 어찌하여 이다지 군색을 주느냐. 사세가 이쯤 되었으니 죽느니만 같지 못하다!"

장탄長歎 일성一聲에 칼을 빼어 목을 찌르려 했다.

이 모양을 보는 유벽은 기가 막혔다. 급히 칼을 뺏으며 현덕을 위로했다.

"내가 죽도록 싸워서 사군使君을 구원하리다!"

말을 마치자 급히 말을 달려 고람과 어우러졌다.

그러나 싸운 지 수합이 못 되어, 아깝게 유벽은 고람의 한 갈에 찍혀 말 아래 떨어져 버렸다. 현덕은 황망했다. 하는 수 없이 고람과 싸우려 할 때 별안간 고람의 후군이 좌우 옆으로 좍 갈라지면서 일원一員 대장大將이 진을 찔러 나오는데 창이 번뜻 햇빛에 번쩍하면서 적장 고람은 몸을 번드처 말 아래 가로 떨어졌다.

현덕이 바라보니 다른 사람이 아니라 바로 상산 조자룡이었다.

현덕은 절처봉생絕處逢生이 되었다. 한숨을 길게 쉬면서 기쁨을 이기지 못했다.

조자룡은 고람의 후군을 모조리 무찌른 후에 혼자 말을 달려 장합의 전군前軍을 무인지경처럼 달렸다.

장합은 조운을 맞아 30여 합을 싸우자 힘이 부치는 모양이었다. 말을 채쳐 뒤로 달아났다.

자룡은 승세하여 장합을 쫓아 들어가다가 길목이 좁아서 도리어 장합의 군사한테 포위되어 나올 도리가 없게 되었다.

조운은 창을 들어 군사를 헤치며 길을 뺏으려 할 때, 홀연 관운장이 관평, 주창과 함께 3백 군사를 거느리고 두 편으로 협공하여 장합의 군사를 물리치고 조운을 좁은 길목에서 구하여 산 아래에 진을 쳤다.

현덕은 장비의 소식을 몰라 궁금했다.

"장비를 찾아보는 것이 좋겠네."

관운장한테 말했다. 관운장은 말을 달려 장비를 구하러 나갔다.

원래 장비는 공도를 구하러 갔는데 공도는 이미 하후연한테 죽은 바 되었다.

장비는 하후연의 군사를 물리치고 산을 끼고 돌아오다가 악진의 군사한테 포위되었다. 이때 관운장이 장비를 찾으러 나갔다.

관운장은 길에서 패해 돌아오는 군사를 만나서 장비의 포위된 소식을 들었다. 급히 달려가 악진의 군사를 물리친 후에 장비를 구하여 현덕한테로 돌아왔다.

이때 돌연 군사가 급함을 고했다.

"조조의 대군이 물밀듯 몰아 들어옵니다."

현덕은 손건 등에게 늙은이와 어린이를 보호하여 먼저 떠나게 하고 관우, 장비, 조운과 함께 뒤에 떨어져서 한편으로 싸우고 한편으로 달아났다.

조조는 현덕이 군사를 거두어 멀리 가는 것을 보고 더 뒤를 쫓지 아니했다.

현덕의 패군은 1천 명이 채 되지 못했다.

허둥지둥 달아나 한 곳에 당도하니 강이 보였다.

"이 강 이름을 무슨 강이라 하오?"

현덕은 본곳 사람에게 물었다.

"한강漢江이라 부릅니다."

본곳사람이 대답했다.

현덕은 비로소 숨을 내쉬고 임시로 이곳에 영문을 차렸다.

본고장 사람들은 유劉 황숙皇叔인 것을 알았다. 양의 고기와 술을 가져와 공경하여 대접했다.

현덕은 본곳 사람들에게 사례한 후 모든 장수와 함께 강변 모래톱에 앉아 술을 마셨다.

유비는 장수들이 따라 올리는 술을 한 잔 받아 마신 후에 깊이 한숨을 지으며 탄식했다.

"여러분 장수들은 모두 다 왕좌王佐의 재주가 계신 분으로서 불행히 이 사람을 따르게 되었소이다. 유비는 복이 박해서 누累가 여러분들한테까지 미쳤소이다. 오늘 유비는 송곳 세울 땅도 없게 되었으니 진정 여러분들을 대할 낯이 없소이다. 여러분께서는 유비를 버리시고 훌륭한 주인을 찾아가시어 입신양명立身揚名을 하십시오."

현덕의 말을 듣자 모든 장수들은 낯을 가리고 소리를 죽여 울었다.

관운장이 정색하여 말했다.

"형님 말씀이 틀리십니다. 옛적에 한 고조는 항우項羽하고 싸울 때 항상 패하기만 했습니다. 그러나 뒤에 구리산九里山 한 싸움에 크게 이겨서 한 나라의 사백 년 기업基業을 열었습니다. 이기고 지는 것은 병가兵家의 상사常事올시다. 어찌 스스로 뜻을 떨어뜨리십니까?"

관공의 말이 끝나니 손건이 말했다.

"성패란 때가 있는 것이올시다. 낙심을 해서는 아니 되십니다. 여기서 형주荊州가 멀지 아니합니다. 형주 자사 유표劉表는 구 주州를 거느리고 있어 군사는 강하고 양식은 풍족합니다. 뿐만 아니라 주공과는 다 함께 한 실漢室 종친宗親이올시다. 그곳으로 가서 잠시 의탁하시는 것이 좋을 듯합니다."

"받아 주지 아니하면 어찌하나?"

현덕은 지의하여 대답했다.

"제가 먼저 가서 유표를 달래서 유표 자신이 지경까지 나와 맞도록 하겠습니다."

손건의 말을 듣자 유현덕은 크게 기뻤다.

"그럼 손 선생이 한번 다녀오도록 하시오."

손건은 즉시 유현덕을 작별한 후에 밤을 도와 형주로 가서 유표를 만났다.

인사가 끝난 후에 유표가 물었다.

"들으니, 손공께서는 유현덕한테 계시다 하더니 어인 일로 누지까지 오셨습니까?"

"유 황숙은 천하의 영웅이올시다. 비록 군사가 약하고 장수가 적으나 사직社稷을 바로잡을 큰 인물이올시다. 여남汝南의 유벽과 공도 같은 사람은 유 황숙과 아무런 친고親故가 없는 사람이건만 죽음으로써 그에게 보답했습니다. 녕공께서는 유 황숙과 본시 한실의 송친이십니다. 지금 유 황숙은 조조한테 약간 패한 까닭에 강동으로 가서 손권한테 투신을 하려 하므로, 이 사람 손건이 만류해 권하기를 '형주의 유 장군은 어진 이를 예로 대접하고 선비한테 몸을 굽히니 사람들은 마치 물이 동편으로 흐르듯

그한테로 돌아갑니다. 하물며 동종同宗이겠습니까. 황숙께서는 유 장군한테로 가십시다.' 이같이 말했더니 황숙은 크게 기뻐서 먼저 이 사람을 보내어 존공의 의향을 살피라 했습니다. 장군께서는 어찌하시렵니까?"

손건의 말을 듣자 유표는 크게 기뻐했다.

"현덕은 내 아우 항렬이 되는 사람이오. 오랫동안 서로 만나려 했으나 기회가 없어서 만나지 못했더니, 이제 즐거이 은혜롭게 돌아보니 실로 이보다 더한 다행한 일이 없소이다."

유표가 허락하려 하는 것을 보자 모사 채모蔡瑁는 참소하는 말을 했다.

"불가합니다. 유비는 먼저 여포呂布를 쫓아다녔고 뒤에는 조조를 섬겼으며 요사이는 원소한테 투신했다가 또다시 끝을 마치지 못한 사람이올시다. 이것으로 미루어 볼 때 족히 그의 사람됨을 짐작할 수 있습니다. 지금 만약 그를 받아들이신다면 조조는 반드시 우리를 공격할 것입니다. 쓸데없이 병란을 일으키는 것보다 차라리 손건의 머리를 베어 조조한테 보내서 후대를 받는 것이 상책이올시다."

채모의 말을 듣자 손건은 얼굴을 정색하고 채모를 반박했다.

"손건 이 사람은 죽음을 두려워하는 자가 아니외다. 유 황숙은 나라를 위하여 충성을 다하려는 사람이지 결코 여포나 조조한테 충성을 다하려는 사람은 아닙니다. 여포가 나라를 위하지 아니하니 여포를 버린 것이요, 조조가 방자하니 조조한테서 떠난 것이요, 원소가 나라에 충성치 아니하고 사사로운 뜻을 품었으니 원소한테서 나온 것입니다. 이제 유 장군께서는 한조漢朝의 후예로서 동종을 생각하시는 마음이 간절하시므로, 천리 먼 길에 서로 찾으려 하는 것인데 당신은 무슨 까닭에 참소를 올려서 이같이 어진 이를 투기妬忌하시오?"

손건의 말은 씩씩하고 조리가 있었다.

유표는 채모를 꾸짖었다.

"나의 주견이 이미 정했으니 자네는 긴말을 하지 말게."

채모는 멀쑥해서 얼굴을 붉히고 물러갔다.

"그럼, 손 선생은 현덕한테 가서 꼭 와 달라고 말씀하시오."

유표는 손건을 보낸 후에 친히 성 밖, 30리까지 나가서 현덕을 맞이했다.

손건은 현덕한테 돌아가 유표의 허락 맡은 것을 보하니 현덕은 가솔과 일행을 거느리고 형주로 향하여 유표의 마중을 받았다.

현덕이 유표와 접한 후에 예를 지켜 공손하니 유표도 현덕을 후하게 대접했다. 현덕은 다시 관우, 장비 등 모든 사람을 유표에게 소개하니 유표는 일일이 먼 길에 온 것을 위로한 후에, 함께 형주성 안으로 들어가 집을 마련하여 편안히 거처케 했다.

한편 조조는 유현덕이 형주로 가서 유표한테 의탁했다는 소식을 듣고 군사를 이끌어 치려 하니 모사 정욱이 간하였다.

"아직 원소를 제거시키지 못해서 형주와 양주를 친다면 원소는 북편에서 일어날 것이 당연합니다. 이와 같이 된다면 승부를 판단하기 어렵습니다. 잠시 군대를 허도로 돌려서 날랜 기운을 기르게 한 후에, 내년 봄 따뜻한 철을 기다려 먼저 북으로 원소를 치고 남으로 형주와 양주의 유표를 공격한다면 남북의 이를 한꺼번에 거둘 수 있습니다."

조조는 정욱의 말이 옳다고 생각했다. 곧 군사를 거느려 허도로 돌아갔다.

해가 바뀌어 건안 8년 봄 정월이 되었다.

조조는 다시 군사 일으킬 것을 상의한 후에 먼저 하후돈과 만총을 보내 여남을 지켜서 유표를 막게 하고, 조인과 순욱으로 유도留都 대장大將을 삼아서 허도를 지키라 하고, 조조는 스스로 대군을 통솔하여 관도官渡로 나가서 진을 치고 있었다.

이때 원소는 지난해부터 감기가 잦고 토혈증吐血症이 생겨서 한동안 고생을 하다가 이사이 조금 차도가 있었다.

조조가 허도를 떠나 관도에 둔병했다는 소식을 듣고 원소는 군사를 일으켜 허도를 치러 했다.

모사 심배가 간하였다.

"아니 되십니다. 지난해의 관도 창정에서 패한 일로 아직 군심들이 떨치지 못하는데 군사를 일으키신다는 것은 시기가 이릅니다. 성을 높이 쌓고 참호를 깊이 파서 군사와 백성들의 힘을 기르시는 것이 좋습니다."

서로 의논할 때 파발이 급히 말을 달려 고했다.

"조조의 군사는 지금 관도에 도착이 되어 기주冀州를 공격하려 합니다."

원소는 모든 장수에게 영을 내렸다.

"조조의 군사가 성 아래까지 육박해 들어온 후에 적을 막는다면 너무나 늦다. 내가 친히 대군을 인솔하여 나가 싸우리라."

원소의 작은아들 원상이 간하였다.

"아버님께서는 병환이 아직 쾌차하지 아니하시니 멀리 나가지 못하십니다. 소자가 군사를 거느리고 앞으로 나가 적을 무찌르겠습니다."

원소는 허락한 후에 사람을 청주로 보내서 큰아들 원담袁譚을 부르고 유주로 보내서 둘째 아들 원희袁熙를 부르고 병주로 보내서 생질 고간高幹을 불러, 네 길로 조조를 막을 계획을 세웠다.

독재자 원소는 죽고

원소의 작은아들 원상袁尙은 지난해 관도 싸움에서 조조의 맹장 사환史渙을 벤 후부터 교만하게 자기의 용맹을 자부하는 마음이 생겼다.

그의 형 원담袁譚 등의 군사가 도착되는 것을 기다리지 아니하고 스스로 군사 수만 명을 거느리고 여양黎陽으로 나가 조조의 전위 부대와 마주쳤다.

조조 편에서는 맹장 장요가 말을 달려 나왔다.

원상은 장요를 향하여 창을 비껴들고 덤벼들었다. 싸운 지 불과 3합에 조조의 진에서는 나무로 만든 장애물을 던져 막아 버렸다.

원상은 더 싸울 수가 없었다. 급히 말을 돌려 달아나니 장요는 기회를 놓치지 아니하고 달아나는 원상의 군사를 돌격했다. 원상은 여지없이 크게 패해서 급급히 기주성 안으로 돌아왔다.

원소는 아들 원상이 패했다는 말을 듣고 병이 다시 재발되어 토혈吐血을 두어 말이나 하고 인사불성이 되어 혼도해 버렸다.

유劉 부인夫人은 급히 남편을 구하여 내실에 뉘었으나 병세는 점점 위급했다.

유 부인은 급히 심배, 봉기를 청하여 원소의 병상 앞에 나가 앞일을 상의했다.

원소는 다만 손짓만 할 뿐 말을 하지 못했다.

유 부인이 옆에서 물었다.

"상尙으로 후사를 잇게 하오리까?"

원소는 고개를 끄덕일 뿐이었다.

심배는 병상 앞에서 유서를 썼다.

이때 원소는 몸을 뒤치면서 크게 아픈 소리를 내자 이내 한 말이나 되는 피를 쏟고 세상을 하직하였다.

원소가 죽으니 심배의 무리는 초종을 치르고, 유 부인은 원소가 사랑하던 총첩寵妾 5명을 다 죽여 버렸다.

죽여 놓고도 총첩들의 혼백이 저승에서 원소를 만날까 보아 머리털을 잘라 깎아 버리고 얼굴을 찔러서 시체를 훼손시켰다.

아들 원상은 아버지 첩들의 가족들이 해를 끼칠까 하여 모조리 잡아 죽여 버렸다.

심배와 봉기는 원상으로 원소의 벼슬을 습작襲爵시켜 대사마大司馬 장군將軍에 기冀, 청靑, 유幽, 병幷 4주목州牧을 영술하게 한 후에 각처에 글을 보내시 원소의 부고를 띄웠다.

이때 원소의 큰아들 원담은 아버지의 부름을 받아 군사를 거느리고 청주를 떠났다가 도중에서 아버지의 죽음을 알았다.

곽도와 신평을 불러 의논하였다.

"아버지께서 돌아가셨으니 심배와 봉기는 반드시 상尙이를 도와 후사를 정했을 것이오. 빨리 가 보아야 하겠소!"

신평이 대답했다.

"심배와 봉기는 반드시 예정한 대로 상이를 세웠을 것입니다. 지금 만약 빨리 가신다면 해를 당하실 것입니다."

"그러면 어찌하면 좋겠소!"

곽도가 대답했다.

"성 밖에서 둔병하여 동정을 보면서 한번 살피고 오겠습니다."

원담은 허락했다.

곽도는 기주에 들어가 원소의 영전에 통곡한 후에 원상에게 조상하여 상제 인사를 했다.

원상이 곽도한테 물었다.

"형님은 어째 분상奔喪을 하지 아니하시오?"

"병환이 나시어 오지 못하셨소이다."

곽도가 대답했다.

"나는 아버님의 유명을 받들어 기주의 주인이 되었소. 형님께서는 별로 벼슬을 높여서 거기車騎 장군將軍을 봉했지요. 지금 조조의 군사는 우리를 공격하여 국경을 침범하고 있으니 형님께서 전부前部가 되어 싸워주신다면 나는 후부後部가 되어 접응하겠소이다."

원상의 말을 듣자 곽도가 대답했다.

"청주 군중에 좋은 대책을 상의할 사람이 없습니다. 원컨대 심배와 봉기 두 사람을 보내 주신다면 앞잡이가 되어 조조를 치겠습니다."

"나 역시 이 두 사람을 의지하고 지내는 터인데 내 곁을 떠나보낼 수가 없구려."

원상이 대답했다.

"그러하시다면 두 사람 중에 한 사람이라도 보내 주셔야 하겠습니다."

원상은 하는 수 없었다. 심배와 봉기를 불러 누구든지 한 사람 가라 하니 두 사람은 서로 밀고 가지 아니하려 했다. 원상은 하는 수 없이 제비를 뽑아서 점찍은 제비를 뽑은 사람이 가기로 했다.

심배, 봉기 두 사람은 제비를 뽑았다. 봉기가 점찍은 제비를 뽑았다.

"그러면 봉기가 가시오."

원상은 봉기한테 명했다. 봉기는 가기 싫었으나 어찌하는 수 없었다.

원담에게 거기 장군을 봉하는 인수印綬를 가지고 곽도와 함께 원담의 진중으로 갔다.

봉기는 곽도를 따라 원담의 진중에 가 보니 병이 들어 앓고 있다던 원담은 멀쩡하게 앉아 있었다.

봉기는 간이 콩알만 해졌다. 마음이 불안해서 두근거리는 가슴을 참고 원담한테 거기 장군의 인수를 바쳤다.

원담은 크게 노했다. 곧 봉기의 목을 베려 했다. 곽도는 원담을 협실로 청해서 간하였다.

"지금 조조는 국경을 넘보고 있습니다. 슬며시 봉기를 관대하여 머물러 두어서 원상이 안심하도록 만들어 놓고 먼저 조조를 파한 후에 기주를 다투어도 늦지 아니합니다."

원담은 곽도의 말을 들었다. 곧 영문을 걷어 군사를 거느리고 여양으로 나가 조조의 군사와 대치했다.

원담은 대장 왕소汪昭를 출전시키니 조조는 맹장 서황을 내보내서 응전을 시켰다. 두 장수는 싸운 지 두어 합이 채 못되어서 서황의 번득이는 한 칼은 왕소를 베어 말 아래 떨어뜨렸다.

조조의 군사는 승세하여 소리치며 짓쳐 들어가니, 원담의 군사는 대패하여 여양黎陽성 안으로 쫓겨 들어가면서 사람을 보내서 동생 원상한테 구원을 청했다.

(4권에서 계속)